그리고 문어가 나타났다

그리고 문어가 나타났다

환상문학웹진 거울 대표중단편선 Vol. 17

아작

차
례

서문

무르익어가는 모든 이야기의 계절에

중학생이던 어느 날, 새 학기의 아침 시간이었다. 나는 사귄 지 얼마 되지 않은 친구의 손에 이끌려 학교 도서관에 처음 방문했다. 독서를 꽤 좋아했지만, 그날 유독 책을 빌릴 생각이 없던 나는 그저 서가를 한 바퀴 둘러보고 빈손으로 친구를 기다렸다.

한참 뒤, 친구가 책꽂이 사이에서 꺼낸 건 꽤 두꺼운 소설의 양장본이었다. 이때 어린 허영심이 나를 자극했다. 다행히 친구가 집어 든 건 시리즈의 두 번째 권이었다. 나는 무턱대고 친구 쪽으로 달려가 그 책의 첫 권을 찾아들었다. 손때 탄 검정 하드커버에 쓰인 책의 제목은 《룬의 아이들 - 윈터러》였다.

글이 많은 책을 한 번도 읽은 적 없던 나는 기대감 없이 그 책의 첫 장을 넘겼다가 수업 시간인 것도 잊고 전부 읽어버렸다. 그 책은 전에 읽던 교육용 도서와 완전히 달랐다. 온전한 상상 속에서 하나의 세계가 만들어지고, 그 안에서 작가가 빚어낸 인물이 행동했다. 현실에 있을 수 없는 일들이 아무렇지 않게 벌어지고 그것이 미려한 문체로 정갈히 묘사되어 있었다. 나는 그날 점심시간에 도서관에서 나머지 권을 전부 빌렸다. 그렇게 환상문학과 뜻밖의 만남이 성사되었다.

갑자기 나에게 다가온 환상문학은 이후 나와 떼려야 뗄 수 없는 하나의 정체성을 이루었다. 판타지를 읽다 보니 상상의 한계에 도전하게 되었고, 머잖아 환상과 연결된 다양한 장르에 고루 발을 디뎠다. 대학에 가서는 본격적으로 자유롭게 책을 읽었다. 그러던 중 여러 책의 날개에서 '환상문학웹진 거울'이라는 이름을 보았다.

처음에는 읽고 넘겼지만, 취향을 타고 흘러들어온 대부분 책에서 웹진 '거울'의 이름을 보았을 즈음, 나는 운명적 직감을 느끼고 그곳에 방문했다. 환상문학을 기반으로 한 장르문학에서 긴 시간 명맥을 이어온 웹진 '거울'은 내가 원하던 바로 '그 소설'들의 집합체였다. 환상과 문학이 끊임없이 교류하며 이야기를 피워내는 곳, 그리하여 상상을 갈망하는 사람들이 끊이지 않고 찾는 곳. 상상의 희열을 맛보고 싶은 모두에게 열린 곳이 '거울'이었다.

'거울'을 알고, 그곳의 소설을 읽다 보니 시스템 또한 눈에 들어왔다. 자유롭게 글을 연재하고 특정 기준을 만족하면 정식 필진이 될 수 있다. 어느 작가에게나 열린 이 공간에서 얻을 수 있는 건 환상을 좋아하는 많은 독자의 꾸준한 관심이다. 원한다면 창작물에 대한 의견도 자유로이 들을 수 있으며, 심사를 받고 정식 필진으로 가입한다면 좀 더 안정적인 창작 환경을 보장받는다.

이는 특정 집단에 소속되기 어려운 자유 연재 작가에게는 큰 혜택이다. 누구나 편히 드나들 수 있지만, 확실히 작가로서 인정은 받을 수 있는 곳. '거울'이 창작자에게 제공하는 것은 '시선'보다 '마음'이었다.

그 마음에 감동해 플래너 한쪽에 버킷리스트로 '웹진 거울 필진 되기'라고 적었다. 당시의 나에게는 '죽기 전에 꼭 이루고 싶은', 아주 먼 목표이기도 했다. 그러나 생각보다 빨리 찾아온 기회로 기사 필진이 되었다. 필진으로서 바라본 거울은 독자로서 방문할 때와는 또 다른 매력이 있었다.

웹진 '거울'에서 추구하는 '환상'은 단순한 판타지(Fantasy)를 넘어선다. 한 사람이 어떤 옷을 입느냐에 따라 겉보기가 완전히 달라지듯이, '거울'의 환상은 사랑의 옷, 과학의 옷, 기술의 옷, 신화의 옷, 때로는 현실의 옷을 입고 독자에게 다가간다. 수많은 작가가 빚어낸 환상이 걸친 옷은 너무도 다채롭지만, 그 중심에는 웹진 '거울'이라는 본질이 있다. '거울'은 늘 '환상' 장르에 기대하는 독자의 취향을 충분히 만족시키며 그들 곁에 존재했다.

✳

　이번 환상문학웹진 '거울' 대표중단편선 Vol.17에는 열한 편의 소설이 실린다. 햇수로는 열여섯 번째 대표중단편선이 며, 책 권수로 열일곱 번째다. 지금까지 늘 그래왔듯이 무게 감도 방향성도 제각각인 수록작들은 오직 '거울'만의 색을 지 니고 있다.

　2020년에서 2021년을 경계로, 한 해가 조금 넘는 시간 동 안 '거울'에서는 다양한 시도가 있었다. 특히 주목할 만한 것 은 2020년 말 시작된 '거울 속 난새' 프로젝트다. 싱어송라이 터 안예은의 노랫말을 모티프로 한 장르 소설을 창작하고자 필진들이 기획한 이 프로젝트의 결과물 중 최지혜 작가의 〈위화〉와 구한나리 작가의 〈홍연〉이 이번 단편선에 수록되 었다.

　〈위화〉는 동명의 노래 '위화'를 재창작한 단편으로 타임루 프를 활용한 역사물이다. 유려한 문체로 한 땀 한 땀 아름답 게 빚어낸 이야기 속 '나'는 한 사람과의 사랑을 위해 윤회한 다. 일상과도 같던 삶의 되풀이 끝에 내려온 하나의 천명은 '나'에게 그리움과 망각이 주는 근본적 고통을 깨닫게 한다. "세상 끝까지 달려가 허공에 흩날리고 그대의 곁으로 돌아 가"라는 노랫말의 클라이막스를 짙게 활용한 결말에서 독자 는 한숨과 그리움이 빚어낸 가슴 저미는 사랑을 만날 것이다.

　〈홍연〉 역시 같은 제목의 노래 '홍연'을 재창작했다. "세상에 처음 날 때 인연인 사람들은 손과 손에 붉은 실이 이어진 채 온다 했죠"라고 나지막이 시작하는 이 노래는 안예은의 대표곡으로 알려져 있기도 하다. 구한나리 작가는 '홍연' 속 '붉은 실'의 이미지를 악기의 현 이미지로 색다르게 변주한다. 추운 계절에 오라비를 찾아 떠난 여정의 끝에서 하영이 마주한 '미르'라는 존재는 환상적인 분위기를 형성한다. '미르'와의 대화에서 밝혀지는 오라비의 소식은 애달픈 악기의 소리처럼 독자의 감정을 흔든다.

2020년 말에는 낙태죄 존치에 항의하는 의미로 온라인에서 '#낙태죄_전면폐지_2000자_엽편_릴레이'가 진행되었다. 당시 온라인 소설 연재 플랫폼을 중심으로 빠르게 퍼진 이 행동에 다양한 세대의 작가들이 참여했으며, 그들만이 써낼 수 있는 누군가의 죽음이 이야기로 쏟아져 나왔다. 전혜진 작가의 〈원점으로 돌아가〉는 이때 발표되었다. 작가는 8, 90년대를 전후로 죽어간 여아들의 원한을 '무당'이라는 소재로 생생하게 표현했다. 이 소설은 지금 우리가 복원해야 하는 것이 감별되어야만 했던 여성 존재들의 목소리라고 말한다. 단지 운이 좋아 살아남은 모든 세대의 여성이 하나쯤 알고 있는 바로 그 '죽음'이 문장에 날 선 채 깃들어 있다.

정보라 작가의 〈문어〉는 고등교육법 개정안, 일명 강사법의 제정으로 인해 발생한 대량해고를 다룬다. 지극히 현실적인 문제로 투쟁하는 농성장에 나타난 의문의 문어 한 마리, 그리고 그것을 홀랑 삶아 먹은 위원장의 행동은 모든 사건의 발단이 된다. 환상은 종종 현실을 환기한다. "지구-생물체는-항복하라"라는 외계의 메시지와 귀찮다는 듯 날름 문어를 먹어버린 위원장의 행동은 이 소설이 절대 정복당하지 않는 사람들의 이야기라는 점을 은유한다.

클레이븐 작가의 〈당신의 모든 것〉은 바이러스 팬데믹이 여전히 진행 중인 지금, 빠질 수 없는 주제의 단편이다. 특정 지역에서 시작된 바이러스가 세계를 강타하고, 생존자조차 찾기 힘든 상황에서 장기매매가 성행하는 미래. 아마 바이러스의 공포가 지금보다 훨씬 강하게 불어닥쳤을 2020년 12월에 쓰였기에 전염병의 유행을 극단으로 몰고 갈 수 있었을 것이다. 겉보기에는 동생을 위해 장기를 구하러 떠나는 주인공의 여정에 탁월하게 설정된 배경과 등장인물의 면면이 인간의 잔혹함을 밀어붙인다. 코로나 팬데믹이 완화되었지만, 여전히 바이러스의 상처가 남아 있는 지금, 큰 시의성을 확보하는 소설이다.

이번 '거울' 대표중단편선에는 특정 시류나 프로젝트를 반영하는 이야기 외에도 작가 개인이 자유롭게 발표한 소설이 여섯 편 수록된다. 그중 두 편은 '신체강탈'의 모티프를 차용하고 있는데 지현상 작가의 〈거인을 지배하는 법〉과 엄길윤 작가의 〈정신강탈자〉이다. 제목에서부터 뚜렷이 무언가를 '정복'하고자 하는 의도를 드러내는 두 소설에서 각각 신체와 정신을 강탈하려는 움직임이 소설 전반을 이끌어간다.

〈거인을 지배하는 법〉은 기술의 발전에 따른 인간의 정복

욕을 가감 없이 드러내며 출발한다. 인물들은 신체 강탈을 통해 거대한 외계 행성을 침략하고자 계획을 세우지만, 결말의 충격적인 반전에서 소설의 '정복자'는 완전히 뒤바뀐다. '정복'의 욕심에 동족까지 속이고야 마는 지구의 인류는 어느새 '피정복자'의 위치에 놓인다. 욕망을 향해 달려가다 주위를 둘러보지 못했기에, 인간들은 결국 그에 걸맞은 최후를 맞는다.

〈정신강탈자〉는 1인칭 시점을 잘 활용한 소설이다. 주인공이 어떤 물리적 행동도 하지 않은 채 가상의 상대와 싸우는 과정이 그의 시점에서 탁월하게 묘사되어 있기 때문이다. 철문을 두드리는 소리에서 출발한 미지의 공포가 실체로 나타나고, 정신적 존재인 '놈'에게 이성을 빼앗기지 않으려는 '나'의 속도감 있는 판단이 인상적이다. 정신강탈자는 왜 나타나게 되었을까. 그의 존재는 이 소설 안에서 어떤 의미일까. '나'의 상상 속에서 현실감 있게 벌어지는 전투는 독자에게 의문을 발생시키는 한편, 그것을 충실히 해결해간다.

남세오 작가의 〈달콤한 죄를 지었습니다〉와 엄정진 작가의 〈실버 해머〉는 각각 변화한 미래에서 상반되는 두 집단의 대립을 다룬다. '카르파탐'이라는 가상의 감미료가 개발되었다는 독특한 상상으로 '달콤함'이라는 극적인 쾌락을 이용하는 소설, 〈달콤한 죄를 지었습니다〉에서 사람들은 즐거움보다는 '죄책감'을 느끼며 죽어간다. 현대 사회에서 '달콤함'이 상징하는 다양한 죄책감은 소설 속 카르파탐을 경유하며 극

대화된다. 그러나 어떤 달콤함에도 죄가 없다. 작가는 3급 마약으로 지정된 카르파탐을 해방하라는 행동 집단 '케이크(Cake)'와 그들을 막기 위해 분투하는 진영 간의 대립을 통해 우리에게 진정한 달콤함이 필요하다는 메시지를 특유의 날카롭지만 유쾌한 시선으로 그린다.

〈실버 해머〉에서 중심이 되는 건 과학적 상상이다. 인간의 유전자 교정이 상용화되고 증강현실이 일상인 미래에서 GOU와 '영건(Young Gun)'은 각각 인간과 기술, 노인과 젊은 이의 세대, 과학 이전과 이후의 대립쌍을 상징하며 첨예하게 맞붙는다. 인공안구, 전자두뇌처럼 미시적인 기술과 스페이스 셔틀, 거주위성 등 우주적인 상상이 폭넓게 어우러진 이 단편에서 독자는 진정한 미래의 인간상을 고찰하게 된다.

곽재식 작가의 〈통곡왕(痛哭王)〉과 고타래 작가의 〈고쿠라에서 J를〉에서 주인공은 무언가를 찾아 나선다. 고조선 말을 배경으로 하는 〈통곡왕〉에서 주인공 '향부'가 탐구하는 것은 '삼성(三聖)의 도리'다. 이 소설은 문자로서의 '행복'과 '즐거움'이 남용되고 있는 지금을 향해 '진정한 도'가 무엇인지를 말하는 듯하다. 이야기 안에서 기쁨을 준다는 자들은 실상 자신의 희락만을 추구하는 이들이다. 저마다 '도'를 따른다며 사람을 홀리는 이들은 어느 때나 있었기에 현시대의 누구나 공감할 만한 단편이 아닐까. 〈통곡왕〉의 결말은 세상의 이치에 통달한다면 편안과 안녕이 삶에 깃들 것이라는 통념을 부순다. 지극한 슬픔 속에 진정한 '도'가 있다는 듯이.

〈고쿠라에서 J를〉은 "운명적 만남을 기대해볼 수 있는 도시" 고쿠라에 'J'를 찾으러 가는 주인공의 여정을 짧게 다룬다. 고태원과 J의 관계가 충분히 설명된 이후, '고쿠라'라는 지명의 분위기를 형성한 작가는 주인공의 발걸음을 일본으로 돌린다. 충분한 인과와 배경 설정은 고태원의 행동이 자연스럽게 이어지도록 하며 소설의 마지막 문장에서 보이는 암시는 독자들에게 이후의 일을 자유로이 상상하도록 여지를 남긴다.

✳

늘 그렇듯 거울 대표중단편선의 가장 큰 특징은 다양성에 있다. 편의상 특정 테마와 주제로 이야기를 묶어 설명했지만, 그 안에서도 작가의 특성에 따라 소설의 방향은 한 번 더 갈린다. 같은 주제로도 다른 말을 할 수 있다는 것, 그리고 완전히 색다른 재미를 탐구할 수 있다는 것, 더 나아가 메시지의 다양성 안에서 몰랐던 세계를 마주할 수 있다는 것. 그것이 소설을 읽는 재미가 아닐까. '환상' 장르는 이런 다양성을 극대화한다. 어떤 상상도 포괄할 수 있는 '환상'이라는 우주에 우연히 발을 디딘 것은 우리에게 더할 나위 없는 행운이다.

2022년의 중반을 지나며, 계절로는 더위의 한가운데서 웹진 '거울'의 대표중단편선 출간을 진심으로 축하한다. 신입 필진으로서 웹진 '거울'의 역사에 함께한 책의 서문을 적게 되어 크나큰 영광이다. 충분히 무르익은 이야기들이 매끄럽게 정돈되어 세상에 나올 준비를 이미 마쳤다. 이 책을 가장 먼저 읽은 독자의 한 사람으로서, 그리고 '거울'이 주는 이야기의 흐름에 즐거이 몸을 맡기고자 다짐한 필진으로서 힘껏 이 책의 등장을 응원한다.

— 제야, 환상문학웹진 '거울' 기사 필진

달콤한
죄를
지었습니다

남세오

달콤함에는 죄가 없다.

차량정비소에 세워져 있던 지하철 옆면에 커다랗게 칠해진 글자를 보며 민정은 고개를 절레절레 저었다. 대테러처리반에 다시 연락해봤지만 돌아오는 답은 같았다. 지하철 낙서는 저희 소관이 아닙니다. 그럼 이걸 누가 처리해요. 이제 곧 운행 시작하는데 이거 이 상태로 그냥 시내 돌아다녀도 괜찮다는 거예요. 그러니까 그걸 왜 우리에게 물으시냐고요. 설탕단속반에서 제대로 처리 못 해서 벌어진 일을 무턱대고 떠넘긴다고 될 일입니까. 하여튼 저희는 모르니까 시청 시설관리과에 연락하든 지하철공사에 연락하든 아니면 뭐 직접 닦든 알아서 하세요.

뚝. 연결이 끊겼다. 민정은 괜히 죄 없는 이어폰을 빼서 집어 던지려다가 겨우 손을 멈췄다. 대신 입술을 깨물며 발을 동동 굴렀다. 선우가 그런 민정을 달래며 말했다.

"아, 팀장한테 엄청 깨지겠네. 얘네는 또 여길 어떻게 들어온 거야. 하여간 지독한 놈들이라니까."

"시청하고 지하철공사에 다시 연락해봤어? 뭐래?"

"똑같지 뭐. 시청도 자기들 소관 아니래고. 지하철공사는 오히려 피해 보상 청구하겠다고 길길이 날뛰고. 결국 우리 비용으로 처리해야 할 것 같은데."

그까짓 설탕쟁이들 하나 못 잡아들여서 이 난리를 만들어? 너희 거기서 잠복하고 있으면서 뭐한 거야? 일을 제대로 하긴 한 거야? 나한테 뭐 불만 있어? 나 골탕 먹이려고 일부러 이러는 거 아니냐고! 자동 재생되는 팀장의 목소리에 머리가 지끈지끈 아파왔다. 선우가 민정의 어깨를 툭 치며 말했다.

"어쩌겠냐. 깨질 때 깨지더라도 밥이나 먹으러 가자."

＊

설탕단속반. 설탕을 비롯해 단맛을 내는 모든 인공감미료가 3급 마약으로 지정된 건 꽤 오래전이다. 사실 모든 인공감미료라고 할 것까지도 없다. 카르파탐(Karpartame)이라는 감미료가 개발된 이래 다른 감미료들은 생산되지도 않고 사탕수수 농장도 죄다 갈아엎어졌으니까.

카르파탐은 그 어떤 감미료보다 입에 착 붙는 달콤한 맛을 내지만 칼로리도 부작용도 없다. 심지어 아무리 많이 먹어도 질리지도 않는다. 카르파탐이 개발되면서 각종 디저트 시장은 그야말로 급성장을 했다. 달콤한 디저트는 메인 디시를 마치고 입맛을 마무리하기 위한 보조적인 음식이라는 개념이 깨지면서 디저트만으로 식사하는 사람이 늘어났다. 아침으로 바닐라 푸딩, 점심으로 라즈베리 파이에 민트초코 아이스크림, 저녁으로 풀플레이트 초콜릿무스 케이크를 먹는 식이다.

그런데 이상한 일이 벌어졌다. 디저트를 마음껏 즐기던 사람들이 이유 없는 죄책감에 빠지기 시작했다. 달콤함을 즐기는 것 자체가 끔찍한 죄라도 되는 양 스스로를 탓하고 학대하기까지 했다. 자신뿐 아니라 다른 사람이 달콤함을 즐기는 것도 참지 못하고 손가락질했다. 그렇게 자책하고 비난받다가 급기야는 자살이라는 극단적인 선택을 하는 사람까지 나타나자 결국 카르파탐은 마약류 물질로 지정되었다.

그렇다고 단맛을 완전히 금지할 수는 없었다. 이제 다른 감미료는 생산되지도 않을뿐더러 카르파탐에 익숙해진 사람들의 입맛을 만족시킬 수도 없었다. 무엇보다 일정량 이하로만 섭취한다면 카르파탐은 문제를 일으키지 않았다. 결국 모든 생산과 유통을 감시하면서 일일섭취량을 제한하는 시스템이 만들어졌다. 그러자 암시장에서 카르파탐이 거래되기 시작했고 그걸 단속하기 위해 설탕단속반이 만들어졌다. 정확히는 마약수사대 카르파탐팀이었지만 다들 그냥 설탕단속반이라고 불렀다.

카페테리아에서 민정은 입맛이 별로 없었다. 야채샐러드가 곁들여진 스파이시 누들에 합성 단백질로 만든 미트 소스를 끼얹는 것으로 칼로리와 영양소를 대충 맞췄다. 샐러드를 끼적거리던 민정은 맞은편에 내려놓인 선우의 식판을 보며 경악했다. 두툼하게 튀겨진 치킨커틀릿과 감자 믹스볼 옆에는 초콜릿 셰이크가 가득 담긴 잔이 놓여 있었다.

"뭐야! 설탕주의자들 때문에 그 고생을 하고 나서 그걸 먹을 생각이 들어?"

"괜찮잖아. 일일섭취량 이하니까. 그리고 스트레스를 많이 받았을 때는 당분을 먹어도 부작용이 없는 거 몰라? 너도 한 컵 가져와. 오늘 네가 받은 스트레스면 초콜릿을 통째로 들이부어도 아무 문제없을 거다."

카르파탐이 죄책감을 유발하는 이유는 명확히 밝혀지지 않았다. 뇌에서의 복합적인 호르몬 작용이 심리적인 요인과 결합하여 발생하는 부작용일 거라고 추측하는 정도였다. 한 가지 명확한 상관관계를 보이는 연구 결과는 있었다. 스트레스를 받은 상태에서 섭취하는 카르파탐은 죄책감을 유발할 가능성이 현저히 낮았다.

실제 연구에서 계산된 상관 계수 값보다도 그 결과가 주는 메시지가 훨씬 직관적이었다. 고생하지 않고 달콤함만 얻을 수는 없다. 스트레스를 받으며 일한 사람만이 카르파탐을 누릴 자격이 있다. 뿌리치기 힘든 카르파탐의 달콤함은 사람들을 더 극심한 스트레스로 몰아넣는 명분이 되었다. 나태함은 비난받고 스스로를 혹사하는 열정이 치켜세워졌다. 카르파탐이 유발하는 죄책감은 역설적으로 사회의 톱니바퀴에 사람들을 갈아 넣을 때 마땅히 느껴야 할 죄책감을 덜어주었다.

"됐어. 난 단 거 싫어해."

"싫어해? 죄책감을 느끼는 게 아니라?"

"그까짓 단맛 때문에 내가 왜 죄책감을 느껴야 해? 나쁜 게 설탕이지 나야?"

"아하, 그런 식이군. 그럼 반설탕주의자?"

"그냥 내가 싫은 거야. 다른 사람들이야 알아서 먹든 말든. 이렇게 지독한 당분 냄새만 안 풍기면 네가 뭘 먹든 내가 간섭할 이유가 없지."

"이까짓 셰이크 하나에서 냄새가 나봐야 얼마나 난다고. 잠깐, 좀 이상한데."

선우는 초콜릿 셰이크 컵에 코를 바짝 가져다 댔다. 손을 몇 번 까닥거려 셰이크에서 스며 올라오는 당분 냄새를 맡아보더니 고개를 저었다. 선우의 셰이크에서 나는 냄새가 아니란 뜻이었다. 민정은 의아해하며 주변을 살폈다.

"그럼 대체 어디서… 조심해! 카르파탐 가스야!"

민정의 외침과 동시에 옆 테이블 바닥에서 무언가가 굴러 나왔다. 조각이 맞물린 틈새로 가스가 새어 나오는 주먹만 한 갈색 공이었다. 민정이 코를 막고 고개를 돌리자 펑 소리와 함께 공이 터지며 카페테리아 전체가 달콤한 냄새로 가득 찼다.

민정의 입에 자신도 모르게 침이 고였다.

그뿐만이 아니었다. 천장에서 스프링클러가 튀어나오더니 사방으로 진한 초콜릿 물을 쏟아냈다. 사람들이 비명을 지르며 도망치느라 카페테리아는 아수라장이 되었다. 테이블과 바닥에 흩어진 음식들 위로 카르파탐이 가득한 인공 초콜릿이 비처럼 내리면서 표면을 반짝반짝 빛나는 진한 갈색으로 코팅했다.

사람들을 대피시키느라 온통 초콜릿을 뒤집어써 버린 민정은 선우가 내민 수건으로 얼굴을 닦았다. 입술 위로 문질러진 초콜릿이 입 안으로 녹아들며 달콤한 맛이 감돌았다. 민정은 인상을 찌푸리며 입맛을 다셨다. 역시 민정에게 초콜릿의 맛은 달콤함도 죄책감도 아닌 분노였다.

＊

마약수사대에 속해 있긴 해도 설탕단속반의 업무는 사실 대단치 않았다. 카르파탐은 강력 범죄와 연결되지 않는다. 유일한 부작용은 죄책감이고 불법 카르파탐을 먹는 사람은 대체로 조용하고 얌전하다. 죄책감에 못 이겨 스스로 경찰서로 달려온 사람의 신고를 접수하는 게 일과의 대부분을 차지할 정도였다. 케이크가 나타나기 전까지는 그랬다.

케이크(CAKE; Critical Action for Karpartame Emancipation). '카르파탐 해방을 위한 결정적 행동'이라는 구호를 내걸며 나

타난 이 비밀단체는 카르파탐 섭취 제한을 철폐하고 모든 사람이 저렴한 카르파탐 디저트를 마음껏 즐겨야 한다고 주장하며 기습적인 시위와 홍보 활동을 끈질기게 펼쳐 나갔다. 최근에는 시위가 점점 과격해져서 설탕단속반은 이들의 행동이 테러로 변질되지 않을까 촉각을 곤두세우고 있었다.

핵심 간부 몇 명에게 감시가 붙었고 민정과 선우는 그중 김아린이라는 사람을 쫓고 있었다. 그런데 며칠 전 잠시 눈길을 뗀 사이 김아린이 사라졌다. 그러고서 새벽에는 지하철에 낙서가 그려지고 아침에는 카페테리아에서 카르파탐 테러가 발생했다. 치밀하게 계획된 범행이었고 그 배후는 김아린일 게 뻔했다.

"코팅된 두께나 건조 속도로 봐서 카르파탐 원액이 아니라 가루로 말린 걸 스프링클러 배관에 탄 거야. 색소도 섞고. 시각적인 효과를 극대화하려고 한 거겠지."

선우는 테이블을 뒤덮은 초콜릿을 손가락으로 슥 문질러 입 안에 넣으며 말했다. 진한 갈색으로 코팅된 치킨커틀릿을 크게 한입 베어 물기도 했다. 조사를 위해 맛보는 수준은 한참 넘어선 정도였다.

"그만 좀 먹어. 증거 훼손이야. 그거."

"널린 게 증거인데 뭐. 일단 우리부터가 초콜릿으로 코팅됐는데. 배 속도 코팅한다고 뭐 문제 될 거 있어?"

"일일섭취량 벌써 초과한 거 같은데?"

"괜찮아. 괜찮아. 스트레스 받았잖아. 날 봐. 내가 죄책감

느끼는 거로 보여?"

"아예 스프링클러에 입을 벌리고 있지 그랬냐."

"그 생각을 못 했네."

선우는 남아 있는 초콜릿 치킨커틀릿을 한입에 쓸어 넣고 우적우적 씹었다. 민정은 혀를 차고 돌아서며 말했다.

"알아서 해라. 대테러처리반 올 때까지 기다릴 거지? 난 가서 팀장한테 죽여달라고 빌어야겠다. 그전에 일단 이거 좀 씻고."

*

"그까짓 설탕쟁이들 하나 못 잡아들여서 이 난리를 만들어? 엉?"

팀장의 반응은 민정의 예상과 단어 하나도 다르지 않았다. 너무 뻔해서 마음이 상하진 않았는데 시간이 아까웠다. 그냥 이미 들었다 치면 안 되나. 어차피 머릿속에서 저절로 재생됐던 건데. 혹시 팀장 자체가 빅데이터에 기반해 만들어진 인공지능 욕 머신은 아닐까. 그런 생각을 하다가 욕이 잠시 끊기는 틈을 타서 재빨리 정해진 말로 마무리 지었다.

"열심히 하겠습니다."

"입으로만 하지 말고! 발로 뛰어, 발로! 나가봐!"

뒷걸음질로 빠져나와 조용히 문을 닫고 나자 그제야 억눌렸던 스트레스가 치밀어 올랐다. 무엇보다 배가 고팠다. 그러고 보니 밤을 새우다시피하고 아침으로 샐러드 몇 조각 끼적거린 게 다였다. 입맛이 없어도 배는 채워야 했다.

다시 식당에 가고 싶지는 않았다. 근처 편의점에 들러 즉석식품 코너를 둘러보았다. 마약으로 분류되어 있는 현실이 무색하게 진열장 안에는 카르파탐이 함유된 디저트들이 가득했다. 치즈케이크, 티라미수, 슈크림볼, 에그타르트, 딸기오믈렛, 크림롤케이크, 푸딩, 젤리, 아이스크림. 끝도 없었다.

물론 모든 디저트는 카르파탐 함유량이 표시된 채 단단히 잠긴 투명 진열장 안에 들어 있었다. 성인 일일제한량 30퍼센트 함유. 사람들은 저런 디저트 세 개를 먹기 위해 하루를 살았다. 그것도 평균 수준의 스트레스를 받는다는 가정하에서였다. 규정 근무 시간을 채우지 않는 사람들은 제한량이 더 줄어들었다. 직업이 없으면 제한량은 일반인의 30퍼센트였다. 즉 직업이 없는 사람이 하루에 먹을 수 있는 디저트는 딱 하나였다.

민정은 옆 선반에 있는 샌드위치 하나를 대충 집어 밖으로 나왔다. 출구에서 딩동 소리가 나며 안내음이 들려왔다. 5천 원 결제되었습니다. 해당 식품의 카르파탐 함유량은 5퍼센트입니다. 오늘 남은 제한량은 95퍼센트입니다.

이런 샌드위치에까지 카르파탐이 들어 있을 줄은 몰랐다. 카르파탐이 든 제품은 환불 절차도 번거로웠다. 오늘 정말 되는 일이 없어. 민정은 울컥 치밀어 오른 화를 씹어 삼키며 근처 공원 벤치로 향했다.

날씨는 정말 좋았다. 돈을 주고 행복을 사는 세상이라지만 적어도 날씨만큼은 공짜다. 민정은 비닐을 뜯고 감자샐러드와 딸기잼이 발린 샌드위치를 한입 베어 물었다. 폭신한 빵이 눌리며 고소하고 부드러운 감자샐러드가 빠져나와 은은하게 입 안을 채웠다. 약간 밋밋하다고 느낀 순간 카르파탐의 달콤함이 녹아들며 깔끔하게 혀를 자극했다.

맛있다.

단 걸 싫어한다는 건 사실 거짓말이었다. 아니 완전히 거짓말은 아니었다. 민정은 카르파탐을 싫어했다.

민정에게는 언니가 하나 있었다. 피를 나눈 언니는 아니었지만 그 이상으로 서로를 아꼈다. 언니는 다정하고 똑똑하고 무엇보다 열심히 살았다. 사실 그래야만 했다. 갚아야 할 집안의 빚이 있었고 언니에게 의지하는 무능력한 애인이 있었다.

몇 번이나 관계를 다 끊어버리라고 했지만 언니는 그러지 못했다. 어떻게 그러고 사냐고, 안 힘드냐고 성질을 부리는 민정을 오히려 언니가 다독였다. 괜찮아. 네가 있잖아. 난 너만 있으면 돼.

언니가 끊지 못한 건 하나 더 있었다. 카르파탐이었다.

조금만 더 참으면 된다고, 그러면 다 정리할 수 있다고 스스로를 밀어붙이던 언니에게 일반인의 카르파탐 제한량은 너무 적었다. 밤마다 어디선가 몰래 사 온 디저트를 먹는 언니를 막을 수 없었다.

나만 있으면 된다며. 왜 그걸 못 끊어.

너도 힘들잖아. 이게 제일 편해. 이걸 먹으면 힘들고 골치 아팠던 일들이 다 녹아 없어진다. 나까지 다 녹아서 바다로 흘러가 섞여버릴 것 같아. 너도 한입 먹어볼래.

싫어. 난 단 거 싫어해.

언제부터 죄책감이 나타나기 시작했는지 민정은 정확히 기억하지 못했다. 좀 더 신경 써서 지켜보지 못한 것 같아 민정은 아직도 가슴이 콱 막혔다. 그렇게 단 디저트를 먹으면서도 언니는 점점 말라갔다. 다 내 책임이야. 내가 바보 같아서. 이런 거나 먹어대고. 미련하게. 너도 내가 싫지. 힘들지. 미안해. 힘들게 해서. 다 나 때문이야. 너도 내가 없는 게 나을 거야.

그렇게 언니는 떠났다.

"무슨 생각을 그렇게 해요?"

누군가 벤치 옆자리로 느닷없이 밀고 들어오며 던진 말에 민정은 깜짝 놀랐다. 재빨리 기억을 흩어버리고 살짝 배어 나온 눈물을 찍어 내며 고개를 돌린 민정은 다시 한 번 놀랐다. 모자를 푹 눌러 쓰고 민정 옆에서 초롱초롱하게 눈을 굴리고 있는 사람은 다름 아닌 김아린이었다. 케이크의 핵심 멤버 김아린. 오늘 새벽과 아침에 벌어진 테러의 용의자.

반사적으로 허리로 가던 손을 멈추고 민정은 잠시 아린을 노려보았다. 도망갈 생각도 민정을 공격할 생각도 없어 보였다. 무엇보다 지금은 식사 시간이었다. 민정은 마지막 샌드위치 조각을 입에 넣었다. 민정이 샌드위치를 씹어 넘기고 입을 닦는 걸 기다리던 아린은 은박지로 감싼 동그란 초콜릿 하나를 내밀었다.

"디저트예요."

"미쳤어, 정말. 내가 누군지 알아요? 알죠? 이거. 무슨 뜻이에요?"

"무슨 뜻일까. 그거 비매품이에요. 일일제한량 상관없이 먹을 수 있다는 뜻이죠. 한 가지 더. 부작용도 없어요. 죄책감 같은 거 느끼지 말고 마음껏 먹어도 돼요."

"왜 자기 무덤을 파죠? 증거가 없어서 못 잡아들이고 있었는데. 뇌물공여죄 현행범이에요."

아린은 그럴 줄 알았다는 듯이 초콜릿을 다시 가져가서는 껍질을 벗기고 자기 입에 쏙 넣었다. 체온에 스르르 녹아드는 초콜릿을 음미하는 듯 눈을 슬쩍 감으며 벤치에 잠시 기댔던 아린은 민정을 돌아보며 말했다.

"세상에 어쩌나. 향정신성의약품 관리법도 위반해버렸네요."

"이거 음모예요? 일부러 들어가려고? 아니면 혼자가 아닌가?"

"혼자가 아니냐고 물어보면서 주변을 둘러보지도 않네요. 혼자인 거 아는구나. 역시, 제가 촉이 좀 좋아요. 사실 초콜릿은 장난친 거였고. 할 말이 있어서 왔어요. 말이 통할 것 같아서."

"난 취조실에서 하는 대화가 좋던데. 속마음도 다 털어놓게 되고."

아린이 까르르 웃었다. 그러고는 어이없어하는 민정을 보며 말했다.

"언니 재밌다. 역시 내 예상대로야. 좋아요. 우리 시원하게 얘기 한번 해봐요. 취조실 말고 어디 분위기 좋은 데서. 얘기 다 끝나고도 마음이 안 변하면 잡아가세요. 좀 살다 나오지 뭐. 사람 잘못 본 죄로."

언니. 거리낌 없이 튀어나온 언니라는 말에 민정의 가슴이 다시 조금 아릿해졌다.

✳

아린이 민정을 데리고 간 곳은 뜻밖에도 많은 사람이 오가는 대로변에 위치한 카페였다. 의아해하는 민정을 보며 아린이 말했다.

"어디 비밀 아지트라도 데려가는 줄 알았어요? 언니를 어떻게 믿고. 나중에 잡혀가더라도 나 혼자 가야죠. 이쪽으로. 여기가 전망이 좋아요. 햇볕도 잘 들고."

아린은 창가 쪽 자리로 민정을 안내했다. 반쯤 걸친 햇볕이 포근해 보이는 소파를 딱 좋을 정도로 따뜻하게 비추고 있었다. 아린은 테이블에 설치된 스크린을 클릭해 민정이 앉은 방향으로 메뉴판을 띄워주며 말했다.

"뭐 드실래요? 여기 다 맛있어요. 아, 합법적인 디저트들이니까 걱정하지 말고."

"난 됐어요. 단 거 싫어해요."

"그래요? 그럼 제가 고를게요. 나중에 뺏어 먹을지도 모르니까 두 개 시켜야지."

아린은 메뉴판을 자기 방향으로 돌리고는 콧노래까지 불러 가며 메뉴들을 살피더니 바닐라 에끌레어와 밀크 크레이프를 주문했다. 둘 다 카르파탐 제한량 45퍼센트의 다디단 디저트였다. 그렇게 단 걸 먹어대면서도 죄책감이라고는 눈 씻고 찾아볼 수도 없는 아린을 보며 민정은 카르파탐이 정말 죄책감을 유발하는 건지 의심해야 했다. 뭐, 사람마다 다른 거겠지.

"정부가 왜 카르파탐을 규제한다고 생각해요?"

디저트를 주문하고 민정을 향해 돌아본 아린의 눈은 놀랍도록 진지해져 있었다. 민정은 자기도 모르게 목을 가다듬고는 대답했다.

"카르파탐에서 부작용이 발견됐잖아요. 죄책감을 유발하는. 몰라서 물어요?"

"그걸 정말로 믿으세요?"

믿을 수밖에. 내가 직접 봤으니까. 민정은 차마 그렇게 말하지는 못했다. 잠시 대답을 망설이자 아린이 다시 말했다.

"일단은요. 부작용은 발견된 게 아니에요. 발명된 거지."

"뭐라고요?"

"죄책감을 유발하는 부작용은 만들어진 거예요. 일부러 만들어서 카르파탐에 넣은 거라고요. 원래의 순수한 카르파탐에는 아무런 부작용도 없어요."

아린의 표정은 여전히 진지했다. 너무도 확고한 모습이라 민정은 살짝 소름이 끼치기까지 했다. 사실 케이크라는 단체 생각을 해보면 놀랄 것도 없었다. 엉뚱한 주장을 하는 사이비 단체일수록 신념이 강한 법이니까. 민정은 차갑게 되물었다.

"그걸 어떻게 믿죠?"

"내가 만들었으니까."

이 대답은 의외였다. 민정은 눈을 동그랗게 뜨며 허리를 바짝 세웠다. 아린의 표정은 여전히 진지했다.

"거짓말도 정도껏 해요."

"왜 못 믿죠? 내가 너무 어려서? 뭐 그래서 논문 제1저자도 뺏기긴 했죠. 얼마나 억울하면 몰래 내 이름을 따서 카르파탐이라는 용어를 만들었겠어요. 카르파탐의 첫 세 글자. K. A. R. 제 이니셜이에요. 김. 아. 린. 분자 구조하고 원재료명에서 적당히 평계를 갖다 붙이긴 했지만."

"지금 그걸 믿으라는 거예요?"

"내가 여기서 카르파탐 강의라도 해야 믿겠어요? 아니, 그래도 안 믿겠지. 뭐 내가 그걸 만들었다는 건 사실 중요한 건 아니에요. 나한텐 중요하지만. 다 지난 얘기고. 중요한 건 왜 카르파탐에 일부러 죄책감을 유발하는 부작용을 집어넣었느냐. 이거겠죠. 그렇죠?"

민정은 여전히 미심쩍은 표정으로 팔짱을 낀 채 고개를 까닥했다. 아린이 말을 이었다.

"그냥 먹는 것만으로 간단하게 행복을 주는 물질이 있다고 생각해봐요. 아무런 부작용도 없고. 중독성도 없고. 게다가 엄청 싸. 그럼 세상이 어떻게 될까요?"

"모든 사람이 거기에 빠져서 아무 일도 안 하고 세상이 돌아가질 않겠죠. 그게 마약이잖아요."

"부작용도 없고 중독성도 없다니까요."

"간단하게 행복을 주는 것 자체가 중독이죠. 그렇게 간단히 행복을 얻을 수 있으면 누가 열심히 일하겠어요?"

"왜 열심히 일해야 하는데요?"

어이가 없었다. 민정은 이야기를 계속할 필요를 느끼지 못했다. 아무리 주고받아봐야 허공을 맴돌 뿐이다. 무엇보다 피곤했다.

"주문하신 디저트 나왔습니다."

언제 다가왔는지 허리 높이의 원통 모양 트레이 하나가 테이블 옆에 서서는 초록색 불빛을 깜박였다. 크림이 탱탱하게 채워진 기다란 슈 위에 바닐라와 블루베리가 몽글몽글하게 올라간 바닐라 에끌레어와 종이처럼 얇은 노란색 크레이프를 겹겹이 쌓아 올린 삼각형의 밀크 크레이프가 트레이 위에 얌전하게 놓여 있었다. 아린이 에끌레어와 크레이프를 테이블 위로 옮기자 트레이는 딩동 하고 알림음을 울리고는 주방을 향해 굴러갔다.

여기서 끊자. 민정은 달그락거리는 접시 소리가 채 끝나기 전에 서둘러 말했다.

"괜히 시간을 끌었네요. 나머지 얘기는 서에 가서 하시죠. 이건 내가 살게요."

"네? 먹지도 않고요? 그건 디저트에 대한 예의가 아니죠! 세상에 어떻게. 언니 듣던 것보다 엄청 쎄다. 저는 이거 다 먹을 때까지 한 발자국도 못 움직이니까 잡아가든 끌고 가든 맘대로 해요."

아린이 포크를 집어 든 기세가 너무 단호해서 민정은 헛웃음이 나왔다. 그걸 물러섰다는 신호로 들었는지 아린은 활짝 표정을 펴며 포크를 크레이프의 뾰족한 끝에 세로로 찔러 넣었다.

"언니는 크레이프를 한 장씩 떼서 먹는 사람들이 이해가 가요? 설마 언니가 그렇게 먹는 건 아니겠죠? 그럼 나하고 결투해요."

"단 거 싫어한다니깐."

"그럼 언니는 무슨 낙으로 살아요? 매운맛? 고기? 파는 아이돌 있어요? 책이나 영화 좋아해요?"

"인생에 낙이 어딨어요. 그냥 사는 거지."

"그럼 왜 열심히 일하는데요?"

이야기가 다시 돌았다. 민정은 어쩌면 대답할 말이 없어서 이 자리를 뜨고 싶었는지도 모른다고 생각했다. 왜 열심히 일하지. 갚아야 할 빚도, 뒷바라지할 혹도 없는데. 아린이 다시 말했다.

"제가 비밀 하나 알려줄까요. 세상은 열심히 살지 않아도 돼요."

배부른 소리야. 저런 대책 없는 낙관주의가 카르파탐의 진짜 부작용일지도 모르겠다.

"생각해보세요. 너무도 간단한 방법으로 행복을 얻을 수 있어요. 이런 디저트만 얘기하는 게 아니에요. 음식, 옷, 집, 문화생활, 전부 다. 생각해보면 정말 간단하게 지구상의 모든 사람에게 행복을 느낄 수 있는 최소한의 조건을 제공해줄 수 있어요. 이 카르파탐이 얼마나 쉽게 만들어지는 줄 아세요? 누가 계산했는데 현재의 기술력이면 옛날 기준으로 백 명분의 노동력만 있어도 전 세계 사람들에게 필요한 카르파탐을 생산할 수 있대요."

"그건."

그냥 무시하려던 민정의 입에서 자기도 모르게 반박이 튀어나왔다. 아린이 눈을 반짝이며 민정의 대답을 기다리고 있었다. 민정은 한숨을 쉬며 말을 이었다.

"그건 말 그대로 최소한이잖아요. 멋진 차, 커다란 집, 이렇게 화려한 카페, 아린 씨가 들고 있는 휴대폰, 이런 걸 그렇게 간단하게 만들 수 있어요? 세상 사람들이 전부 다 카르파탐에 만족하고 디저트만 먹으면서 일을 안 하면 이런 물건들이 어떻게 만들어질 수 있겠어요?"

"그렇게 멋진 걸 갖고 싶으면 그 사람들이 열심히 일하면 되죠. 누가 말리나. 그런데 지금 봐요. 진짜 엄청난 걸 누리는 사람들이 열심히 일해요? 그 사람들은 오히려 편안하게 그걸 얻어요. 지금 열심히 일하는 사람들은 그렇게 많은 게 필요 없는 사람들이에요. 그런 사람들을 디저트도 못 먹게 억지로 막으면서 하루에 6시간씩 꼬박꼬박 스트레스 받으며 일하게 만들고 있는 거라고요."

"그건⋯."

이번에는 민정의 반박이 쉽게 튀어나오지 않았다. 내가 왜 팀장에게 그런 말을 들으며 계속 일해야 하지. 돈 벌어서 어디다 쓰려고. 디저트도 안 먹으면서.

아린은 조그만 나이프로 에클레어를 한 조각 잘라 민정에게 내밀었다. 터져 나올 듯 가득 찬 크림에서 반짝 윤기가 흘렀다.

"먹어봐요. 행복해지는지 아닌지."

단 거 싫어한다고 했잖아요. 왠지 그 말이 나오지 않았다. 그래 어디. 민정은 자기도 모르게 아린이 내민 포크를 덥석 물었다. 달콤함이 금세 입 안에 번졌다. 슈는 자글거리며 녹아들고 크림은 미끄러지듯 퍼졌다. 산뜻한 바닐라의 향이 코를 간질였다. 이걸 먹으면 힘들고 골치 아팠던 일들이 다 녹아 없어진다. 언니가 속삭였다.

"너까지 다 녹아서 바다로 흘러가 섞여버릴 것 같지 않니?"

익숙했던, 그리운 목소리가 귀에 들렸다. 민정은 깜짝 놀라 고개를 돌렸다.

언니였다. 소식도 없이 떠나버렸던 언니가 민정의 옆에 서 있었다. 언니는 아린의 머리를 쓰다듬으며 민정에게 살짝 윙크했다.

"언니…? 언니 좀… 통통해졌다. 근데 보기 좋아. 정말 보기 좋아."

왈칵 눈물이 솟았다. 크레이프가 너무 달콤해서 그래.

＊

"저는 지금 카르파탐 해방을 위한 결정적 행동. 케이크 회원들이 집회를 벌이고 있는 광화문에 나와 있습니다. 애초에 정부는 오늘 집회를 불법 집회로 규정하고 참석자들을 전원 연행하겠다는 초강수로 대응했었는데요, 정부 예상보다 너무 많은 수의 회원들이 모였습니다. 지금 제 뒤로 보시면 아마 끝이 보이지 않을 정도로 모인 사람들을 보실 수 있을 텐데요. 경찰 추산 5만 명. 주최 측 추산 20만 명의 사람들이 이 광화문 광장에 모여 있습니다."

사람들 틈에서 겨우 버티며 카메라 앞에 서 있는 기자 뒤편으로 사람들의 구호가 울려 퍼졌다.

"부작용 없는 카르파탐 공급 제한 철폐하라! 철폐하라!"

"카르파탐 부작용 조작 관련자들 처벌하라! 처벌하라!"

"고생 끝에 골병든다! 노동 강요 그만둬라!"

"달콤함은 죄가 없다! 억지 누명 집어치워라!"

"네, 지금 구호를 들으셨을 텐데요. 오늘 이렇게 예상 밖으로 많은 인원이 모인 이유 중 하나는 바로 4시간 전에 기습적으로 발표되었던 전 카르파탐 개발 연구원 김 모 씨의 폭로 때문이었습니다. 카르파탐의 부작용으로 알려졌던 '죄책감'을 사실은 정부가 의도적으로 심어 넣었다는 주장이었는데요. 같이 공개한 자료들로 보아 상당한 신빙성이 있어 보입니다. 지금 제 옆에는 케이크의 대표라고 오늘 처음 밝히셨죠, 네, 케이크의 대표이신 백나현 선생님이 나와 계십니다. 백나현 선생님?"

"네. 백나현입니다. 케이크는 사실 많은 사람이 공동으로 이끌어 나가는 조직인데요. 오늘은 제가 대표 역할로 이 자리에 나와 있습니다."

"알겠습니다. 한 가지 질문 드릴 게 있는데요. 만일 정부가 카르파탐에 의도적으로 부작용을 심은 게 사실이라면, 사실이라고 가정한다면, 대체 왜 그런 일을 했을까요?"

"네, 간단히 말씀드리겠습니다. 현대 사회가 자동화와 인공 지능을 통해 인간의 노동이 그다지 필요 없어진 기술 발전을 이룬 건 사실입니다만, 그래도 여전히 현대 문명을 유지하기 위해선 어느 정도의 노동력은 필요합니다. 문제는 그런 고도의 물질문명을 누리고자 하는 계층과 노동력을 제공하는 계층이 분리되어 있다는 사실인데요. 과거에는 생계를 담보로 저소득층에게 노동을 강제하는 게 가능했지만, 말하자면 먹고 살기 위해선 일을 해야 했단 말이죠, 하지만 현대에는 기술 발달로 대부분의 사람이 일을 하지 않아도 최소한의 행복한 삶을 누릴 수 있는 수준을 이미 달성했단 말입니다. 이러면 저소득층에게 더 이상 노동을 강제할 수 없는 상황이 되어버렸다는 문제가 생기죠."

"네…. 당장 납득하기에는 좀 논란의 여지가 있어 보입니다만. 어쨌든 그런 게 카르파탐과는 어떤 관계가 있는 거죠?"

"카르파탐은 어찌 보면 상징적인 의미가 있는데요. 달콤한 디저트를 먹는 것만으로도 사람들은 굉장히 행복해집니다. 과거에는 살이 찐다거나 건강이 안 좋아진다는 부작용을 평계로 그런 쉬운 행복을 금지하는 어떤 사회적인 울타리를 세우기가 쉬웠는데요. 기술의 발전으로 그 부작용이 다 사라져버린 거죠. 말하자면 달콤함은 반드시 일정 수준의 고통을 견뎌내고 얻어야 한다는 원칙이 있었고 그 고통을 빌미로 노동을 강제할 수 있었던 건데요, 그게 끝난 거죠. 불필요한 고통 없이도 달콤함을 누릴 수 있는 시대가 이미 우리 앞에 와 있던 겁니다. 이걸 억지로 막고 있는 거죠. 간단히 말해 더 이상 달콤함에는 죄가 없습니다! 우리 현대인들은 마음껏 달콤함을 누릴 자유가 있습니다! 달콤함을 위해 노동을 강요당하지 않아도 됩니다!"

아나운서의 말은 사람들의 함성에 묻혔다. 광장에 모인 사람들은 점점 늘어나 이제 거의 30만 명에 가까워졌다. 수많은 사람으로 둘러싸인 한가운데에서 케이크의 핵심 멤버들이 무언가를 준비하고 있었다.

"아린아! 준비 다 됐어?"

"응! 잠시만! 이것만… 연결하면… 됐어! 발사 준비 끝! 민정 언니, 그거. 그거 당기면 돼!"

"좋아. 간다. 으… 꽤 뻑뻑한데. 언니! 이것 좀 도와줘! 여기!"

"여기? 이렇게 잡으면 돼? 그냥 당겨?"

"응! 하나, 둘, 셋!"

펑 소리와 함께 상자에 담겨 있던 초콜릿들이 하늘로 솟아올랐다. 반짝이는 은박지에 싸인 작은 달콤함들이 별처럼 하늘을 수놓았다. 오늘 그 달콤함은 공짜였다. 어쩌면 앞으로도.

남세오

평범한 연구원으로 살아가던 어느 날 문득 글을 쓰게 되었다. 글을 쓰는 건 많은 시간을 홀로 고민하는 작가의 몫이지만 그 결과물은 독자에 따라 저마다의 방식으로 읽힐 수 있는 소설이라는 매체에 편안함과 매력을 느낀다. 브릿G에서 '노말시티'라는 필명으로 활동을 시작하였고 환상문학웹진 거울의 대표중단편선에 2019년에는 표제작인 〈살을 섞다〉를, 2020년에는 〈할로윈이든 핼러윈이든〉을 실었다. SF 단편집인 《중력의 노래를 들어라》와 청소년 경장편인 《너와 함께한 시간》을 출간하였으며, 《일곱 번째 달 일곱 번째 밤》, 《책에서 나오다》 등 다수의 앤솔러지에 참여하였다.

거인을
지배하는 법

지현상

"그래서, 거기 사는 지적생명체의 크기가 어느 정도나 된다고?"

"대략 75M에서 90M가량 됩니다." 기우가 침착하게 대답했다. "신생아들도 20M가 넘죠. 성체 중 간혹 유별나게 큰 개체는 100M가 넘는 것도 있습니다. 대략 30층 아파트만 한 것들이 걸어 다닌다고 보면 됩니다."

"세상에. 그건 커도 너무 크구만." 누군가의 입에서 탄식에 가까운 목소리가 튀어나왔다.

불편한 떨림이 공간을 텁텁하게 만들었다. 과학기술은 간혹 생각지 못한 걱정거리를 물고 오기 마련이다. 행성 H-TRA2의 탐사가 딱 그런 경우였다.

그리 멀지 않은 곳에 살고 있는, 그들이 감당하기엔 너무나 거대한 생명체들. '거인'들은 존재만으로도 사람들을 위축시키는 힘이 있었다. 혹 우연히라도, 단 한 개체라도 우리의 행성을 방문하게 된다면….

후. 기우는 자신을 애써 진정시키며 짧게 한숨을 내쉬었다. 현재 회담장에는 각 지역의 대표와 방위 장관, 소수의 전문가가 빙 둘러앉아 머리를 맞대고 모여 있었다. 기우는 H-TRA2를 직접 방문하고 돌아온 탐사대의 대표이자 사령관, 연구원의 자격으로 회담에 참여하는 중이었다. 모든 이의 시선이 기우에게 쏠려 있었다. 동요하는 모습을 보여서는 안 될 일이었다.

질문이 이어졌다.

"그들도 우리의 존재를 알고 있는가?"

"아니요. 다행히 아닙니다." 기우가 대답했다. "다만 우리 행성의 존재는 알고 있습니다. 그들이 보기에 우리 행성은 너무 작기 때문에, 신경 써서 조사해볼 생각을 하지 않고 있을 뿐이죠. 우리 행성은… 그들의 기준으론 소도시 하나 크기나 될까 말까 한 작은 돌덩어리일 뿐입니다."

기우가 설명을 돕기 위해 테이블 위의 작은 스위치를 눌렀다. 그러자 준비해온 영상이 회담장 가득 홀로그램으로 재현되었다. 벽과 천장이 있던 자리에 넓은 하늘과 어마어마하게 큰 나무와 풀들, 콘크리트와 커다란 돌덩이 따위가 주변에 나타났다.

기우가 말했다. "H-TRA2에서 직접 촬영해온 영상입니다."

무엇 하나 작은 것이 없는 거대한 공간이었다. 심지어 흙 밭 사이에서 볼 수 있는 기괴한 벌레들마저 사람의 크기를 훌쩍 뛰어넘었다. 남부 지역 대표가 자신에게 다가오는 커다란 벌레를 보고 외마디 비명을 질렀다. 홀로그램 벌레는 당연히 그를 보지 못하고 제 갈 길을 걸어갔지만, 그는 홀로그램 벌레가 자신의 몸을 뚫고 지나가자 거의 기절할 듯 몸서리를 쳤다.

그 거대한 공간을, 거의 다리만 보일 정도로 거대한 거인들이 바쁘게 돌아다니고 있었다. 거인들이 발걸음을 옮길 때마다 온 사방에서 쿵쿵거리는 충격이 강한 진동을 타고 느껴졌다. 거인들의 전체적인 모습을 보려면 한참 위를 올려다봐야 하거나, 아주 멀리 떨어진 곳의 개체들로 시선을 옮겨야 했다.

"이게 정말이란 말인가. 벌레들마저 저만하다니 기가 차는군."

"거인들은… 생각보다 우리와 비슷하게 생겼군요."

사람들은 제각기의 반응을 보이며 놀란 눈으로 거인들을 바라봤다. 그중 머리가 하얗게 센 나이 든 장관 하나가 기우를 향해 의아한 목소리로 말했다.

"난 말일세, 아주 어릴 때부터 H-TRA2라는 행성에 대해 배우며 자라왔네. 워낙 큰 행성이니까 모르려야 모를 수가 없던 게지. 하지만 거기에 저렇게 거대한 생명체가, 그것도 지능이 있는 생명체가 존재한다는 이야긴 들어본 적도 없었어.

기껏 해봐야 '생명체가 존재할 가능성이 있다' 정도였지. 이미 탐사까지 끝마친 상황이라면, 정말 이 영상을 직접 찍어온 거라면, 분명 한참 전부터 거인들에 대해 누군가는 알고 있었을 것 아닌가? 적어도 자네 탐사대를 포함한 꽤 많은 사람이 말이야. 이렇게 중요한 이야기를 왜 이제 와서야 하는 건가?"

기우는 대답 대신 조심스레 입을 다물고 의장을 향해 고개를 돌렸다. 자신이 답하기엔 민감한 문제였고, '확실한 책임자'의 발언이 필요한 순간이었다. 회의장의 가운데에서 모두를 내려다보던 의장은, 기우와 눈이 마주치자 고맙게도 직접 입을 열었다.

"이 문제가 당연하게도 우리 사회에 큰 혼란을 야기할 것이라 생각했기 때문입니다. H-TRA2의 거인들은… 얼마 전까지 돌파구는커녕 작은 틈 하나 보이지 않는 너무 거대한 문제였죠."

"그럼 지금은….." 나이 든 장관이 살짝 앞으로 몸을 기울였다. "뭔가 수가 생겼다는 이야기입니까?"

"적어도 예전보다는 나은 상황입니다." 의장이 차분히 고개를 끄덕였다. 그리고 침착하게 기우를 바라보며 이야기를 이으라는 듯 손을 내어 보였다.

"저희는 약 3년 전부터 H-TRA2에 선발 기지를 세워 그들을 조사했습니다." 기우가 말했다. "힘든 여정이었지만 다행히 많은 성과가 있었고, 우리는 그들의 행동 양식이나 습성은 물론, 과학 기술력, 사회제도, 신체 구조에 대해서도 어느 정도 조사를 마쳐놓은 상태입니다."

"즉 이제 그들과 싸우게 된다 하여도, 예전보다는 우리에게 승산이 있다고 판단되었다는 뜻이죠." 의장이 말했다.

"싸운다뇨? '전쟁'을 말하는 건가요?" 남부 지역 대표가 놀란 표정으로 재빨리 물었다.

"정확히는 관계에서의 주도권을 차지하기 위한 '경쟁'이겠지요." 의장이 대답했다. "꼭 무력 전쟁일 필요는 없다고 생각합니다만, 막상 우리와 접점이 생길 때 그들의 반응을 속단할 수 없지 않습니까? 하여 개인적으로는 무력 전쟁 또한 대비를 함이 옳다고 생각하고 있습니다. 좀 과격하게 보일 수도 있겠지만… 일이 커지기 전에 선수를 치는 것도 괜찮을 수 있겠죠."

"전쟁이라니 끔찍하군요." 여성 장관 한 명이 의자에 몸을 기대며 인상을 찡그렸다. "역사서에서나 보던 이야기를 우리 세대에서 되풀이하게 되다니…."

"이외에 더 좋은 선택지가 있다면 얘기해주시지요." 의장이 말했다. "이건 인류의 존속이 달린 문제가 될 수 있습니다. 불편한 마음은 이해하지만 이상을 바라볼 게 아니라 이성적으로 생각해야 할 문제입니다."

회담장은 순식간에 더 심각한 분위기에 빠져들었다. 전쟁. 그것은 통합 정부가 설립된 23세기 이후 생각조차 할 수 없는, 생각할 필요도 없는 일이 되어 있었다. 그런데 하물며 거대한 외계인들과의 전쟁이라니. 모두가 입을 다물고 서로를 바라봤다.

"상황을 설명해드리겠습니다." 기우가 말했다. "그나마 다행인 점은 우리가 여러모로 앞서고 있다는 겁니다. H-TRA2의 지적 생명체들은 덩치만 거대할 뿐 그다지 발전한 문명을 이루진 못했습니다. 그들의 의식 수준은 우리가 볼 때 딱 21세기 초반 정도에 불과하고, 과학의 발전도 역시 딱 그 정도죠. 심지어 우주에 대한 개척보다 삶의 편의에 더 중점을 두고 발전 중이기 때문에, 21세기 초의 우리보다도 우주에 대해서는 더 무지하고 무방비하다고 볼 수 있습니다. 단편적인 예를 들자면 그들은 거의 모두가 개인용 컴퓨터를 손에 들고 다니지만, 가까운 위성조차 개척해내지 못한 상태입니다."

기우의 조작에 따라 회담장의 홀로그램이 변화했다. 사람들은 H-TRA2의 빈약한 도시와 운송 장치들, 초기 단계의 우주기술에 대한 영상들을 보며 차례로 고개를 끄덕였다.

장관 한 명이 기우에게 물었다. "수준이 저 정도라면 아직 걱정하기엔 이른 것이 아닌가? 그들이 우릴 공격하기는커녕 우리에 대해 알지도 못한다면 말이야."

"예. 아직 시간은 있는 일입니다." 기우가 대답했다.

"시간은 우리 편이죠." 의장이 말했다. "오늘 이 회담에서 무엇이 결정되든 차분히 진행할 수 있을 정도로 여유 있는 시간입니다. 하지만 그렇기 때문에 더 지금 해야 하는 일이 아닌가 합니다."

동부지역 대표가 고개를 끄덕였다. "그래요. 언젠가 그들도 우리에 대해 알아차릴 날이 오겠지요. 뭐든 미리 준비하는 것이 늦는 것보다는 나은 법 아닙니까. 게다가… 당장 큰일이 아니라고 후세에 문제를 떠맡기는 건 좋아 보이지는 않는군요."

남부지역 대표가 물었다. "혹 그들과 평화롭게 공존할 가능성은 없는 건가요?"

"현재로선 거의 불가능하다고 보입니다." 기우가 대답했다. "말씀드렸다시피 그들의 의식 수준은 우리의 21세기 초반과 비슷합니다. 전쟁과 싸움이 빗발치고 각자의 이해관계를 위해 남을 속이고 이용하는 데에 최선을 다하는 사회지요. 개개인의 차이야 있겠지만 적어도 그들이 이루고 있는 사회의 통치 계층은 확실히 그렇다고 말씀드릴 수 있습니다. 아직 공동의 발전보다는 개인의 욕심을 앞세우는 사회인 거죠. 그런 수준의 생명체가 자신과 다른 '지적 생명체'를 발견했을 때, 게다가 그 지적 생명체가 자신들보다 우월한 문화와 기술을 가지고는 있지만 무력으로 정복이 가능하다 판단될 때, 어떤 행보를 보일지는 충분히 예상이 가시리라 생각됩니다."

홀로그램은 어느덧 황폐해진 넓은 분화구로 바뀌어 있었다. 흙먼지와 돌덩이가 가득한 그곳엔 짙은 화약 냄새와 피 냄새가 배어 있었다. 귀를 찢을 듯한 폭발 소리가 사방에서 울려 퍼지고 땅이 폭발하며 화산보다 몇 배나 거대한 불꽃들이 쏘아 올려졌다.

"지금도 그들은 끊임없이 전쟁 중입니다. 전면전 수준은 아닙니다만 곳곳에서 이익을 위해 서로를 죽이고 또 죽이고 있지요. 지금 보시는 광경에서 사용되는 무기들은, 거인들의 기준으로 볼 때는 아주 좁은 국지전에서 사용되는 무기들입니다. 그들은 보통 자원이나 영토를 위해 싸우고, 덕분에 지역 전체를 못 쓰게 만들 만큼 위험한 무기는 거의 사용하지 않더군요. 하지만 그들은 지금 보이는 공간의 수천수만 배에 달하는 지역을 단숨에 초토화할 만한 무기들도 수두룩하게 가지고 있습니다. 아직은 초기 단계지만 핵기술까지 보유하고 있어요. 제작 기술 자체는 원시적일 수도 있지만, 그 크기가 어마어마하기 때문에, 우리가 무시하긴 어려운 일입니다."

남부지역 대표가 쓴 표정으로 고개를 끄덕였다. "그렇다면 확실히… 저들이 도리어 우리를 무력으로 정복할 수도 있겠군요."

"예. 정복이라기보단 파괴에 가깝겠지만요." 기우가 말했다. "그들은 불쌍하게도 자신들이 사용할 수 있는 온갖 기술을 집약하여 무기를 만드는 데 매진하고 있었습니다. 전체적인 문화와 기술 수준에 비해 무기의 수준이 높은 편이었죠. 지금이야 그 무기들로 서로를 갉아먹고 있습니다만, 우리가 표적이 된다면 곤란할 수 있습니다."

서부지역 대표가 인상을 찡그린 채 손을 들었다. "그렇게 걱정이라면 말이야, 그들이 우리를 공격하기 전에 쓸어버리면 간단한 일 아닌가? 굳이 전쟁이니 경쟁이니 불안한 이야기를 하는 이유가 뭔가? 도의적인 이유 때문에?"

"물론 도의적인 이유도 있긴 합니다. 그러면 정말 말도 안 되는 수의 생명체를 죽이는 꼴이 될 테니까요." 기우가 고개를 끄덕였다. "하지만 그보다 심각한 이유는, 단순히 그들의 물리적인 크기 때문입니다. 우리도 마음만 먹으면 H-TRA2 자체를 황폐화시킬 순 있겠지요. 허나 행성의 압도적인 크기를 고려해보건대, 그 정도의 화력을 내려면 우리는 우리 행성만 한 무기를 만들어 H-TRA2에 쏘아야 할 겁니다."

"거의 불가능한 일이로군."

"예. 게다가 그만한 크기의 무기라면 이동 중 발각될 경우에 대해서도 생각해야 합니다. 그들도 가까이 접근하는 큰 물체 정도는 구분할 수 있는 수준이니, 방어를 할 테지요."

"소규모 공격으로 주요 지점들을 파괴하는 것은 어떤가?" 방위 장관 한 명이 입을 열었다. "그들이 그런 공격도 감지해 낼 수준인가?"

"어지간한 공격으로는 타격이 미미할 겁니다. 누차 말씀 드렸다시피 '크기'에 대한 상대적 기준이 우리와 무척 다르니까요. 또한 무방비 상태에서의 첫 공격은 어찌어찌 성공할 수 있겠지만, 그때부터는 그들도 가만히 있지 않을 겁니다. 어쩌면 우리에겐 두 번째 공격 기회조차 없을지도 모르죠. H-TRA2를 파괴하려면 선제공격 한 번에 끝낼 방법을 찾아야 합니다. 또한 여기서 다들 생각하셔야 할 점은⋯ 그들이 아직 각개 국가를 유지하고 있는 데다가 행성의 면적 자체가 무척 크기 때문에 주요 거점이라 부를 만한 장소들이 셀 수 없이 많다는 겁니다."

"그래. 단숨에 쳐부수긴 어렵다 이거지?"

"그렇습니다. 우리가 몇십 년만 빨리 사태를 파악했으면 이야기가 아주 달라졌겠지만, 지금 H-TRA2의 거인들은 이미 정확한 계산을 통해 우주의 표적을 향해 미사일을 발사할 수 있는 수준에는 도달해 있습니다."

"그럼 정말 서로 물고 뜯는 전쟁이 되겠군." 서부지역 대표가 혀를 찼다.

의장이 고개를 끄덕였다. "그렇습니다. 미사일 한 방에 우리 행성이 사라지지 않는다면 말이죠."

"저는 그들의 미사일이 우리에게 닿을 수 있다는 가정에 의문이 좀 있습니다." 젊은 방위 장관이 낮게 손을 들고 말했다. "분명 조금 전에 H-TRA2의 우주 기술이 부족하다 이야기하셨죠. 그러면 그정도 거리에서 미사일을 발사한다고 해 봐야 당연히 우리에게 도달하는 데엔 긴 시간이 걸릴 테고, 그러면 초기 핵기술 정도는… 사전 격추라든지, 충분히 대응과 방어가 가능하지 않은가요?"

방위 장관의 말에 많은 사람이 고개를 끄덕였다.

남부지역 대표 또한 눈을 동그랗게 뜨며 기우에게 물었다. "그래요. 그들이 미사일을 쏘면 여기까지 도달하는 데 얼마나 걸리죠?"

기우가 대답했다. "행성의 이동 주기에 따라 다르지만 4, 5개월 정도가 걸릴 겁니다. 가장 빨리 도달하는 경우는 3개월도 가능하지요."

"3개월이라고요?" 젊은 장관이 놀라 되물었다. "겨우 그 정도 기간입니까? 우리가 그들에게 접근하는 경우에는 얼마나 걸리죠?"

"그것 역시 거의 동일합니다. 평균적으로 4개월 정도죠."

"어떻게 그럴 수 있죠? 우리조차도 그 거리를 4개월 만에 갈 수 있게 된 건 고작 몇 년 전 아닙니까?"

"그건 그들과 우리의 물리적 기준이 애초에 다르기 때문입니다." 기우가 말했다. "크기가 큰 만큼 거리 기준도 다른 거지요. 그들의 기준으로 보기에 우리는 그리 멀지 않은 곳에 있어요. 게다가 그들은 기본적으로 몸체가 큰 만큼 큰 물건들을 만들어내는데, 따라서 연료의 화력, 추진력, 무기의 파괴력까지 우리의 기준과는 전혀 다른 수준의 것이 되는 거죠. 게다가 우리가 H-TRA2에 쉽게 갈 수 없었던 이유는 거리 문제보다도 그 사이에 넓게 자리한 소행성들 때문이었습니다. 한데 H-TRA2의 거인들에겐… 그 소행성들이 별다른 영향력을 끼치지 못해요. 우리한테나 소행성이지, 아마 그들은 크게 신경조차 쓰지 않을 겁니다. 오히려 그들이 정말 미사일을 쏜다면 소행성들이 영향을 받게 되겠죠. 어쨌든, 미사일이 우릴 향해 쏘아진다면 우린 물리적 크기 탓에라도 그것을 제지하는 데 큰 어려움이 있을 겁니다. 심지어 그들이 미사일을 한 개만 쏘리라는 보장 또한 없다는 걸 고려해야 합니다.

만일 H-TRA2에서 만든 핵무기가 하나라도 우리 행성에 떨어진다면, 심지어 근처에서 터지기라도 한다면, 우리는 순식간에 우주에서 사라지고 말 겁니다."

회담장은 찬물을 끼얹은 듯 조용했다. 어느덧 사방을 가득 채우던 홀로그램 영상도 사라져 있었다. 서로를 바라보는 사람들의 표정이 무척 심각했다.

의장이 입을 열었다. "우린 최대한 피해 없는 안전한 승리를 구상해야 합니다. 아무리 작은 확률일지라도 그 정도의 위험을 무릅쓸 수는 없지 않겠습니까?"

북부지역 대표가 손을 들었다. "우리 위치를 굳이 노출하지 말고 외교적 접근을 해보는 건 어떨까요? 지금 우리 사회에서 전쟁을 원하는 사람은 거의 없을 거라 봅니다. 진정 평화적인 해결책은 없는 겁니까?"

의장이 고개를 저었다. "기우 사령관이 말씀드렸다시피… 그들의 지적 수준은 평화와 화합의 진정한 위대함을 깨닫기에는 아직 부족합니다."

"우리도 예전엔 그랬었지요, 하지만 결국 평화를 이뤄내지 않았습니까. 그들도 도움을 주면 분명 변할 수 있을 겁니다."

"글쎄요." 동부지역 대표가 말했다. "우리도 싸움과 갈등이라는 개념을 몰아내는 데 오랜 시간이 걸렸어요. 마냥 불가능한 일이라 할 순 없겠지만 리스크가 너무 큽니다. 그들이 우리를 인식하는 순간 적으로 규정짓는다면, 우릴 찾아내고자 노력하게 되면 어쩔 건가요?"

서부지역 대표가 불편한 표정으로 노크하듯 책상을 두드렸다. "이것도 안 된다 저것도 안 된다. 뭘 어쩌겠다는 거요? 직접적인 공격도 위험하다. 평화 협상도 위험하다. 분명 처음에, 싸운다 하더라도 승산이 있기에 우리를 불렀다고 한 것 아니었소?"

"맞습니다." 의장이 말했다. "탐사대가 몇 가지 실험을 진행하던 중 놀라운 결과를 만들어냈지요. 여러분을 이 자리에 모신 것도 사실 그 때문입니다."

의장은 말을 멈추고 기우에게 손짓하여 발언권을 넘겼다. 좌중의 모든 눈이 다시 기우에게 쏠렸다. 뭐든 어서 말해보라는 눈치였다. 기우는 의장의 눈치를 한 번 더 살피고, 의장이 고개를 끄덕이는 것을 확인한 뒤 입을 열었다.

"연구진이 진행하던 실험 중에 거인들의 신체 구조에 대해 파악하고자 하는 프로젝트가 있었습니다. 각설하고 결론만 말씀드리자면, 우리가 그들의 뇌신경을 장악하고 통제할 수 있다는 것을 깨달았습니다."

"뇌신경을 통제한다고요?" 북부지역 대표가 되물었다.

"네. 그들의 몸이 너무 큰 덕에 가능한 일이었죠. 무수한 시도 끝에 우리는 거인의 뇌와 우리의 뇌신경을 연결해 거인의 몸을 우리 몸처럼 사용하는 기술을 갖게 되었습니다. 둘의 신경 연결을 위해서는 무척 많은 기계가 필요했지만, 거인들의 몸에는 그런 기계를 이식하고도 남을 만큼 충분한 공간이 있었습니다. 신경 세포 자체가 우리보다 훨씬 크기 때문에 오히려 장비 설치가 아주 용이했죠."

"그러니까 그들의 몸을 뺏어서 스파이로 사용할 수 있다는 거군요."

"네, 맞습니다."

"오늘 회담은⋯." 나이 든 장관이 미간을 좁히며 기우를 노려봤다. "중요한 이야기를 계속 나중에서야 꺼내는군. 이 이야기를 지금에서야 꺼내는 이유가 뭔가."

기우가 답을 하려는 찰나, 의장이 손을 들어 그를 제지했다. 기우가 한발 뒤로 물러나자 의장이 조용히, 심각하게 말했다.

"반대하실 게 뻔하다고 생각했기 때문입니다. 이 방법은 그들만이 아니라, 신체를 강탈할 우리 쪽 요원들에게도⋯ 매우 비윤리적인 일이기 때문이죠."

"무슨 소립니까?" 장관이 되물었다.

"뇌를 장악한다고 해서 거인을 전투기나 자동차 몰듯 조종할 수는 없는 일이죠. 분명 행동이 어색하고 티가 날 테니까요. 그래서 우리가 찾은 방법은 객체 대 객체로 뇌신경을 연결하는 방법이었습니다. 그게 무슨 뜻인지 아십니까?"

장관이 조용히 고개를 저었다. 의장이 다시 말했다.

"우린 아직 기술이 부족해요. 우리 요원들이 거인과 연결되려면⋯ 거의 전신을 해체하는 엄청난 수술을 받아야 합니다. 거의 하나의 신경체로서 거인에게 이식되는 수준인데, 이 방법의 가장 큰 문제는, 둘을 연결할 수는 있지만 다시 원래대로 분리할 수는 없다는 겁니다."

일순간 회담장에 정적이 흘렀다.

의외로 먼저 입을 연 건 가장 여려 보이는 남부지역 대표였다.

"그래서… 일부로 다른 방안들을 먼저 제시하고 반박하면서 이야기를 빙빙 돌렸던 거군요. 차악을 들이밀기 위해서."

의장이 고개를 끄덕였다. "예. 여기서야 간단하게 말했지만, 온갖 방법을 고안하고 시뮬레이션을 돌려봤습니다. 아무리 고민해봐도 지금은 이 방법밖에 없습니다."

＊

기우는 전방부에 자리한 개인 선실에 앉아 광활하고 드넓은 우주를, 곳곳에서 빛나는 반짝이는 별들을 바라보았다. 그 한가운데 가까워질수록 점점 더 거대해지는 H-TRA2가 있었다. 그 압도적인 크기에는 아무리 보아도 익숙해지지 않는 경이로움이 있었다. 이제 1주일 뒤면 그들의 함선이 저 거대한 푸른 별의 영향권에 도달할 터였다.

1만 실 이상의 숙소와 각종 편의시설을 갖춘 어마어마한 크기의 대함선이 우주를 가로지르고 있었다. 물론 H-TRA2의 거인들이 보기에는 관광버스 두 대가 될까 말까 한 작은 크기일 수도 있겠으나, 인류에게 있어서는 정말 작정하고 만든, 이보다 큰 함선을 만들 수나 있겠나 싶을 정도의 물건이었다. 함선 안에는 영화관은 물론 축구장이나 스키장까지 구축되어 있었고, 그 하단부에는 H-TRA2에 설치할 온갖 연구시설과 간이 본부들도 차곡차곡 쌓여 있었다. 선원과 연구진 4천 명과 H-TRA2에 파견되는 지원자들 14만 명, 도합 14만4천 명가량이 타고 있는 첨단 시설 속에서, 사람들, 특히 지원자들은 약속받은 미래에 취해 넘치도록 활기를 내뿜었다. 기우는 그들을 생각하며 쓰게 미소 지었다.

14만이라는 수의 사람들을 모으기 위해 정부는 '새로운 세상에서의 부유한 삶'과 '모험', '비밀임무'라는 슬로건을 앞세워 H-TRA2에 파견될 지원자를 모집했다. 예쁘고 멋진 연예인들이 잔뜩 나오는 공익광고도 만들어 온갖 미디어 매체를 통해 홍보도 진행했다. 익숙하고 평화롭기만 한 삶에 무료함을 느끼던 일부 사람들이 반응을 보였고, 연구를 목적으로 하는 연구자들 사이에서도 적지 않은 지원자가 나타났다. 하지만 누구보다 열정적인 반응을 보인 건… 예상대로, 여전히 인류가 해결하지 못한 가난한 계층이었다.

물론 정부의 말이 거짓은 아니었다. 그들 한 명 한 명은 모두 H-TRA2에서 권력가나 자본가의 몸을 배정받을 터였다. 지능과 능력에 따라 배정받는 몸의 계급 차이야 있을 수 있겠지만, 그 어떤 몸을 배정받아도 부족하지 않은 삶을 살 수 있을 것이다. 하지만 딱 거기까지. 정부는 지원자들이 겪게 될 온갖 '부작용'과 '제약'에 대해서는 의도적으로 설명을 빼먹었다.

기우는 잡념을 떨치기 위해 재차 고개를 흔들었다. 그리고 필수 임무 지역과 진행 계획을 점검하기 위해 소형 모니터를 꺼내 들었다. 그때 갑작스레 목에서 느껴지는 손길에 깜짝 놀라 뒤를 돌아봤다. 나타샤가 서 있었다.

상대를 확인한 기우가 미소를 지으며 농담조로 말했다.

"언제 오셨습니까, 대표님. 깜짝 놀랐잖아요."

"대표 사임한 지가 벌써 몇 달 째인데. 그냥 나타샤라고 부르라니까요."

나타샤가 기우의 목을 감싸 안으며 부드럽게 속삭였다.

기우가 웃음을 지으며 나타샤의 손등을 마주 잡았다. 나타샤는 전임 남부지역 대표로 일전의 회담장에서도 함께 있던 인물이었다. 나타샤가 지역의 대표직까지 내려놓으며 프로젝트에 참여하겠다 선언할 때까지만 해도, 기우는 자신이 나타샤와 이렇게 가까운 사이가 될 거라고는 생각지도 못했다.

"무슨 생각을 그렇게 해요? 내가 온 것도 모르고."

"음… 그냥, 이번 지원자들이 일을 잘해주었으면 하는 그런 생각." 기우가 나타샤의 손등을 지나 팔을 간지럽히며 대답했다. "그리고 당신을 꼭 보내야 하는지도 함께 고민하고 있었죠."

"거짓말." 나타샤가 그의 귀를 물며 말했다. "그런 생각을 했다기엔 함선이 너무 빠르게 H-TRA2로 달려가고 있는 걸요."

기우는 대답 대신 나타샤의 매끈한 팔목에 키스한 뒤 나타샤의 손을 부드럽게 잡아 쥐었다.

"하지만 당신이 이 배에서 내리는 건 다른 문제잖아요. 꼭 지원자로 참여해야겠어요? 그냥 나랑 같이 사령실에서….."

따끔.

순간 목에서 느껴진 감각에 기우의 말이 끊어졌다. 어라? 혀가 마비된 듯 움직이질 않았다. 어찌 된 일인지 파악할 겨를도 없이 그의 몸이 그대로 중심을 잃고 앞으로 쓰러졌다.

고꾸라지듯 바닥에 쓰러진 기우는 갑작스러운 상황에 주변으로 눈알을 굴렸다. 뻑뻑한 눈알은 제 뜻대로 움직이지 않았고 목조차 말을 듣지 않아 작은 신음만이 고작 새어 나왔다.

어느새 나타샤가 기우의 눈앞에 쪼그려 앉아 있었다. 기우는 최대한 당혹스러운 표정을 지으려 애쓰며 나타샤를 바라보았다. 왜? 갑자기 왜?

"미안하지만 오늘로 당신에 대한 조사 분석이 완벽히 끝났거든요."

나타샤는 가볍게 웃으며 그의 얼굴을 향해 손을 뻗었다. 나타샤의 손은 기우의 볼을 부드럽게 쓰다듬더니 어느새 그의 눈꺼풀을 감기고 있었다. 그건 나타샤의 마지막 예우였다. 기우의 시야가 차단되자, 나타샤의 옷깃 속에서 아주 작은, 새끼손톱만 한 인간들이 한 명씩 모습을 드러내기 시작했다.

＊

　나타샤는 몸을 길게 펴며 기우의 의자에 기대앉았다. 발밑
에는 정신을 잃은 기우가 여전히 부들부들 몸을 떨고 있었
다. 요원들이 그의 귀를 통해 뇌 속으로 들어간 지 1시간가량
이 지났다. 이제 곧 수술이 끝날 터였다. 그러면 기우를 끝으
로, 이 함선의 주요 인사는 모두 그들의 손아귀에 들어온 셈
이었다.

　'최종 목표물 확보.'

　나타샤는 북부지역 대표에게 짧은 메시지를 보냈다. 그리
고 임무를 완수했다는 만족감을 느끼며 길게 기지개를 켰다.

　세상에. 이들보다 50배나 더 큰 지적 생명체를 발견하게
될 거라고 언제 상상이나 했을까.

　게다가⋯ 이들이 우리와 똑같은 방법으로 행성을 공략하
려 할 줄이야.

　실소를 머금은 나타샤는 고개를 돌려 기우가 보던 모니터
에 손을 뻗었다. 화면에는 기우가 점찍어둔 목표 지점과 그
정보들이 빼곡히 나열돼있었다. 한참 문서를 뒤적이던 나타
샤는 왜인지 '대한민국_서울'이라 표시된 장소가 유독 눈에
걸렸다.

　'하기야. 어디가 되었건.'

　나타샤는 모니터를 꺼버리며 그렇게 생각했다.

　결국, H-TRA2 전체가 그들의 통치하에 놓일 것이다. 행

성의 모든 게 그들의 소유가 될 것이다. 나타샤는 이내 창밖으로 시선을 돌렸다. 그리고 자신의 새 보금자리가 될 행성을, 우주 너머 상상도 못 했던 크기의 아름다운 행성을 그윽하게 바라보았다.

지현상

1991년에 태어나 청주에서 자랐다. 책을 좋아해 서점에서 꽤 오래 근무했고, 뒤늦게 서울예대 극작과에서 공부했다. 2014년 제1회 황금가지 타임리프 공모전에서 〈그날의 꿈〉으로 우수상을 받으며 활동을 시작했다. 〈문 뒤에 지옥이 있다〉의 원작자이며 동명의 장편 웹툰 개발을 위한 스토리 각색자로서 작업 중이다. 'Pheno Story'라는 영상 제작 사업체를 운영 중이고 소설, 희곡, 대본, 시나리오, 웹툰, 웹소설 등 글로 이야기를 쓰는 분야라면 가리지 않고 활동하려 노력하고 있다.

문어

정보라

"그걸 대체 왜 먹었습니까?"

"아니 그냥, 잠결에 이렇게 보니까 이쪽으로 오고 있어서…."

"그렇다고 뭔지도 모르고 그걸 먹어요?"

"뭔지도 모르긴요, 문어잖아요…."

"무슨 근거로 그게 문어라고 확신했습니까? 잠결이었다면서요?"

"그냥, 딱 보니까 문어같이 생겼던데…."

"그렇다고 그걸 먹습니까? 대학교 건물 복도에 문어가 돌아다니는 게 이상하다는 생각 안 해봤어요?"

"아니 그러니까 계속 말씀드렸잖아요, 잠결에 이렇게 보니까 문어 같았다고…."

벌써 한 시간째 똑같은 대화가 되풀이되고 있었다. 어쩌면 두 시간째인지도 모른다. 잡혀 왔을 때 제일 먼저 소지품부터 다 뺏겼기 때문에 시계도 없고 핸드폰도 없고 심지어 안경도 뺏겼다. 그래서 나는 눈앞도 잘 안 보이는 상태에서 위원장님과 흐릿한 검은 덩어리처럼 보이는 정장 입은 사람이 똑같은 대화를 계속해서 되풀이하는 것을 옆에서 초점 없는 근시안으로 멀거니 지켜보고 있어야 했다. 그렇게 안 그래도 초점 안 맞는 눈에서 점점 더 영혼이 빠져나가고 있는 와중에 위원장님이 자기도 의도하지 않은 폭탄을 던졌다.

"근데 그 문어가 한 마리가 아니더라고요. 최소 두 마리고 안에 또 뭐가 들었던데…."

"뭐라고요?"

검은 정장 입은 사람이 긴장했다. 정확히 말하면 얼굴이 안 보이니까 실제로 긴장했는지 확신하긴 좀 힘들지만 목소리는 명확하게 날카로워졌다.

"그걸 어떻게 압니까?"

"에?"

위원장님이 불분명하게 되물었다. 검은 정장 입은 사람의 목소리가 한층 더 날카로워졌다.

"그걸 어떻게 아셨냐고요? 한 마리인지 두 마리인지?"

"먹어봤으니까 알죠…."

위원장님이 우물우물 대답했다.

"한 놈은 싱싱하지만 엄청나게 질기고 다른 한 놈은 물렁

물렁하니 맛이 갔던데요…. 그런데 안에 이상하게 딱딱한 게
들어 있고….”

“어떻게 했습니까?”

“에?”

위원장님이 또 되물었다. 안경을 쓰지 않았는데도 검은 정
장 입은 사람의 표정이 짜증으로 일그러지는 것이 보였다. 위
원장님은 일부러 자꾸 되묻는 것이 틀림없었다.

“안에 딱딱한 게 들어 있다고 하셨잖아요. 그거 어떻게 하
셨냐고요?”

검은 정장 입은 사람이 거의 비명 지르듯이 물었다. 위원
장님이 다시 우물우물 대답했다.

“먹다 말았죠, 딱딱한데….”

“그럼 그거 지금 어디 있습니까?”

검은 정장 입은 사람이 물었다.

“모르죠, 먹다 말았는데….”

“먹다 말고 어떻게 했냐고요?”

“아니 그러니까 먹다 말아서….”

다시 같은 대화가 다람쥐 쳇바퀴 돌듯이 되풀이되고 있었
다. 견디지 못하고 내가 모기만 한 소리로 끼어들었다.

“그거 제가 치웠는데요….”

검은 정장 입은 사람의 시선이 돌연히 나에게 향했다. 위
원장님도 덩달아 고개를 돌려 나를 보고는 흠칫 놀랐다. 마치
내가 거기 있다는 사실을 처음으로 깨달은 것 같았다.

"치웠다니? 버렸습니까?"

검은 정장 입은 사람이 불길하게 냉정하고 차분한 목소리로 물었다.

"아뇨… 음식물 쓰레기니까 따로 버리려고… 냄비 가져다가…. 그랬는데… 하필 그때 다들 오셔가지구…."

나는 횡설수설 웅얼거렸다. 여기서 '다들'은 검은 정장 입은 사람을 포함한 정부 요원들을 지칭하는 단어였다. 그러나 그들이 누구인지 정확히 알지 못했으므로 나는 손가락으로 방 안을 모호하게 가리켰다.

"그 냄비 지금 어딨습니까?"

검은 정장 입은 사람이 거의 들리지 않을 정도로 낮은 목소리로 물었다.

"농성천막 안에… 아마 그대로 있을 거예요… 누구 다른 사람이 치우지 않았으면…."

내 말이 채 끝나기 전에 검은 정장 입은 사람이 벽에 붙은 이중 거울을 손으로 톡톡 두드렸다. 그러고는 전화기를 꺼내더니 어딘가에 전화해서 작은 목소리로 빠르게 속삭이며 문 쪽으로 걸어갔다. 내가 일어서려 하자 검은 정장 입은 사람은 전화하다 말고 고개를 내 쪽으로 돌리며 위협적으로 의자를 가리켰다. 안경을 안 썼지만 그 적대적인 몸짓은 충분히 알아볼 수 있었다.

나는 얼른 도로 앉았다. 검은 정장 입은 사람이 방을 나갔다. 나는 위원장님과 취조실 안에 단둘이 남았다.

"진짜로 그건 왜 드셨어요?"

한참 정적이 흐른 뒤에 내가 물었다.

"선생님까지 왜 그래요, 몇 번이나 대답했는데…."

위원장님이 우물우물 말했다.

"말했잖아요, 자다가 배가 고파서 깼는데… 나한테 오고 있었다고…."

일반적으로 새벽에 대학교 본관 건물 복도에서 문어, 혹은 문어처럼 생긴 어떤 것이 자기한테 다가오고 있으면 잡아서 끓여 먹을 생각은 보통 잘 안 하지 않느냐고 나도 묻고 싶었으나 위원장님이 정체불명의 검은 정장 사람들을 약 올리려고 느물거리는 게 아니라 진심으로 당황한 것 같았기 때문에 나는 그냥 입 다물고 조용히 있었다. 그리하여 취조실 안에 침묵이 흘렀고 배고픈 위원장님의 배 속에서 들려오는 꼬르륵 소리만이 간간이 정적을 깨뜨렸다.

✳

그러니까 어떻게 된 일이냐면 우리는 농성을 하고 있었다. 고등교육법 개정안, 일명 강사법이라고 하는 것이 제정되었고, 예상대로 대량해고 사태가 일어났고, 잘려서 열 받은 선생님들이 대거 노조에 가입했기 때문에 우리 노조는 잠시 부흥기를 맞이한 것 같았지만 그게 좋은 일인지 나쁜 일인지는 잘 모르겠고, 고등교육법 시행령과 대학 강사제도 운영매뉴

얼에 따라 공개채용을 실시한다고 발표한 학교 중에서 몇몇은 불분명한 채용기준을 제시하며 예전에 하던 대로 학과에서 내정한 자기 사람들을 꽂아 넣고 자격을 갖춘 타학교 출신, 타과 출신 강사들을 밀어내려 했고, 강사를 많이 자르고 적게 뽑았기 때문에 강사들이 주로 담당하던 교양과목은 숫자가 대거 줄어들었고, 그리하여 학생들은 수강신청을 할 수 없어서 담당 강사와 담당 학과에 수강정원 증원을 요청하고 그래도 여전히 수강신청이 안 되니까 교양수업 대신 타학과의 1학년이나 2학년 전공수업을 신청하기 시작했고, 그리하여 인문계나 외국어문계 학과에서 개설한 수업들의 수강 정원이 갑자기 늘어났으며 그중 전공 기초 과목을 절반 이상 타과 학생들이 채웠고, 그래서 강의실이 터져나가고 수업의 질은 떨어지고 강사의 업무량은 폭증했고, 한 학기쯤 시행령과 운영매뉴얼에 따라 공개채용과 임기 보장 등의 규정을 지키는 시늉을 하던 대학들은 강사법 제정 이후 몇 달 지나고 나니까 그렇게까지 법규를 꼼꼼하게 지키지 않아도 아무 일도 일어나지 않는다는 사실을 깨닫고 슬금슬금 자체 규정을 정하거나 학과 내규를 들먹이면서 이전의 주먹구구식으로 연줄과 인맥에 의존하여 강사를 쉽게 쓰고 쉽게 버리던 채용방식으로 돌아가려 했다. 그러던 와중에 모 대학교가 강사법 시행에 관한 협약을 완전히 무시하고 자기들 멋대로 강사 임용 규정을 제정해서 노조가 대학본관 앞에 천막을 치고 농성에 돌입했으며 나는 해당 분회 소속은 아니지만 집중투쟁 기간이라고 해서 지원하러 갔던 것이었다. 그리하여 땡볕에 땀범벅이 되어 기자회견을 하고 구호를 외치고 총장실 앞에 가서 성명서를 전달하려 했으나 사무처 사람들이 나와서 총장은 오늘 출근하지 않았다며 우리를 총장실에서 멀리 떨어진 소회의실에 밀어 넣으려고 해서 말다툼이 벌어졌고 경비회사 직원이 달랑 한 명 등장하여 불안한 표정으로 뒤에서 왔다 갔다 하기 시작했고 위원장님이 우리는 총장을 만나러 왔으니 소회의실에는 들어갈 수 없다며 총장실 앞 복도에 주저앉았고 그래서 우리는 기자회견을 하고 나서 본관 앞에 늘어놓았던 현수막과 피켓을 전부 들고 올라가서 총장실 앞 복도에 눌러앉았고 세 시간 동안 그렇게 총장실 앞 복도에서 모기와 싸우며 구호를 외치고 궁상맞게 피켓에 기대앉아 있는 사진을 찍어서 여기저기 인터넷 사이트와 사회관계망 서비스에 올렸고 그 와중에 사무국장님이 아이스크림을 사 왔고 위원장님이 혼자서 세 개 먹었고 다시 구호를 외치고 사무처 사람들하고 말다툼을 했고 경비회사 직원은 별일 없을 것 같아 보였는지 슬그머니 사라졌고 그런 뒤에야 위원장님과 수석부위원장님과 사무국장님과 분회장님이 총장실에 들어가서 성명서를 전달했고 그리하여 우리는 3층에서 철수해서 1층으로 내려와서 저녁을 먹고 파업과 투쟁에 관한 영화를 보고 노래를 부르고 구호를 외쳤고 그런 뒤에 대충 해산하고 다들 집에 갔고 그리하여 밤이 되자 위원장님 혼자서 농성천막을 지켰던 것이다.

*

　이런 식으로 벌써 반년째 위원장님은 집에도 못 가고 밤에 덥고 모기 많고 바닥도 딱딱하고 불편한 농성천막에서 지내면서 거의 혼자서 농성장을 지키다시피 하고 있어서 나는 밤이 되면 집에 가면서 언제나 위원장님한테 미안했다. 그랬다가 새벽에 선전전 준비하려고 나와 보면 위원장님은 밤새 술 마시고 곯아떨어져 있었고 천막 안에는 술 냄새가 진동했고 그러면 나는 술병과 맥주 깡통과 안주 부스러기를 치우면서 위원장님한테 별로 안 미안해지곤 했다. 그리고 아침 여덟 시가 되면 같이 투쟁하는 대학노조가 와서 여러 가지 노래를 틀었는데 그중에는 김광석의 '일어나'가 있었고 "일어나~ 일어나~ 다시 한 번 해보는 거야~"라는 후렴구가 기운차게 울려 퍼지는 가운데 위원장님이 술 냄새 가득한 농성천막 안에서 드르렁 코 골면서 자고 있는 모습을 보면 나는 과연 투쟁이라는 게 본래 이런 것인지 심히 회의가 들곤 하였다.

　그러나 달리 방법은 없었다. 강사는 학교의 천민이었다. 학생 수가 폭증하고 수입이 줄어들고 처우가 나빠져도 잘리지 않고 남아 있다는 사실을 고마워하라는 것이 학교 측의 태도였다. 강사들이 사용하던 공동연구실 세 곳 중 두 곳이 폐쇄되고 순식간에 리모델링이 되더니 강의실과 사무실로 용도가 바뀌었고 남은 공동연구실에는 이전에 컴퓨터가 다섯 대, 프린터가 두 대 있었는데 방학이 지나고 나니 컴퓨터 세 대와 프린터 한 대가 사라져버렸다. 강사실의 책상과 의자도 몇 개가 사라졌고 강사실에서 매주 마주치던 선생님들도 어느샌가 사라졌다.

나는 그렇게 사라지고 싶지 않았다. 나는 가르치고 연구하는 사람이었고 그것이 나의 천직이었다. 선생이 없어도 스스로 배우고 공부하는 사람이라면 모두 학생이다. 그러나 선생은 학생이 없으면 아무것도 아니다. 나는 학생들을 사랑했고 강단을 사랑했고 교육의 가치를 진심으로 믿었다. 그것이 내 존재의 의미였다. 그러므로 싸워보지도 않고 학교가 원하는 대로 조용히 사라져줄 수는 없었다.

그래서 나는 아침마다 술 냄새 가득한 농성천막에 가서 술병을 치우고 사무국장님한테 전화하고 위원장님을 깨우고 피켓을 내다놓고 구호를 외치고 지나가는 사람들에게 유인물을 나눠준 뒤에 뒷정리는 사무국장님한테 맡기고 서둘러 지하철역으로 달려가서 다른 학교로 수업하러 가곤 했다. 그리고 나는 아직까지 잘리지 않고 버티고 있었다.

그랬는데 위원장님이 문어를 먹어버린 것이다.

그것도 한 마리처럼 보이는 두 마리를 말이다.

그러니까 어떻게 된 일이냐면 아침에 평소처럼 농성천막에 갔더니 술 냄새와 함께 가스버너 위에 먹다 만 라면이 시큼한 냄새를 풍기고 있었다. 국물은 화장실에 가서 따라내고 남은 건더기는 나중에 따로 버려야겠다고 생각하면서 천막으로 돌아오는데 검은 정장을 입은 사람들이 무더기로 나타나서 앞을 막았다. 처음에 나는 농성천막을 철거하러 온 학교 직원들인 줄 알고 곧바로 전화기부터 꺼내 들었다. 농성천막 철거하러 사람들이 오면 절대로 대들지 말고 위원장님은 들려 나가고 주변에 있는 사람들은 동영상을 찍어두기로 이미 얘기가 돼 있었다. 그러나 예상과 달리 이 검은 정장 입은 사람들은 천막에 관심이 없었다. 그래서 나는 맨발에 쓰레빠 신고 머리가 헝클어진, 어떻게 봐도 방금 자다 깬 것이 명백한 위원장님과 함께 검은 차를 타고 어딘지 모를 검은 빌딩에 끌려오게 된 것이다. 그리고 위원장님은 어김없이 지독한 술 냄새를 풍기고 있었고 그래서 나는 차 안에서 멀미를 했다.

그러니까 검은 빌딩에 도착했을 때쯤 내가 그 남은 문어가 든 냄비를 어떻게 했는지에 대한 기억은 위원장님의 술 냄새에 쓸려서 이미 망각의 저편으로 사라진 지 오래였다. 땅바닥에 그냥 내려놓고 왔나? 끌려오기 전에 천막 안에 갖다뒀던가? 전혀 기억이 나지 않고 그냥 멀미가 나서 토할 것만 같았다. 검은 정장 사람들 엿 먹으라고 그냥 토해버릴까 하는 생각도 들었으나 나 자신의 사회적 위신과 체면을 생각해서 참았다.

뭐 어찌 됐든 냄비는 농성천막 주변 어딘가에 있을 것이다. 그리고 끓인 문어가 살아나서 도망치지 않았다면 검은 정장 입은 사람들이 지금쯤 찾아냈을 것이었다.

그렇게 생각하며 나는 창문 없는 방에 멀거니 앉아서 위원장님을 쳐다보고 있었다. 또다시 위원장님의 배 속에서 나는 꼬르륵 소리가 방 안에 울려 퍼졌다.

"질긴 놈이 그래도 싱싱해서 맛은 괜찮았는데."

위원장님이 중얼거렸다.

이렇게 써놓으면 위원장님이 굉장히 한심한 사람 같은데 물론 가끔가다 한심한 면이 없다고는 할 수 없지만 그래도 꼭 언제나 한심한 건 아니었다. 위원장님은 노조 활동 경력이 길고 투쟁 경험이 많고 치열하고 노련하고 냉철하고 단단한 사람이었고 나는 처음 본 순간부터 위원장님을 신뢰했다. 전쟁의 기본은 피아 구분이고 그런 관점에서 위원장님은 완전한 나의 아군이었다. 학교 측이 나를 몰상식하게 대하거나 강사로서 일하다가 부당한 상황을 마주했을 때 하소연하면 위원장님은 언제나 내 이야기를 귀 기울여 들어주었고 현실적인 의견을 신중하게 제시했다. 그래서 나는 위원장님의 제안을 대부분 따랐고 위원장님이 부르면 어디든 갔다. 내가 일하는 학교에는 노조의 분회가 없었고 그래서 나는 본조에 직접 가입해 있었으므로 나는 말하자면 위원장님에게 소속되어 있는 셈이었다. 그러므로 내가 느끼기에 위원장님이 나의 노조였다. 그래서 농성이 시작되었을 때 나는 아침에 일찍 와주면 좋겠다는 위원장님의 말에 즉각 동의했다.

그리하여 나는 매일 아침 술병을 치우고 농성천막을 환기하여 술 냄새 빼는 일을 주로 하게 되었고 위원장님은 나나 사무국장님이 깨우면 비틀비틀 일어나서 씻으러 갔다가 초췌한 얼굴로 돌아와서 선전전에 참여하고는 내가 수업 들어갈 때쯤 아침 먹으러 또 비틀비틀 사라지곤 했다. 그래서 나는 저 위원장님이 계속 저렇게 매일같이 밤새워 마셔대다가는 단체협상 타결되기 전에 술병 나서 구급차에 실려 가는 게 아닐까 아침마다 걱정했다. 그러나 위원장님은 아침에는 다 죽어가다가도 밥 먹고 나면 갑자기 반짝 살아나서 오후에 농성장에 들러본 나한테 여러 가지 이야기를 들려주곤 했다. 나의 노조는 대학 강사들의 노조이고 조합원들은 기본적으로 모두 학교 선생님이다. 그러므로 위원장님도 선생님이고 그러므로 기본적인 대화의 방식은 강의였다. 그래서 나는 다른 노조들은 다 지부 아니면 지회라고 하던데 왜 우리 노조는 분회라고 하는지 질문했다가 우리 노조의 역사에 대해서 장장 두 시간 동안 특강을 듣게 되었던 것이다. 그리고 위원장님의 강의가 다 끝난 뒤에 나는 여전히 해결되지 않은 사안에 대해 다시 물었다.

"그래서 왜 분회인데요?"

"글쎄요."

위원장님이 잠시 생각한 뒤에 대답했다.

"사람 수가 적어서 그런 거 아닐까요?"

그렇다. 우리는 매우 작은 노조였다. 그것이 정답이었다.

그러나 그 간단한 답을 알아내기 위해서 두 시간 동안 강의를 들어야 했던 것을 나는 후회하지 않았다. 위원장님은 아직 술 냄새가 약간 남아 있기는 했지만 기본적으로 투쟁도 잘하고 행진도 잘하고 깃발도 잘 들고 위압적인 체격과 우렁찬 목소리와 인상적인 외모를 가진 아름다운 사람이었다. 그리고 위원장님은 농성천막 안에 가스버너를 갖다두고 함께 농성하는 우리에게 차도 끓여주고 코코아도 끓여주고 라면도 끓여주었고 더운 날에는 팥빙수도 사주고 아이스크림도 사주었다. 그러면서 위원장님은 노조에 일어났던 여러 가지 사건들에 대해서, 자신이 겪어온 삶과 투쟁에 대해서 이런저런 이야기를 들려주었다. 위원장님은 자기편에게 한없이 다정하고 소탈한 사람이었고 함께 있으면 나는 자상한 선생님과 함께 있는 학생이 된 것 같은 기분이 들었다. 수업 시간에 설명을 너무 많이 해서 항상 쉬는 시간까지 다 잡아먹지만 그래도 학생을 대하는 마음만은 언제나 진심인, 뭐 그런 선생님 말이다.

그리고 문어가 나타났던 것이다.

＊

검은 빌딩에서 풀려나서 농성천막에 돌아왔을 때는 이미 늦은 저녁이었다. 농성장에 아무도 없고 천막은 홀랑 뒤집혀 있었다. 땅바닥에 농성장 집기와 비품들이 어지럽게 널브러져 있었지만 가스버너와 냄비는 사라지고 없었다.

"버너는 왜 가져갔어? 이 나쁜 새끼들…."

위원장님이 분노했다. 그러나 나로서는 지금 버너가 문제가 아니었다.

"보강을 해야 될 텐데."

나는 난장판이 된 천막을 바라보며 망연히 중얼거렸다. 사실은 내가 소리 내 중얼거리고 있다는 걸 의식하지도 못했다. 검은 빌딩 안에 갇혀 있느라고 나는 하루종일 수업을 하지 못했다. 수업만 못 한 게 아니라 휴강공지도 보강신청도 아무것도 하지 못했다. 이런 식으로 아무 예고도 없이 학생들한테 알려주지도 못하고 보강 일정도 못 잡고 그냥 수업을 빼먹은 것은 평생 처음이었다. 생각해보니까 슬슬 화가 나기 시작했다.

"대체 그 사람들 누구예요?"

내가 조그만 목소리로 소심하게 분노했다.

"연행을 할 때 하더라도 자기들 누구인지 신분부터 밝히고 무슨 일인지 말을 해줘야 하는 거 아니에요? 지금이 군부독재 시절도 아닌데 사람을 이렇게 마음대로 끌고 가서 잡아두는 법이 어디 있어요?"

예고도 없이 휴강했다가 강의평가 점수가 떨어져서 혹시 다음 학기에 잘리면 어떻게 해야 할지 걱정이 되기 시작해서 나는 더더욱 화가 났다. 소청심사를 청구해야 하나? 사유에 뭐라고 써야 하지? 문어 때문에 휴강했다고? 내가 먹은 것도 아닌데? 지하철은 연착되면 확인서 써주던데 검은 정장 사람들도 연행 및 취조 확인서 같은 거 써주나? 문어 때문에 연행됐다고?

"경찰은 아닌 것 같던데…."

위원장님이 불분명하게 혼잣말처럼 중얼거렸다.

"경찰이었으면 자기 신분을 밝혔을 거예요. 그보다는 정보부 쪽 같던데…."

"정보부요?"

내가 어리둥절해서 되물었다.

"국가정보원이나 뭐 그런 거 말씀이세요?"

국정원 요원들이 검은 정장 입고 들이닥쳐서 사람을 잡아가는 건 드라마에나 나오는 장면인 줄 알았다. 그런데 문어가 국가 안보하고 대체 무슨 상관이 있단 말인가? 그리고 나의 위원장님은 대체 얼마나 굉장한 문어를 끓여 먹은 것이란 말인가?

그러나 위원장님은 이미 전화기를 꺼내 들고 사무국장님한테 전화해서 열띠게 이야기하는 중이었다. 할 수 없이 나는 위원장님을 버려두고 천막을 정리하기 위해서 들어갔다. 쓰러진 천막은 내가 혼자 일으켜 세울 수 없고 나중에 사무국장님 오시면 다른 선생님들이랑 같이 고쳐 세워야 할 테니까 나는 바닥에 쪼그리고 앉아서 여기저기 흩어진 농성장 살림살이부터 쓸어 모으기 시작했다.

뭔가 뒤에서 내 등을 툭툭 쳤다.

"사무국장님 오신대요?"

나는 당연히 위원장님이라고 생각하고 이렇게 물으며 일어서서 돌아보았다.

문어였다. 거대한 문어가 다리로 나를 툭툭 건드리고 있었다.

— 지구-생물체는-항복하라.

문어가 말했다. 아니 '문어가 말했다'라는 이 문장은 상식적으로 굉장히 이상하지만 하여간 그 당시 나는 문어가 말하는 것을 들었다고 생각했다. 물론 문어가 말하는 걸 듣다니 내가 정신이 이상해진 게 아닌가 하는 생각도 같이 했다. 애초에 대학교 건물 안에 복도를 꽉 채우는 크기의 거대 문어가 등장해서 빨판투성이 다리를 굼실거리며 나에게 말을 거는 사건이 내 평생에 일어나리라고는 꿈에도 상상하지 못했다.

— 지구-생물체는-항복하라.

문어가 다시 말했다. 그와 동시에 아무것도 없이 그냥 전체가 하얗고 맨들맨들하게 보이던 문어 대가리의 가운데 부분 일부가 천천히 돌아가기 시작했다. 새까맣고 커다란 외눈이 문어 대가리를 한 바퀴 돌아 서서히 움직여서 위아래로 떨리며 세밀하게 초점을 맞추더니 정면으로 나를 향했다.

— 지구-생물체는-항복하라.

이 시점에서 사실 나는 웃고 싶었다. 그러니까 사람이 너무 충격을 받아서 약간 실성하면 넋을 잃고 웃는 그런 거 말이다. 그러나 복도를 가득 채운 비린내가 견딜 수 없이 지독했고 무엇보다도 문어의 새까만 외눈이 하얗고 매끈한 대가리 표면을 천천히 한 바퀴 돌아서 나를 향했다가 위아래로 떨며 초점을 맞추는 모습이 너무나 그로테스크해서 나는 웃어야 할지 토해야 할지 알 수 없었다. 내가 웃으면서 구역질하며 쳐다보는 사이에 문어는 다시 네 번째로 같은 말을 반복하기 시작했다.

— 지구-생물체는-항

까지 말했을 때 둔탁한 소리가 비린내를 뚫고 복도를 울렸다. 문어의 눈이 다시 빙글 돌아갔다. 그리고 문어는 쓰러졌다. 정확히 말하자면 뻣뻣이 서 있던 대가리가 이상하게 비정상적으로 많아 보이는 다리들 사이로 푹 꺼졌다.

"문어 대가리가 말이 많아."

위원장님이 전화기를 치켜들고 말했다. 그리고 치켜든 전화기를 흘끗 쳐다보았다. 액정 화면을 가로질러 화려하게 금이 간 것을 보고 위원장님은 아깝다는 듯 쩝, 하고 입맛을 다셨다.

"약정 아직 안 끝났는데… 그렇지만 월척을 잡았으니까."

그리고 위원장님은 전화기를 바지 주머니에 아무렇게나 쑤셔 넣으며 나를 바라보고 물었다.

"문어회 먹어요?"

"네?"

나는 여전히 넋 나간 웃는 표정이 고정되어버린 얼굴로 구역질을 참으면서 되물었다. 그러나 위원장님은 나의 대답을 듣지 않고 이미 문어 해체 작업에 돌입해 있었다.

"어디 보자… 머리 안쪽을 이렇게 뒤집어서… 먹물 주머니를 떼어 내고… 선생님 거기 어디 가위 있어요? 저기 있네. 가위 이리 주세요."

나는 어리둥절한 채로 위원장님이 가리키는 곳으로 가서 가위를 가져왔다. 위원장님은 전화기에 맞아 기절한 문어의 머리 안쪽을 뒤집어 가위로 자르고 내장을 잡아당겨 꺼내기 시작했다. 그 서슬에 먹물 주머니가 터져서 검은 액체가 대량으로 흘러나왔다. 위원장님은 신경 쓰지 않았다. 신나게 혼자서 중얼거리며 문어 해체 작업을 속행했다.

"먹물은 씻으면 되고… 다 꺼내서… 이제 가져가서 물에다 씻고…."

그리고 갑자기 위원장님이 고개를 들고 나에게 말했다.

"이거 눈하고 이빨 떼기 전에 물에 씻어야 되는데 좀 도와주실래요?"

나는 위원장님을 멍하니 쳐다보았다.

"너무 커서 그래요."

위원장님은 대학교 복도에 나타난 거대 문어를 기절시켜 해체하는 것이 마치 일상다반사인 양 평범한 어조로 설명했다.

"화장실 앞까지만 같이 들어주면 내가 씻어다가 적당히 잘라서 오늘 저녁에 삶아서 문어 숙회 해줄게요. 버너는 사무국장보고 하나 더 가져오라고 하면 되니까…."

"드신다구요?"

내가 지구 생물체의 항복을 요구하던 거대 문어의 힘없이 늘어진 다리를 쳐다보며 물었다.

"이걸요?"

"생물 문어 이렇게 큰 거 구하기가 얼마나 어려운지 알아요?"

위원장님이 말했다.

"자, 그쪽 잡아서 들어주세요. 하나, 둘, 셋."

나는 얼떨결에 위원장님이 시키는 대로 문어 다리를 들었다. 먹물이 흘러나와 복도를 적셨다. 검고 비린내 나는 액체가 발에 묻을까 봐 나는 질색하며 옆으로 피했다. 위원장님은 아랑곳하지 않고 화장실로 향하고 있었다. 엉겁결에 따라가다가 나는 먹물 속에서 뭔가 반짝이는 것을 보았다.

"잠깐만요, 위원장님."

내가 신나게 문어를 들고 화장실로 가려는 위원장님을 불렀다.

"여기 뭐가 있어요."

나는 문어 다리를 내려놓았다. 먹물 속에 조심스럽게 손가락을 넣었다. 먹물의 감촉은 나의 불길한 예상대로 찐득했고 예상과는 달리 뜨뜻했다. 그다지 기억하고 싶지 않은 감촉이지만 지금도 가끔 생각난다. 안에 있는 빛나는 물체는 단단했다.

"이게 뭐죠?"

내가 문어 먹물 속의 빛나는 물건을 집어 올리며 말했다.

"그거 도로 내려놓으십시오."

뒤에서 누군가 조용히 명령했다. 어디서 들어본 목소리였다.

나는 뒤를 돌아보았다. 검은 정장을 입은 사람이 나에게 고갯짓을 했다.

"내려놓고 물러서세요."

위원장님과 나와 문어는 검은 정장을 입은 사람들에게 포위되어 있었다. 위원장님이 몹시 실망한 얼굴로 문어를 내려놓았다. 나도 먹물 속에서 발견한 단단하고 빛나는 물체를 도로 문어 먹물 속에 내려놓고 조심스럽게 물러섰다.

"가시죠."

아침에 안경을 뺏기고 취조실에 갇혀 있을 때는 흐릿한 검은 덩어리처럼 보이던 사람이 위원장님과 나를 번갈아 바라보며 말했다.

"또요?"

내가 소심하게 항의했다. 검은 덩어리가 말없이 고개를 끄덕였다. 나는 포기하고 걸음을 옮겼다.

위원장님도 검은 정장 입은 사람들을 따라서 몇 걸음 가다가 멈춰 서더니 아쉬운 듯 문어를 돌아보며 뭔가 말하려 했다. 그러나 검은 정장 입은 사람들이 문어를 둘러싸는 모습을 보고는 도로 입을 다물고 시무룩하게 걷기 시작했다. 나는 위원장님과 함께 또다시 검은 차에 탔고, 이번에는 나와 위원장님의 손에 묻은 지독한 비린내 때문에 멀미를 했다.

✳

이후에 일어난 일들은 별로 길게 쓸 가치가 없다. 나는 새벽까지 취조실에 붙잡혀 있으면서 또다시 검은 덩어리와 위원장님이 어긋나는 대화를 한없이 되풀이하는 모습을 멍하니 지켜보아야 했다. 거대 문어의 정체도 모르고 어디서 왔는지도 모르고 왜 왔는지도 모르고 그러나 삶아서 먹으려고 했다는 위원장님의 답변을 검은 덩어리는 절대로 믿어주려 하지 않았다. 나는 먹물 속에 들어 있던 빛나는 단단한 물체가 어디에 쓰는 무슨 물건인지 전혀 모른다는 사실을 수백 번 되풀이해서 설명해야 했다. 위원장님이 문어를 해체했고, 먹물주머니가 터졌고, 문어를 씻으려고 화장실로 옮기려다가 먹물 안에서 빛나는 물체를 발견했을 뿐이라고 나는 몇 번이나 반복해서 진술했다. 그러면 검은 덩어리는 위원장님한테 문어를 왜 해체했는지 물었고, 어째서 먹으려 했는지 물었고, 문어가 어디서 왔는지 왜 하필 다른 곳도 아닌 우리 노조 농성장에 접근했는지 물었고, 위원장님은 싱싱한 문어 구하기가 얼마나 힘든지 아느냐며 노조 위원장이 아니라 횟집 사장님 같은 발언을 되풀이했고, 검은 덩어리는 무슨 목적으로 문어를 먹으려고 했는지 물었고, 위원장님은 문어회의 맛있음을 강력히 장황하게 설파했고, 검은 덩어리는 대화의 무의미함을 깨닫고 목표물을 바꿔서 나에게 먹물 속에서 빛나는 물체를 찾아낸 경위에 대해 다시 물었고…. 다람쥐 쳇바퀴는 뭐 대략 그런 식으로 돌아갔고, 그리하여 새벽에 검은 빌딩에서 풀려나서 검은 차에 실려 나와 다시 농성장에 떨구어졌을 때 나와 위원장님은 서로 다른 이유로 완전히 녹초가 되어 있었다.

검은 차에서 내려서 본관에 들어서자마자 위원장님은 사방을 두리번거리며 문어부터 찾았다. 그러나 복도는 깨끗했다.

먹물도 비린내도 흔적조차 없었다.

"그 사람들이 가져갔을 거예요."

내가 반쯤은 위로하는 말투로, 반쯤은 위원장님을 단념시키기 위해서 말했다.

"그렇겠죠?"

위원장님이 한숨을 쉬었다.

"그렇게 크고 싱싱한 놈 정말 오랜만에 봤는데…."

그러면 전에도 그만한 크기의 거대 문어를 보신 적이 있다는 얘기인지, 역사학 전공자가 문어 해체는 대체 어디서 배웠는지 묻고 싶었지만 날이 밝아왔고 나는 이틀이나 예고 없이 휴강할 수는 없었으므로 뒷일은 사무국장님한테 맡기고 서둘러 수업하러 갔다.

＊

이후로 위원장님은 임기가 끝날 때까지 노조 활동과는 아무 상관도 없는 기관에 여기저기 불려 다니며 문어에 대한 질문에 시달려야 했다. 그리고 나도 문어 해체의 현장에 함께 있었다는 이유로 위원장님이 검은 차에 실려 갈 때 세트로 함께 실려 가서 또다시 엇나가는 대화를 하염없이 강제로 지켜보았다.

한편, 그러는 사이에 수석부위원장님과 사무국장님이 전해준 학교 측 상황은 또 그 나름대로 기묘하게 돌아가고 있었다. 학교가 외계 생물체를 몰래 숨겨놓고 연구하고 있었다는 소문이 퍼졌고, 천문우주학과와 생물학과 교수들이 모두 국정원에 불려갔다는 이야기도 떠돌았으며, 이과대 건물이 실제로 한동안 폐쇄되었고 그 뒤에도 시시때때로 휴강공지나 실험실 폐쇄 공지가 나붙는 걸 보니 아주 근거 없는 얘기는 아닌 것 같았다. 그리고 마침내 총장이 CIA에 납치되어 행방불명이 되었다는 소식이 대단히 비공식적인 경로를 통해 나돌기 시작했다. 그리고 학교는 어째서인지 서둘러 우리 노조의 요구를 모두 수용하고 전격 합의를 해버렸다. 합의서에 서명하던 날에 이사장과 함께 총장도 현장에 있었으니까 CIA에 끌려가서 행방불명되었다는 소문은 거짓말이 분명했지만 이사장도 총장도 초췌한 얼굴에 눈이 퀭한 것이 학교에서 뭔가 내놓고 말할 수 없는 일들이 벌어지고 있는 건 분명해 보였다. 그리고 얼마 지나지 않아 학교는 교육부 감사를 받게 되었고 그러자 총장과 이사장과 교무처장과 총무처장이 동시에 '건강상의 이유'로 사임했고 아무도 총장의 공석을 메우려 하지 않았고 감사가 계속 진행된 결과 이듬해에 학교는 부실대학으로 지정되어 구조조정에 들어갔고 그로 인하여 전공기초과목들이 대거 사라지거나 변경되었고 절대평가이던 과목들이 전부 상대평가로 바뀌었고 폐강 기준 인원이 상향조정되었고 학과 조교 처우가 급격히 나빠졌고 그래서 총학생회와 우리 노조와 직원들 노조인 대학노조가 다 같이 농성에 돌입했고 이번에는 사무국장님이 밤에 집에 갈 때 가스버너를 챙겨서 가지고 갔다가 아침에 다시 가지고 왔는데 지난번에 뺏긴 가스버너와 냄비를 돌려받지 못한 데다가 앞으로는 농성장 지키는 사람이 밤중에 아무거나 끓여 먹는 사태를 미연에 방지해야겠다고 잠정적으로 결정했기 때문이었다.

그러는 사이에도 위원장님은 문어 때문에 여기저기 정부 기관에 불려 다니느라 바빴다. 이제 검은 정장 사람들이 빛나는 물체가 어디에 쓰는 물건인지 밝혀낸 듯하여 나를 빼고 위원장님만 불려 다니는 경우가 점점 많아져서 위원장님한테는 미안하지만 나로서는 다행이었다. 그 와중에 노조의 다른 분회들은 모두 단체협약을 성공적으로 마무리했다. 모 국립대 분회장님이 식사 자리에서 살짝 해준 뒷이야기에 따르면 우리 노조가 "잘못 건드리면 학교 하나 날려버릴 수 있는" 집단으로 소문이 났다고 했다. 문어하고 관련이 있는 게 분명했지만 말을 잘못 꺼냈다간 또 그 검은 덩어리들이 어디선가 나타나서 또 차멀미를 하면서 끌려가서 또 다음 날 수업을 공치게 될 것 같아서 나는 열심히 밥과 반찬을 입 안에 욱여넣고 문어에 대해서는 한마디도 하지 않았다. 그리고 위원장님은 임기가 다 끝나고 새 위원장이 선출되었을 때에도 문어 때문에 불려 다니며 시달리느라 퇴임사도 제대로 하지 못했고 이후로 사무국장님과 분회장님이 이제는 전 위원장이 된 위원장님의 행방을 걱정할 때면 나는 속으로 문어를 떠올리며 내가 여기서 입을 열면 우리 모두 끌려가서 위원장님을 만날 수 있게 될 거라고 생각했지만 그 이후의 뒷감당을 할 자신이 없어서 매번 망설이다가 그냥 가만히 있곤 했다.

＊

위원장님을 다시 만난 것은 위원장님의 임기가 끝나고도
장장 일 년이나 지난 뒤였다. 처음 보는 지역번호가 붙은 모
르는 번호에서 전화가 왔고 나는 모르는 번호임에도 어쩐지
그 검은 덩어리들일 것이라고 직감했으며 받을까 말까 했지
만 또 강제로 끌려가면서 멀미하기는 싫어서 전화를 받았고
역시나 수화기 저편의 목소리는 그때의 그 검은 덩어리가 틀
림없었다.

"몇 가지 서류에 서명만 해주시면 됩니다."

검은 덩어리가 왠지 불길하게 들리는 차분하고 정중한 어
조로 말했다.

"그러면 다 끝날 겁니다."

그래서 나는 서명을 하러 갔다. 그리고 그곳에 위원장님이
있었다.

그래서 나는 또다시 어긋나는 대화를 한없이 강제로 지켜
보아야 할 것이라고 예상했다. 그러나 뜻밖에도 검은 덩어리
가 말한 대로 몇 가지 서류에 서명하고 나니 그것으로 진짜
끝이었다. 나와 위원장님은 차례로 풀려나서 검은 빌딩 밖으
로 차를 타지 않고 걸어 나왔다. 검은 차에 실려 다니며 멀미
할 때는 몰랐는데 검은 빌딩에는 조그만 철제 대문이 달린 정

문이 있었고 철제 대문 옆에는 눈에 잘 띄지 않는 '해양정보과'라는 낡은 현판이 붙어 있었다.

"밥 먹을래요?"

정문 밖으로 나와서 현판을 지나 검은 덩어리들의 밀실을 떠나서 문명 세계로 돌아왔을 때 위원장님이 물었다. 그 질문을 들은 순간 나는 강렬한 허기를 느꼈다.

"네."

내가 대답했다.

그래서 우리는 밥 먹으러 갔다.

＊

"그러니까 진짜 외계 생물이 맞긴 맞나 봐요. 그 저기, 옛날 공상과학 소설에 나오는 문어 외계인 말이에요. 공상과학 소설 알아요?"

음식이 나오기를 기다리면서 이제는 전 위원장님이 된 위원장님이 낮은 목소리로 알려주었다. 나는 공상과학이 아니고 과학소설이라고 말하고 싶었으나 그랬다가는 위원장님이 공상이라는 단어의 어원과 서유럽 역사에서 과학의 발전과정과 중산층 계급의 성장에 따른 대중문화의 확산에 대해 강의하기 시작할 것이 뻔했으므로 꾹 참고 그냥 가만히 있었다.

"총장이 개인사업자하고 몰래 거래를 해서 들여왔는데 그게 국제협약 위반이라서 문제가 된 거예요."

외계 생물을 거래하는 사업자가 존재한다는 사실도, 외계 생물 거래에 대한 국제협약이 존재한다는 사실도, 그런 사업자가 그런 국제협약을 지켜야 한다는 사실도 나는 생전 처음 알았다. 그리고 분명히 아까 우리가 서명한 서류에 이런 얘기를 '해양정보과'의 검은 빌딩 바깥에서 입 밖에 내어 말하면 안 된다는 조항이 들어 있었던 것 같았지만 위원장님은 내가 질문할 기회를 주지 않고 낮고 조용한 목소리로 빠르게 말을 이었다.

"처음에 라면에 넣어서 먹다가 버린 그 문어는 사실 진짜 생물체가 아니고 우리가 봤던 그 큰 문어 외계인이 만든 복제 문어였는데 문어 외계인들이 그 안에 또 뭔가 다른 복제 생물체를 넣어서 지구에 대한 정보를 빼내 가려고 했나 봐요. 그랬는데 중간에 통신이 끊어지니까 원본이 나선 거죠."

진상규명과 책임자 처벌을 위해서 복제 문어와의 통신을 끊은 장본인을 찾아온 거라면 외계 문어가 상당히 똑똑하다고 나는 생각했으나 이 시점에서 음식이 나왔기 때문에 대화는 잠시 중단되었다. 위원장님은 산더미처럼 쌓인 미나리와 청경채가 끓는 모습을 지켜보면서 주의 깊게 버너의 불을 조절하며 낮은 목소리로 빠르게 다시 하던 이야기를 계속했다.

"그 해양정보과 사람들이, 사실은 우리가 실질적으로 지구를 구한 거니까 상이라도 줘야 되는데 워낙 기밀인 데다가 혹시 총장하고 한 패인가 싶어서 모든 가능성을 생각하면서 신중하게 조사하다 보니까 이렇게 됐다고, 미안하다고 그러더라구요."

아니 미안하다는 말을 하려거든 나도 있는 자리에서 같이 사과할 것이지 왜 위원장님한테만 사과한단 말인가? 차멀미에 시달리고 강제로 수업 휴강하고 검은 덩어리와 위원장님의 엇나가는 대화를 한없이 지켜봐야 했던 고통의 시간들이 떠올라서 나는 분노가 솟아오르기 시작했다.

"해양정보과가 대체 뭐 하는 곳인데요?"

내가 민원이라도 넣어야겠다고 생각하면서 물었다.

"그런 부서는 없어요."

위원장님이 웬일로 간단하게 대답했다. 그리고 국자를 들어 청경채와 미나리를 조심스럽게 뒤적였다.

"이거 다 익었어요. 드세요."

위원장님은 나의 개인 접시를 가져다가 음식을 덜기 시작했다. 청경채와 미나리를 걷어내자 그 밑에서 맑은 국물에 발갛게 익어가는 문어가 모습을 드러냈다.

위원장님은 가위를 집어 들고 능숙하게 문어 다리를 잘랐다. 육수 속의 문어를 바라보면서 해양정보과와 빼앗긴 라면 냄비와 검은 빌딩과 농성 천막에 대해서 생각하다가 나는 어쩐지 더 이상 참을 수 없는 기분이 되어버렸다.

"저 선생님 좋아해요."

내가 말했다. 위원장님은 시선을 들지도 않고 그대로 문어를 자르면서 대답했다.

"저도 선생님 좋아합니다. 문어 드세요."

또다시 대화가 엇나가고 있었다. 위원장님에게는 나보다 문어가 중요한 것이 분명했다. 나는 자리에서 엉거주춤 일어나서 가스버너 위의 냄비 너머로 위원장님에게 얼굴을 최대한 들이대고 다시 말했다.

"선생님 좋아한다는 말, 진짜 진심이에요."

그리고 나는 자리에 도로 앉았다.

이후로 어색한 침묵 속에 문어를 먹으면서 나는 이것으로 완전히 차인 게 분명하다고 확신했다. 그러나 해야 할 말을 했으므로 후회는 없었다. 위원장님을 만나지 못하는 동안 어렴풋이 느끼기는 했지만 오랜만에 다시 얼굴을 보았을 때 확실히 깨달았고 이제 위원장님은 임기가 끝났기 때문에 언제 다시 만날 수 있을지, 나를 다시 만나주기는 할지 알 수 없었으므로 나는 말해야만 했다. 식사를 마친 뒤에 위원장님은 다른 일정이 있다며 가버렸고 나는 혼자서 집에 돌아오면서 이제 평생 문어는 다시 쳐다보지도 않겠다고 결심했다.

✳

외계 문어에 관한 이야기는 이것으로 끝이다. 그러나 노조의 투쟁은 끝나지 않았고 아마 앞으로도 오랫동안 끝나지 않을 것이다. 외계 문어로 학교를 '날려버렸던' 노조의 약발은 오래가지 못했다. 대학들은 강사를 더 잘랐고 교양과목을 더 줄였고 분회 사무실을 빼앗았고 강사실을 폐쇄했다. 그리고 코로나19로 인해 비대면 수업이 장기화되자 대학들은 이참에 온라인 수업 허용 비율을 무한정 늘리려고 시도하기 시작했다. 팬데믹이 장기화되는 지금 같은 경우 학교 측은 방역조치를 강화하고 개설강좌 숫자와 강좌당 분반 숫자를 늘리고 한 분반에 배정되는 수강인원을 축소하고 모든 수업에 더 넓은 강의실을 배정해서 학생들이 물리적인 거리를 유지한 채로 수업을 들을 수 있게 조치하고 필요하다면 마스크와 손세정제를 학생들에게 의무공급할 수 있다. 그러나 학교 측은 이런 비용과 노력을 들이고 싶어 하지 않았고 책임과 희생을 만만한 강사와 학생들에게 전가하는 방향으로 나아가고 있었다. 실시간 화상수업은 어차피 대면수업의 쌍방향 의사소통이 아닌 일방향 수업이니까 수업의 질이나 강의하는 사람의 업무량 따위 무시하고 수강인원을 대폭 늘려도 상관없을 것이고 동영상 콘텐츠로 수업을 대신하면 사람이 매 학기 직접 강의를 할 필요가 없으니까 강사를 더 잘라도 될 것이라는 게 학교 측의 계산이었다. 무슨 상황이 어떻게 돌아가든 학교 측은 수업을 폐강하고 남은 수업의 수강인원을 최대한 늘리고 강사를 자르는 방식으로 대응했다. 학생들은 수업의 질 저하를 지적하며 등록금 반환을 요구했고 강사들은 생계의 위협에 몰리면서 동시에 교육의 근본을 내다 버리려는 학교 측의 작태에 분노했으며 지금도 분노하고 있다.

한편, 위원장님은 나의 예상과는 달리 소원하던 문어를 먹은 다음 날 나에게 전화해서 사귀어도 되느냐고 물었고 나는 이제 위원장님 임기 끝나서 위원장과 조합원이라는 위계가 없으니까 괜찮지 않느냐고 반문했으며 그리하여 나는 위원장님이 각종 해양생물을 해체하는 식생활에 참관하는 관계가 되어 다시는 문어를 먹지 않겠다는 결심은 무너져버렸다. '문어'와 '무너져'로 말장난을 하려고 했던 건 아닌데 써놓고 보니까 그렇게 됐지만 괜찮아 보이니까 굳이 고치지는 않겠다. 외계 생물 암거래와 관련 국제협약에 대한 자세한 사항은 지금도 알지 못하므로 혹시 아시는 분 계시면 제보해주시면 좋겠지만 또다시 검은 차에 실려서 멀미하면서 검은 빌딩에 끌려갈 위험을 무릅쓰고 싶지 않으므로 해양정보과에 들키지 않게 몰래 제보해주시기를 부탁드린다. 그리고 나는 이제 애인님이 된 위원장님을 바라보면서 가끔 그때 학교 복도에서 비린내를 풍기며 눈이 돌아가던 거대 외계 문어를 생각하곤 한다.

— 지구-생물체는-항복하라.

우리는 항복하지 않는다. 나와 위원장님은 데모하다 만났고 나는 데모하면서 위원장님을 좋아하게 되었고 그래서 지금도 함께 데모하고 있으며 앞으로도 교육공공성 확보와 비정규직 철폐와 노동해방과 지구의 평화를 위해 계속 함께 싸울 것이다. 투쟁.

정보라

소설도 쓰고 번역도 하며 마감에 시달리고 있다. 한국과학소설작가연대 3기 대표이며 한국비정규교수노조 조합원이다. 지은 책으로는 단편집《저주토끼》, 《그녀를 만나다》, 장편《붉은 칼》,《죽은 자의 꿈》,《문이 열렸다》등이 있다. 차별금지법 제정 오체투지, 중대재해기업 처벌법 오체투지, 세월호 시위대, 고등교육법개정 국회농성 외 각종 여러가지 데모에 참여했다. 차별금지법 당장 제정하라 투쟁.

실버 해머

엄정진

가장 난처한 상황이 스페이스 셔틀 옆자리에서 말을 걸어오는 경우다. 상대가 마음에 들지 않거나 대화를 원치 않는다 해도 그 자리를 피할 방법은 없다. 심지어 화장실에 간다는 핑계도 없어졌으니 전자두뇌가 보편화된 현대의 성인에게 생리현상 조절은 어려운 일도 아니다. 육체가 언제 생리문제를 해결해야 하고 얼마나 버틸 수 있는지는 사전에 측정하고 수치화하여 통제할 수 있으니까. 설령 다급한 일정 때문에 방광에 오줌이 찬 상태로 열차나 비행기나 우주선에 탑승한다 해도 목적지에 이를 때까지 육체의 통증이나 요의를 차단하면 된다.

　초면의 낯선 상대에게 함부로 말을 걸지 않는 것이 현대인의 예의지만, 지금은 여행을 함께 하는 사이니 오히려 대화를 거부하는 쪽이 예의에 어긋나는 경우일 터. 그래서 율리는 난처했다.

두 사람은 약 20분 전 올드린 시티 우주공항에서 만났다. 상대는 퀘스트를 주는 NPC처럼 약속한 시간과 좌표에서 정확하게 율리를 기다리고 있었다. 천천히 다가가며 상대를 스캔한다. 인공안구의 카메라를 줌인. 증강현실 안내창에 상대의 외모와 옷에 대한 정보가 출력된다. 남색 스리피스 정장. 뒤로 쓸어넘긴 황갈색 단발. 이마에는 인조상아로 만든 듯한 뿔 한 개. 뿔과 귀와 아랫입술에 달린 가느다란 피어스.

가죽장갑과 허리에 찬 파우치가 불룩 튀어나온 점을 제외하면 평범한 회사원처럼 보인다. 성별 불명, 연령 20대에서 30대로 추정, 히스패닉 계열.

율리의 전자두뇌는 각각 염색과 인공안구를 이용해 마음대로 바꿀 수 있는 머리카락과 눈동자 색 같은 의미 없는 정보값을 제외한 피부색과 골격구조로 상대를 히스패닉으로 추정했다. 하지만 전 인류가 혼혈이 되고 있는 추세를 생각하면 세대가 흐를수록 인종 구분은 불필요해졌다.

15미터 정도의 거리에 이르자 상대방도 율리에게로 몸을 돌린다. 알림음과 함께 상대가 보낸 전자명함이 율리에게 전송된다. 수신을 허락하고 출력. 정면 약간 왼쪽에 명함이 떠오른다. 이름은 모라. 민간군사경비기업 '코브라 앤 스컬' 소속 사설 경호원. 정면 사진과 회사 대표 연락처. 그 외의 정보는 없다.

율리가 달에서 지구로 갔다 올 때까지 안내와 경호를 맡아 줄 사람이다. 사설 경호원을 고용해야 할 정도로 치안 문제는 여전히 심각했다. 제아무리 GOU도 신은 아니다. 전쟁 직후의 혼란을 이 정도로 수습한 것만으로도 다행일 정도니까.

두 사람은 현대인의 예의와 전통에 따라 목소리를 내어 인사를 했지만 이후로는 거추장스러운 의사소통이 필요 없었다. 필요한 정보는 서로의 두뇌에 직접 메시지를 송수신하면 된다. 모라가 앞장섰고 율리는 따라갔다.

표를 발급받고 승선한 지구행 스페이스 셔틀은 얼핏 봤을 때 빈 공간이 많아 널찍해 보였다. 같은 부피의 항공기였다면 200명 이상은 수용 가능하겠지만 우주선이라면 정원이 50명 이하로 줄어든다.

자연히 요금은 더 비싸지겠지만 율리는 이러고도 우주항공사에 수익이 남는지 괜한 걱정이 들었다. 둘러보니 자신들 말고 다른 승객은 한 명밖에 보이지 않아서 더욱 그랬다. 혹시 시간을 착각했나 싶어 우측에 알림창을 띄워 출발시각을 다시 확인했다.

모라는 앞쪽 자리로 안내했다. 탁자를 두고 둘씩 마주하는 4인용 공간이었다. 좌석은 앉는다기보다 기대야 할 정도로 엉덩이를 걸치는 부분이 가파르게 기울어져 있었고 등받이가 길었다. 각 좌석에는 벌어진 침낭처럼 생긴 충격보호용 우주복이 달라붙어 있었다. 율리가 창가에, 모라가 그 옆자리에 등을 기대자 우주복이 몸을 휘감았다. 두 사람은 나뭇가지에 매달린 고치 같은 모습으로 서 있었다.

승무원 한 명이 가운데 통로를 따라 뒤에서 앞으로 걸어왔다. 통신 알림이 들어왔고 항공기 소개, 경로와 도착예정시각, 이착륙 시 주의사항 등을 담은 정보창이 차례로 뜨면서 율리의 시야를 가득 메웠다.

다 확인했다는 답신을 보내자 가만히 있던 승무원은 곧바로 승무원실로 들어갔다. 셔틀은 예정된 시간에 정확히 출발했다. 단 세 명의 승객만을 싣고.

이륙의 충격이 가시고 달의 중력에서 벗어나자 우주복의 압력이 느슨해졌다. 양옆과 아래쪽이 벌어져 팔과 다리를 밖으로 내밀어 움직일 수 있었지만 아기띠에 싸인 아기 같은 우스꽝스러운 모습이었다.

이런 상황에 옆에서 말을 걸었으니 율리는 난감할 수밖에 없었다. 셔틀에서는 외부와 통신이 어려우니 저장해놓은 영상과 문서로 시간을 때울 생각이었는데 혼자만의 시간을 방해받을 줄은 몰랐다.

"교수님은 지구에 오랜만에 가십니까?"

모라가 굳이 메시지를 보내지 않고 말을 건 이유를 짐작할 수 없는 율리는 당혹한 채로 대답했다.

"그래요. 사실은 지구를 떠난 이후로 처음이네요."

"지구 출생이셨군요."

"나 때는 모두가 지구에서 태어났으니까요. 월면도시가 준공된 지 60년 정도 되었나요? 거주위성은 그보다 짧겠지요."

'정도' 같은 애매한 표현은 싫지만 어쩔 수 없다. 외부의 정보를 검색할 수 없으니 답답할 뿐. 전자두뇌에 저장된 지식에 의존할 수밖에 없다.

"거주위성 자체는 달보다 오래되었지만 민간인의 이주는 더 늦게 시작했죠. 처음엔 연구용과 군사용으로 쓰였으니까요."

율리는 고개를 끄덕였다. 그만 대화를 끝내자는 간절한 마음을 담은 신호였다. 그럼에도 모라는 무심하게 말을 이었다.

"이번 여행은 저 개인에게도 영광입니다. 세계통합 백 주년 심포지엄에 초청받으신 석학을 안내하게 되었으니까요."

"과찬의 말씀을. 그저 살아남은 백 살 노인이 몇 안 되니까 나 같은 사람에게도 기회를 준 것이겠지요."

"젊은 세대에게도 교수님은 꽤 인지도가 있습니다. 만화를 꾸준히 그리시지 않습니까? 제법 인기가 있거든요."

"정말 반응이 있나요? 온라인이 아닌 곳에서는 좀처럼 듣지 못하는데. 모라 님의 솔직한 감상을 듣고 싶네요."

사람의 마음은 간사한 것인지, 칭찬을 듣자 율리는 짜증과 거부감을 잊고 대화에 빠져들었다.

"제 취향의 그림체는 아닙니다만, 내용은 무척 흥미로워서 보고 있습니다. 독재자 시리즈라든지, 인류의 어리석은 발명품 시리즈 같은…."

"역시 '어리석은 발명품 박람회'를 좋아하시는 모양이네요. 연재할 때 반응도 제일 좋았지요. 결국 모든 잘못은 인간에게 있다는 이야기입니다. 총과 핵폭탄에는 아무런 잘못이 없지요.

그걸 굳이 만들어서 같은 인간을 죽이고 환경을 오염시킨 우리 인간의 어리석음을 꼬집고 싶었습니다."

"전적으로 동의합니다. 저는 특히 과거의 권력자 중 남성이 많다는 점이 인류문명이 과오를 되풀이하는 원인이라는 교수님의 시각에 동의합니다."

"가부장제와 남성중심의 권력에 대한 비판은 내 오랜 연구 과제이기도 했지요. 실은 만화 그리는 취미를 살려보려고 시작한 일이었는데 어느새 제 본업보다 더 널리 세상에 알려지고 말아서 이제는 그만둘 수도 없게 되었죠."

"그만두다니요. 수십만의 독자가 매주 기다리고 있는데요."

"취미가 일이 되니까 솔직히 싫증도 나서 몇 번이나 그만두려고 했었어요. 고료를 받는 것도 아니고 교수 체면이 있어 광고를 붙이지도 못했으니…. 그런데 교수 생활로는 꿈도 못 꿀 팬레터도 받아보고 인터뷰도 하고 강연도 하고 미디어에 불려 다니며 인기를 얻다 보니 지금은 그냥 일 반 취미 반이라고 생각합니다."

말하면서도 스스로 울리는 인터뷰를 하고 있다는 생각이 들었다. 그래도 모라의 열의가 담긴 반응 덕분에 대화를 끊고 싶지는 않았다.

"이번 심포지엄에서 하실 강연의 주제와도 연관이 있나요?"

"그렇네요. 있다고 하면 있을 수도 있겠죠. 지난 역사에서 보이는 권력자의 양상과 변화를 통시적으로 살펴보려고 합니다. 나이 든 남성이 중심이었던 과거의 군주와 지도자, 정치가들을 돌아보며 침략과 정복과 전쟁이 끊이지 않았던 인류의 역사를 반추해볼 계기가 되었으면 좋겠어요."

"그 말씀은… 아무래도 GOU에게 들려주고 싶다는 의미신지?"

"큰일 날 소리를 하시네! 외부망이 차단된 셔틀 안이니까 망정이지, 다른 곳에서 그런 말씀은 하지 말아요."

율리는 다시 대화를 그만두고 싶어졌다. 그러나 모라는 상대를 붙잡고 흔드는 듯한 다급하고 거친 말투로 응수했다.

"아뇨, 교수님은 과거 공개적으로 GOU를 비판하는 말씀을 하신 진보적인 소장파 학자셨잖아요! 이후에는 독재자를 비판하는 만화를 그려 젊은 세대에게 인기를 얻으셨고. 그런 상황에서 백 주년 강연으로 늙은 지도자를 비판하겠다면, 당연히 GOU를 엿 먹이고 싶다는 의도가 있다고 받아들일 수밖에 없죠."

"허허, 늙은이를 난처하게 만들 생각이신가? 과거에 내가 반 GOU 성향의 지식인으로 분류되었던 것은 사실이에요. 그렇지만 전쟁의 상흔을 극복하고 세계를 착실하게 재건하고 있는 이상 우리는 GOU를 지지하고 힘을 실어줘야 합니다."

모라는 잠시 시선을 돌렸다가 다시 율리를 바라보았다. 율리는 그의 눈빛에 담긴 감정이 조금 바뀌었다는 느낌을 받았다.

"이제야 교수님도 나이가 드셨다는 실감이 나는군요. GOU 덕분에 태평성대를 구가한다? 전형적인 노년층과 어용매체의 주장이잖아요. 온라인에서 만화를 올리고 독자와 소통할 때는 교수님과의 세대 차이를 느낄 수 없었는데. 솔직히 실망했습니다."

"실망했다면 그만큼 기대를 했다는 말인데…. 모라 님이 나에게 무슨 기대를 했는지 조금쯤 짐작이 되네요. 실례가 될지도 모르겠지만, 그러는 모라 님이야말로 반 GOU 성향이 아닌가요?"

슬쩍 떠보는 도발적인 질문이었지만 모라는 미끼를 덥석 물었다.

"저는 그저 젊은 사람으로서 세상을 이렇게밖에 만들지 못하는 기성세대에 분노할 뿐입니다. 막대한 유산까지는 기대하지 않지만 적어도 빚은 물려주지 말아야죠."

"마치 영건(Young Gun) 같은 말씀을 하시는데…."

"교수님은 영건에 대해 어떻게 생각하십니까? 얼마나 알고 계시죠?"

상대의 말을 가로막는 듯한 다급하고 신경질적인 반응. 경멸과 반항기가 섞인 눈빛. 노인을 바라보는 젊은이의 눈이었다. 어쩌면. 율리는 짐작을 확신으로 바꾸며 대답했다.

"글쎄요, 그렇게 많이 알지는 않습니다. 세상에 알려진 정도밖에는…. 주로 젊은이들로 구성된 반 GOU 테러 단체. '유나바머의 아이들', '현대판 러다이트'라고 불리기도 하고. 그저 무정부주의 갱단이라는 평판도 있는데… 메시지가 세련되지 못해서 그렇지, 행위에 비해 조금 부당한 비난을 받는다는 느낌도 들긴 했습니다."

"그렇죠? 영건이 반체제 단체이며 폭력을 수단으로 쓰는 것은 맞지만 그럴 만한 목표와 이상이 있기 때문이에요. 독재에 저항하는 독립운동이랄까요. 대화만 해서 제대로 맞설 수 있겠습니까?"

"무엇에 대해 무엇을 독립하자는 거지요?"

"뻔하지 않습니까. GOU로부터 인류가 독립하는 거죠!"

율리는 얕은 웃음을 터뜨렸다. 이제 확실해졌다. 옆에 있는 모라는 영건의 강력한 지지자임이 분명하다. 팬덤, 후원자, 추종자, 또 뭐라고 불릴지는 모르지만. 안 그러면 이렇게 준비했다는 듯이 즉각 영건을 옹호하는 발언이 쏟아질 리가.

잠깐의 웃음과 침묵만으로도 모라는 율리의 생각을 짐작할 수 있었다.

"교수님이 생각하시는 바가 맞습니다. 이제 교수님도 솔직하게 털어놓으시죠…. 여기는 외부와 통신이 차단된, 날아가는 우주선 내부니까요.

아무것도 감출 필요가 없어요. 감시와 해킹에게서 자유로운 지금 인정하시죠. 교수님이야말로 우리 영건에 찬동하여 뜻을 같이하실 수 있는 분입니다. 교수님처럼 저명하고 젊은 세대로부터 인기를 얻은 고령의 지식인이 영건을 공개 지지하신다면 인식도 나아지고 참여하는 사람들도 늘어날 거예요."

"그렇게 해서 부질없는 독립운동을 더 열심히 하시겠다고? 우습네요. GOU로부터, 달과 위성을 포함한 전 지구권을 하나로 통합하여 관리하는 강대한 초지성체로부터 독립이라! 질 것이 뻔한 싸움에 뛰어드는 일이 젊음의 특권이라도 된다고 생각하시는지요?

영건이 지금껏 무사한 이유가, GOU가 봐주고 있기 때문이라는 생각은 해본 적이 없나요? 영건의 계획과 행동도 손바닥 들여다보듯 훤히 알고 있을 겁니다. 언제든 짓눌러 죽일 수 있는 손바닥 위의 개미에 불과해요. 그럼에도 왜 지금까지 내버려두었느냐고 하면 그럴 가치가 없을 정도로 가소롭거나 아니면 달리 이유가 있어서겠지요."

"아뇨, 교수님. 더 숨기실 생각 마세요. 이미 늦었으니까요."

"늦었다니요?"

"교수님 친구가 확인해주었거든요."

친구? 확인? 알 수 없는 말투성이다.

"수영. 저를 교수님에게 소개해준 분이죠."

율리는 예상 못한 이름을 듣고 깜짝 놀랐다. 모라는 한 손을 들어 앞쪽 어딘가 애매한 방향을 가리키며 말을 이었다.

"곧 만나게 될 겁니다. 지금 우리는 그분께 가고 있으니까요."

그때까지도 율리는 알지 못했다. 자신이 탄 셔틀이 제공된 항로정보와는 달리 지구가 아닌 다른 곳으로 향하고 있음을.

스페이스 셔틀은 지구-달 궤도 라그랑주 점 L5로 날아갔다. L1, L2 지점은 통신, 관측 및 군사용 우주 정거장이 자리 잡았고 L3은 현실적으로 쓰기 어려워 내버려두었다. L4와 L5 지점에는 거주위성이 있다. 비교적 정상적으로 운용된 L4 구역과 달리 L5 구역은 전쟁에 휘말려 피해를 입었다. 현재 일곱 개의 거주위성 중에 세 개는 사람이 살 수 없을 정도로 파손되어 버려졌고 네 개는 복구가 미진한 채로 방치되었다. 거주민은 누구나 여건만 되면 벗어나기를 바랄 정도로 불황과 자원고갈에 허덕이며 치안이 불안한 슬럼이 되었다.

망설임도 없이 셔틀은 곧장 그 네 개 위성 중 하나인 코뉴코피아로 날아가, 원뿔 모양 거주위성의 뾰족한 끝부분에 위치한 우주 정거장에 도착했다.

율리는 그제야 알아차리고 놀랐다. 셔틀의 탑승 인원은 자신을 포함하여 네 사람밖에 되지 않았으며, 모라를 제외하면 승객으로 위장했던 사람과 승무원 복장을 했던 사람밖에 없었다. 당연한 듯이 그들은 한패였고 분명 영건의 일원일 터였다. 율리는 그들 중간에 끼어 셔틀에서 내렸다.

출입관리자는 모두 무장을 한 상태였다. 바퀴 달린 선풍기에 날개 대신 사람 키 정도 크기의 투명한 방패가 달린 모습을 한 경비로봇이 관리자 앞을 가로막듯 따라다니는 모습을 보고 율리는 이곳의 치안이 얼마나 불안정한지 알았다.

모라는 그에게 다가가 몇 마디 주고받더니 곧바로 손가락을 내밀었다. 출입관리자가 손바닥을 펴더니 손가락에서 나오는 보이지 않는 광선을 받는 듯한 시늉을 했다. 저 신호는 분명 전자화폐를 주고받았다는 신호다.

경비로봇과 출입관리자가 옆으로 비켜서자 모라는 일행에게 따라오라고 손짓했다. 율리는 궁금증을 참지 못하고 물었다.

"입장료일 리는 없고… 뇌물인가요?"

"말씀하신 그대로입니다. 저들은 마음 내키는 대로 우리의 출입을 막을 수도, 체포할 수도 있죠. 이유는 나중에 멋대로 만들어내면 그만입니다. 반면에 적절한 대가만 지불하면 번거로운 출입절차를 생략해주기도 하지요."

모라는 말을 하면서 허리에 찬 파우치에서 둥근 머리띠를 꺼내 내밀었다.

"정거장을 나가기 전에 착용하십시오."

무엇인지 묻기도 전에 건네받은 즉시 율리의 전자두뇌가 대상을 스캔하고 조사, 검색하여 답을 내놓았다. 전자두뇌 대상 스텔싱 디바이스. 앞뒤에 테러단체 조직원이 버티고 있는 이상 거부할 수는 없었다. 갑자기 폭발하지 않기만을 바랄 수밖에.

율리가 착용한 머리띠는 일종의 증강현실 투명 망토로 작용한다고 볼 수 있다. 인공안구와 전자두뇌를 장착한 사람 및 인공지능에게 율리의 모습은 인식되지 않는다. 가상의 네모난 상자 혹은 커다란 망토로 율리의 전신을 덮어 가리는 원리다. 가려진 부분은 주위 풍경 영상을 실시간으로 편집하여 보정한다. 마찬가지로 폐쇄회로 카메라의 녹화영상으로부터도 몸을 숨길 수 있다.

좀 더 고화질의 인공안구를 착용했거나 증강현실의 풍경 왜곡 및 오염에 민감한 사람은 은폐된 대상이 움직일 때마다 가장자리에서 풍경이 일그러지는 미세한 왜곡 현상을 감지할 수 있다. 소수로나마 존재하는 천연안구의 소유자나 전자두뇌의 증강현실 보정기능을 아예 꺼버린 사람이라면 율리의 모습을 뚜렷하게 볼 수 있겠지만, 적어도 모라가 율리를 감추고 싶어하는 상대 중에 그런 사람이나 기계는 없음이 분명했다.

율리는 거리에서 지나치는 주위 사람들의 표면적인 신원 스캔만으로도 전자두뇌가 없거나 파손되어 제 기능을 못 하는 사람이 꽤 많음을 알아차렸다. 특히 거리에 쓰러진 거지나 노숙자로 보이는 이들 대부분이 그랬다.

네 사람은 사거리 앞에서 잠시 기다렸다. 5분도 안 되어 12인승 승합차가 마중 나왔다. 안에 아무도 없는 걸 보니 자율주행이거나 외부에서 조종하는 모양이었다. 뒷좌석에 앉은 율리가 머리띠를 벗으려 하자 모라가 팔을 들어 제지했다. 아직 안심할 수 없다는 뜻인지. 창가로 시선을 돌리니 땅딸막하고 엇비슷한 건물들이 다닥다닥 붙은 단조로운 풍경이 이어졌다. 코뉴코피아의 구조상 10층 이상의 건물을 짓는 것은 불가능한 듯했다. 승합차는 어느 6층 건물 지하 주차장에 도착했다. 어디든 마찬가지로 도로와 건물은 낡았고 전쟁의 상흔을 고스란히 간직하고 있었다.

모두 내리자 정거장에서와 마찬가지로 모라가 안내하고 셔틀에 탔던 두 사람이 율리 뒤를 가로막듯 따라가는 식으로 이동했다. 그들은 지하 주차장에서 엘리베이터를 타고 4층에서 내렸다. 짧은 복도는 용접으로 금속을 덧댄 튼튼한 문으로 가로막혀 있었다. 모라는 손가락을 들어 손잡이 옆에 있는 패널에 댔다.

율리는 패널을 얼핏 보고 지문 인식 시건장치라고 추측했으나 아니었다. 지문처럼 채취와 복제가 쉬울뿐더러 한 번 발각되면 바꾸기 어려운 생체 인증방식은 위험성이 크기에 영건은 쓰고 있지 않았다. 대신 그들은 극히 원시적이지만 그만큼 확실하게 안전한 대화 방식을 쓰고 있었다.

모라는 문 안쪽에 있는 동료와 대화를 나누었다. 두 사람만이 알고 있는 내용을 즉흥적으로 암구호처럼 주고받았다. 미리 문답 내용을 정해놓으면 유출 가능성이 있어 피하는 것으로 보였다.

서로가 아는 상대임을 확인하자 문이 반쯤 열리고 소총을 든 동료가 모습을 드러내었다. 모라와 손만 맞부딪칠 정도로 짧은 악수를 나누더니 뒤에 있는 율리를 흘깃 보고는 문을 활짝 열며 뒷걸음쳤다.

내부 공간은 마치 다른 건물인 것처럼 문 바깥쪽 벽 및 바닥과 재질이 달랐다. 대부분 금속이고 전파를 차단할 목적임이 분명해 보이는 장비나 소형 발전기, 전선다발 등이 보였다.

뒤따라오던 두 사람은 임무를 마쳤다는 듯 즉시 다른 쪽으로 이동했다. 모라는 그제야 머리띠를 벗으라고 손짓하더니 긴 복도를 따라 나아갔다. 차를 탄 이후로 모라가 자신에게 말을 한마디도 안 했음을 새삼 의아하게 느끼면서 율리는 순

순히 따랐다. 점점 납치당했다는 실감이 들면서 주위의 침묵과 아울러 두려움도 한층 커졌다.

모라는 어느 방문을 노크하더니 대답은 필요 없다는 듯이 곧바로 열고 들어갔다. 갓 이사를 마친 사무실처럼 먼지투성이 바닥인 빈방 안에는 소파와 구석의 행거 하나만 남아 있었다. 소파에 등을 기대고 앉아 있던 사람이 고개를 들었다.

얼굴을 본 순간 율리는 그가 누구인지 알아차렸다. 여기로 오면서 계속 만나게 되리라 상상했기 때문일지도 몰랐다.

"먼 길 오느라 수고 많았어. 그렇게 서 있지 말고 여기 앉지?"

그가 자신의 맞은편 자리를 가리켰다. 소파는 지금은 없지만 원래 있었을 탁자를 중심으로 디귿자 모양으로 배치되었고, 그는 지금 문을 바라보고 창문을 등지는 쪽 자리에 앉아 있었다.

율리는 말없이 인사를 하고 곧바로 방을 나가는 모라를 멀거니 보았다. 문이 닫히자 율리는 수영이 권한 자리에 앉았다.

"이제 알겠어. 너였구나."

수영이 뭐라고 말하기 전에 선수를 치려는 듯이 율리가 먼저 입을 열었다.

"네가 영건의 보스지? 대표인지 두목인지, 명칭은 모르겠지만 아무튼."

"좋을 대로 생각해. 누군가 소수의 명령을 하달하는 수직적 조직체계는 아니지만, 일단 내가 대표자임은 분명하니까.

군이 말하자면 탑다운보다는 바텀업, 상향식이고 민주적인 의사결정체제를 갖추고 있어서….”

“말을 돌리기는. 용건부터 말해!”

율리가 소리를 지르자 수영은 정지된 영상처럼 입을 벌린 채로 멈췄다. 율리는 인상을 찌푸리며 주위를 둘러보았다.

“정말….”

구질구질하다느니 하는 험담이 입 밖으로 튀어나오려다 도로 들어갔다. 짧은 심호흡.

“이런 데 숨어 살 줄은 몰랐어. 날 납치한 이유가 뭔가?”

“모라가 어디까지 얘기해줬는지 모르겠는데….”

“하나도 안 했어. 엉뚱한 소리만 하며 말을 돌리고, 어설 프게 날 띄워주며 구슬렸지. 무슨 탐정이라도 된 것처럼 내가 직접 추리를 해서 겨우 그 친구는 영건이라는 테러조직 일원 이고 날 납치하여 두목인 너에게 데려왔다는 사실만 알아냈 을 뿐이야.”

“말에 돋힌 가시가 너무 날카로운데. 이미지를 생각하셔야 지. 친근하고 유머감각 풍부하기로 유명한 교수님 아니신가?”

“납치범에게까지 친근하게 대하고 싶은 마음은 추호도 없 는데.”

“매정하군. 우린 오랜 친구 사이 아닌가?”

“중요한 자리에 참석할 사람을 납치하여 이런 위험한 곳에 가두는 친구도 다 있나? 난 바쁜 몸이야. 원하는 것이 무엇 인지 얼른 말해봐.”

"마침 그 얘기를 하려던 참이었어. 초대받지 못한 마법사가 생일잔치를 망치고 싶어지는 건 인지상정 아닐까?"

"뜬금없이 무슨 소리야?"

초대받지 못한 마법사, 생일잔치. 머릿속에서 검색해보니 하나의 답이 나왔다. 잠자는 숲속의 미녀.

"여기선 백수(白壽) 잔치라고 해야 되겠지만."

수영은 덧붙이며 자신의 말이 우스운지 살짝 웃었다. 율리는 그 미소를 보고 가시에 찔린 듯이 움찔 놀라며 응수했다.

"중요한 행사에 초청받지 못한 점은 유감이야. 그렇지만 네가 어디서 무엇을 하는지 다들 모르잖아? 나 역시 온라인에서만 만났으니…. 알았어, 날 만난 이유가 그거였나? 심포지엄에 참석하고 싶다면 얼마든지 데려가주지. 그 정도 부탁이야 들어줄 수 있어."

테러 조직의 본거지에 들어왔다는 불안감으로 위축되었던 율리는 한시바삐 벗어나고자 하는 마음에 아무 근거도 없이 장담했다.

그러나 수영은 가만히 고개를 저었다.

"GOU가 장악한 지구에 스스로 뛰어들고 싶지는 않아. 내 입으로 말하긴 뭐하지만 내가 지금 수배를 당하고 있는 몸이기도 해서…."

율리는 다시금 겁이 덜컥 났다. 가상현실에서 만났던 친한 상대라서 처음엔 허세를 부렸지만 상대는 테러리스트이며 그것도 조직의 두목이다. 새삼 그 사실을 깨달은 율리는 수영이 말을 이을 때까지 입을 다물고 있었다.

"내 부탁은 조금 다르지만 비슷해. 심포지엄에서 발표하고 싶은 메시지가 있는데. 네가 대독해주는 역할을 맡아줬으면 해."

율리는 얼른 하겠다고 대답하려다 망설였다. 거듭 생각해 보면 위험천만한 일이었다. 반 GOU 테러조직의 메시지라니, 무슨 내용일지 짐작하기도 싫어졌다.

"겁먹었나? 놀랄 것 없어. 나도 '희망둥이' 생존자의 한 사람으로서 소회를 밝히고 싶을 뿐이야."

"그 창피한 이름을 잘도 입에 담는구나."

"희망둥이가 어때서?"

"백 살 늙은이가 자칭할 별명은 아니지."

율리는 진저리난다는 듯이 얼굴을 찌푸리며 손을 저었다. 유전자 교정으로 태어난 첫 세대의 별칭 희망둥이. 전란을 안정시키고 세계를 통합한 GOU가 의욕적으로 추진한 3대 정책 중의 하나였다. 전자두뇌 임플란트를 포함한 인체개조와 맞춤 DNA를 이용한 신인류는 국가와 민족 개념을 없애고 인류를 통합하며 우주환경에 적응시키기 위한 GOU의 미래 정책이었다. 환경회복, 우주개발, 신인류라는 3대 정책은 개별적인 목적이 아니라 오직 하나의 목표를 위해 동시에 수행되었다. 민족 개념이 없고 우주환경에 적응한 뛰어난 신체와 두뇌를 가진 신인류를 달과 거주위성으로 이주시킴으로써 지구의 환경을 보호하여 더 오랫동안 인류를 번영시킨다는 장대한 비전이었다.

취지야 나무랄 데가 없었다. 최초의 유전자 완전 교정으로 탄생한 '희망둥이 세대'는 아름다운 외모와 우수한 신체능력, 암과 질병에 대한 저항력은 물론 긴 텔로미어로 노화 억제와 긴 수명까지 갖춘 향상되고 강화된 인간이 될 예정이었다. 문제는 율리를 포함해 실제로 태어난 희망둥이들의 다수가 기형과 질병으로 조기에 사망했고 무사히 유아기를 지나 살아난 아이들은 절반 이하였다는 사실이었다. 매년 규모를 늘릴 예정이었던 유전자 교정 계획은 자연히 미뤄졌고 희망둥이 생존자들은 정부의 보호라는 이름의 감시를 받으며 소중하게 자라났다.

"내겐 그 이름 자체가 존재의 의미라네. 희망에 의지하여 살고 있는 몸이라서…. 사실 지구에 못 가는 이유는 수배 말고도 있어."

말을 마친 수영은 유난히 길고 두꺼워 보였던 코트의 앞섶을 풀어 열어 보였다. 전선과 수액을 공급하는 호스가 몸에 여럿 꽂혀 있고 코트 안감에 부착된 의료장치에서 희미한 진동음이 들렸다. 깜짝 놀란 율리가 숨을 훅 들이마셨다.

"사실은 하루하루 억지로 연명하고 있어. 이 기계에 조금만 이상이 생겨도 나는 스위치를 내린 전등처럼 꺼질 거야. 전등이야 다시 켜면 살아나겠지만, 인간은 그러지 못하지. 일단 심장충격기 같은 것도 달고 있긴 한데, 얼마나 버텨줄지 모르겠어."

"이게 네 희망인 건가? 이렇게까지…."

"이렇게까지 구차하게 목숨을 부지하고 싶냐고?"

"아니, 그런 뜻이 아니야. 말이 헛나왔군. 사과할게. 내 말은 이렇게까지 되면서도 영건이라는 위험한 조직을 이끌어야 할 이유가 있는지 싶어서. 치료에 전념하는 편이…."

"치료한다고 나아질 몸이 아니야. 우린 같은 중고등학교를 나왔지? 그때부터 이미 약과 의료기계에 의지하던 내 모습을 봤잖아."

"봤지…."

율리는 한동안 서랍에 넣어둔 오랜 기억을 다시 꺼내는 기분이 들었다. 율리와 수영은 같은 중학교와 고등학교를 나왔고, 내내 학교에서 둘뿐인 희망등이였다. 부모도 없고 생식 행위와 임신 및 출산의 과정 없이 순수하게 실험기구에서 태어난 아이들. 출생 직후 절반 이상의 아기들이 숨져서 중단되어버린 희망등이 계획의 생존자. 이후로 GOU는 기존의 시험관 아기와 흡사하게 산모에게 수정란을 이식하여 출산하는 방식으로 회귀했고 기술적으로는 후퇴했다. 그러나 유전자 완전 교정이 불가능한 대신 기형과 질병 확률이 비약적으로 낮아졌기에 오늘날까지 이어지고 있었다.

모두의 관심 어린 시선이 모이는 두 학생은 싫어도 서로를 의식하며 지낼 수밖에 없었다. 선천적인 천재라는 이미지와 재해에서 살아남은 생존자의 이미지를 함께 가진 채로. 더구나 주위에서 둘을 멋대로 라이벌 구도로 만들어 지켜보며 기대하기도 했다. 실제로 중학교 때는 두 사람이 시험에서 동시에 필기시험 전과목 만점을 받기도 했다. 결과는 체육 실기를 치르지 못한 수영의 패배, 체육까지 만점을 받은 율리의 승리였다.

율리에게 수영의 첫인상은 약골 모범생이었다. 뒤통수와 심장 근처에 달린 호스가 늘 허리에 찬 의료장치에 연결되어 있었다. 모든 체육 활동에서 열외였고 심지어 책걸상을 들거나 허리를 굽혀 빗자루질을 하는 작은 행동마저 금지되었다. 수영이 정해진 시간마다 온갖 종류의 약을 한 움큼씩 집어 삼킬 때면 교실 안의 아이들은 동물원에서 먹이를 받아먹는 짐승을 구경하는 시선으로 바라보았다.

반면 율리는 어떻게든 평범한 학생처럼 지내려고 애를 썼다. 다행스럽게도 율리는 약과 보조기구 없이도 건강하게 살았고 매달 병원에서 검진을 받는 귀찮음 외에는 다른 아이와 똑같이 지냈다. 그래서 가능한 한 자신이 평범한 정상인이라 어필하려 애썼고, 일부러 밝은 표정과 태연한 목소리로 주위 아이들에게 말을 걸어 친구를 만들기 위한 노력을 기울였다. 자신에게 달라붙은 프랑켄슈타인의 괴물 혹은 재난 생존자 같은 이미지를 지워내려는 노력은 고등학교 졸업 때까지 유지되었다. 끝내 완전히 성공하지는 못했지만.

율리의 잦은 성전환은 그런 노력의 일환이었을지도 모른다. 수영은 평생 태어났을 때 지정된 법적 성별을 유지하며 살아왔다. 반면 율리는 몇 번이나 성별을 바꾸었다. 두 사람이 처음 만났을 때 율리는 단정한 단발머리를 한 남성이었다.

키가 작고 몸이 가늘어 귀엽다는 인상이었다. 그랬는데 고등학교에 입학하면서 젊을 때 놀아봐야 한다며 여성으로 전환하더니 머리카락을 금색, 분홍색으로 염색하고 전신에 헤나로 온갖 문양과 그림을 그렸다. 피부가 비치는 블라우스와 같이 개조한 교복을 입고 이른바 날라리로 살았다. 나이와 성별을 가리지 않고 무수히 많은 상대와 섹스를 하고 두뇌의 쾌락 중추를 자극하는 전자마약에 빠지기도 했다.

그러다 대학교에 입학하며 다시 성별을 남자로 전환하고 단정한 옷차림의 모범생으로 돌아갔다. 이후 월면도시로 이주하여 달에 처음 생긴 대학교의 교수로 정년퇴임 때까지 재직, 퇴임한 뒤부터 명예교수가 된 현재까지 다시 여자로 지내고 있다. 출생 특성상 존속은 없고 비혼에 무자녀 독신. 결국 학창시절은 젊은 시절의 짧은 방황을 극복하고 학업에 매진하여 성공한 지식인이 되었다는, 화려한 경력에 덧붙인 이채로운 장식이 되었을 뿐이다.

"나 역시 늘 너를 봤어. 널 많이 생각했고…."

어색한 침묵이 깨졌다. 수영이 먼 곳을 바라보는 시선으로 말했다.

"같은 반이 된 적은 한 번뿐이었지? 고등학교 2학년 때였나…."

"한창 놀았던 때였어. 그래도 전교에서 3등 안에는 들었지."

율리는 대수롭지 않은 듯하지만 실은 뻐기는 투로 말했다.

"난 체육 실기시험을 제외한 필기시험에서 만점을 놓친 적이 없었는데. 설마 율리 네가 공부로 성공할 줄이야."

"유전자와 전자두뇌가 해준 일이야. 덕분에 학창시절엔 잘 놀았어."

두 사람이 학교에 다닐 때는 거대한 시대의 변화가 닥쳐오는 과도기였다. 오래지 않아 공부가 의미를 잃어버리는 시대가 찾아왔다. 전자두뇌가 보급되자 학교는 붕괴되고 교수와 교사와 강사는 설 자리를 잃어갔다. 두뇌에 삽입한 칩 임플란트는 지식과 정보의 다운로드로 암기의 필요를 없애주었다.

그래도 인류는 관성처럼 학교라는 체제를 이어갔다. GOU가 야심차게 추진하긴 했어도 세계인구 전체에게 동시에 전자두뇌를 보급하기란 힘들었고 자연히 정보격차가 생기면서 계급화가 이루어졌다. 과도기에는 지식을 간단하게 암기한 사람과 필사적으로 공부한 사람이 같은 시험을 보는 불평등한 사례가 끊이지 않았다. 자연두뇌로 몇 년 동안 열심히 공부를 한 사람은 몇 초 만에 지식을 전자두뇌에 다운로드한 사람과 경쟁하여 도저히 이길 수 없었다.

이런 과도기에 성장한 수영과 율리는 전자두뇌 덕분에 공부를 하지 않아도 탁월한 학업능력을 발휘하여 좋은 대학에 진학할 수 있었다. 그대로 인생이 순탄하게 풀린 쪽은 율리였지만, 수영은 그렇지만도 않았다. GOU가 통제할 수 없는 변수, 개개인의 의지가 존재했기 때문이었다.

한동안 먼 곳을 헤매던 수영의 시선이 율리에게로 돌아왔다. 짧은 틈을 두고, 수영은 준비했던 용건처럼 놀라운 말을 했다.

"그런 너를 많이 좋아했어. 사랑했다고 해도 될 정도로."

율리가 전혀 예상 못 했던 발언이었다.

"무슨… 말도 안 돼. 네가 나를 좋아했다고? 반대겠지. 하나도 티를 안 냈잖아."

"성격 탓이야."

"이제 와서 그런 말을 해도… 해도 돼?"

"지금이니까 할 수 있는 말이지. 우린 이제 백 살이잖아? 세상에 눈치 볼 것 없고 이제 와서 부끄러워하거나 숨길 것도 없는 나이야."

"내가 생각했던 백 살은 이런 게 아니었어. 주름진 얼굴에 낡은 옷을 입고 기침을 쿨럭이며 소설에나 나오는 문어체처럼 고풍스러운 말을 할 줄 알았는데."

"직접 살아보니 어떠신가, 율리 교수님?"

"이렇게 뒤늦은 고백을 받을 줄은 몰랐지."

"그래서 대답은?"

"정말 나를 좋아했던 게 맞아? 놀리려고 하는 말이 아니고? 대체 언제부터? 난 중학교 때 남자였고 고등학교 때 여자였는데. 넌… 대체 어떤 나를 좋아한 거야?"

"그게 상관있을까?"

하긴.

그들은 상관없는 세대였다. 전자두뇌화와 인체개조가 가속화된 이후로 성별은 여권을 새로 발급받는 만큼의 수고만으로 전환할 수 있는 개념이 되었다. 물론 GOU가 다스리는 세계는 모든 국가 개념을 없앴고 국적도 함께 사라지면서 여권과 비자는 쓸모없어졌으니 올바른 비유는 아니다. 유전정보에 기반한 유일무이한 개인의 식별등록번호만으로 GOU는 인류가 어디로 이동하여 어디에서 무엇을 하는지 추적이 가능하니까.

이런 사회에서 동성애와 동성혼은 GOU가 금지하지 않은 이상 아무 문제없었다. 세상의 옳고 그름, 법과 규율은 GOU가 정한다. 기존 국가의 법률, 사회의 문화와 관습, 개별 종교의 교리, 인간의 윤리와 도덕까지 모두 하위개념에 불과하다.

그렇다 해도 율리의 당혹감은 가시지 않았다. 대체 수영은 언제, 어떤 모습의 자신을 좋아했다는 걸까. 이유는 뭘까. 궁금한 점이 거품처럼 부풀어 올랐다. 생각할수록 머리가 복잡해진다. 율리는 당장 일어나 빠져나오고 싶었다. 애초에 이런 한가한 이야기나 나누고 있을 때가 아닌데. 그에게는 중요한 임무와 목표가 있었다. 더구나 지금은 납치당한 다급한 상황이었다. 우선 위기를 모면할 방도를 찾는 쪽이 급선무였다.

"그래, 알았어, 알았다고. 너도 희망둥이 생존자 중 한 사람으로 백 살을 기념하여 잔치에서 한마디 하고 싶기는 하겠지. 아무리 반 GOU 조직 두목이라고 해도 그럴 자격은 있어. 그런데… 도대체 어쩌다 그렇게 된 거야? 어디서부터 잘못되었지? 중고등학교 내내 모범생이었던 네가…."

"잘못되었다고? 후훗. 네 기준으로는 그렇게 보이겠지. 내가 볼 때는 GOU가, 세상이 잘못되었기 때문이라고 말하겠지만."

자신이 반 GOU 조직이 된 것은 GOU 탓이다? 선천적인 장애를 타고났으니 그렇게 생각할 수도 있었다. 그러나 당시 수영에게 정신적인 문제는 없어 보였고, 좋은 대학에 갔다고 들었다. 그러다 얼마 전 온라인으로 연락될 때까지 연락이 끊어졌던 것이다.

전자두뇌와 인체개조 기술이 보급되던 과도기의 불공정한 경쟁과 그로 인한 계급화, 차별 등의 문제를 해결하기 위해 GOU는 개개인의 진학과 취업에 관여하기 시작했다. 실은 GOU가 궁극적으로 추진하는 목표가 모든 인간의 직업과 인생까지 결정하는 것이니 이를 위한 적절한 구실에 불과했지만.

수영과 율리 세대부터 시작된 인류재배치 계획에 따라 GOU가 개별 학생의 성적, 소질, 적성 등을 분석하여 적절한 직업을 선정하게 된다. 동시에 기업 또한 분석하여 요구되는 일자리에 인원을 배치한다. 시간이 흐를수록 사람들은 위에서 정해주는 인생의 행로에 순응하게 되었다. 초기에는 전자두뇌가 없어서 성적이 떨어지는 사람들이 힘든 육체노동 쪽으로 몰리는 바람에 시위, 파업 등의 저항도 일어났지만 GOU는 부의 재분배도 동시에 추진해서 불만을 잠재우려 애썼다. 해석하기에 따라 다르게 판단하겠지만 대부분 동의하듯 전 세계는 궁극적인 사회주의 낙원에 가까워지고 있었다.

율리는 유명한 대학에서 사회학을 전공하게 되었다. 본인의 의사와는 무관했고, 만화를 좋아하는 취미 같은 요소는 전혀 고려되지 않은 듯했다. GOU는 율리를 정치 혹은 사회 분야의 학자, 연구자, 교수로 키울 의도였다.

반면, 수영은 외과의가 부족하다는 이유로 의과대학으로 보내졌다. 수학을 좋아하는 수영의 적성은 물론 선천적으로 병약한 신체와 주위의 시선으로 인해 대인관계를 기피하는 성격까지도 전혀 고려되지 않았다. 수영은 의사가 되고 싶다고 생각한 적이 한 번도 없었기에 반발했으나 도리가 없었다.

"의사? 네가?"

수영의 과거 이야기를 듣던 율리는 기가 차서 저도 모르게 목소리를 높였다.

"누가 봐도 네 모습은 환자에 더 어울리는데."

"그러는 너는 GOU가 바라던 대로 잘 살지 않았어?"

"속사정을 알면 그렇지도 않아. 대학 때 역사에 흥미가 생겨서 복수전공으로 역사를 공부했지. 날 유명하게 해준 역사만화는 그때부터 시작된 셈이야."

"어쨌든 시키는 대로 교수까지 되지 않았나. 나는 대학을 졸업하지도 못했어."

"설마, 너 같은 모범생이…."

"의과대학 생활은 힘들고 성격에도 맞지 않았지. 도저히 적응이 안 되니까 등교를 거부하고 집에 틀어박혔어. 제아무리 GOU라도 사람 하나하나를 조종하지는 못했어. 어쩌겠어,

사람을 시켜 내 등에 총을 겨누고 학교로 데려가겠어?

결국 몇 년 지나 제적이 되니까 GOU에서 제약회사 연구원 보조로 강제 취업을 시키더라고. 병원비랑 약값 때문에 어쩔 수 없이 일은 했지만, 그것도 안 맞아서 몇 번이나 그만두기를 되풀이했어. GOU의 손이 닿지 않는 곳으로 잠적하고 싶었지만 주기적으로 병원에서 진찰받고 약을 타지 않으면 살 수 없는 몸이라 그럴 수도 없었지.

내가 누군데? GOU의 손상된 자존심, 희망둥이잖아. 희망둥이가 실패하고 폐인이 되는 꼴은 차마 용납할 수 없었을 거야. 포기도 안 하고 끝까지 나를 갱생시키려고 노력을 기울였지. 나한테는 족쇄를 채우고 열심히 채찍질을 하는 농장주로 보였지만…."

"그럼 언제 GOU의 시선으로부터 도망칠 수 있었어?"

"지구에선 못 살겠다고 하니까 여기 코뮤코피아로 이주시켜주던데. 일손이 부족한 곳이었거든. 다행히도 전쟁이 일어나는 바람에 지구 본토와 연락이 다 끊어져버렸지. 이후 내 이력은 내전에 휘말려 실종, 생사불명 상태로 끝났어."

"전쟁을 다행이라고 표현하다니, 너답다."

"덕분에 이렇게 몸에 기계를 덕지덕지 달아야 하는 신세가 되었지만, 대신 자유를 얻었지. 신체가 아닌 정신의 자유 말이야."

"그걸 자유라고 표현하다니 안타까워. 지구에서 제대로 치료를 받았다면 더 건강하게 살 수 있었을 텐데…."

수영은 단호히 고개를 저었다.

"아니, 지금의 선택을 조금도 후회하지 않아."

"반 GOU 조직의 두목이 된 인생을?"

"절대 GOU가 만들어줄 수 없는 인생이니까."

"어휴, 말이 안 통하는구나."

"마음속 유일한 미련은 바로 너였어. 그러다 온라인에서 너의 만화를 보고 반가운 마음에 연락을 취했지. 만화에 담긴 권력자와 가부장제에 대한 풍자와 비판을 보고 반가웠어. 이렇게 에둘러서라도 GOU를 감히 비판하는 사람을 찾기 어려운 시대니까."

"이런 사람일 줄 알았으면 교류하지 않았을 텐데…. 과거를 몰랐으니 그냥 오랜만에 본 동창으로만 여겼던 내 잘못이지. 맞아, 내 만화가 그렇게 해석되거나 인용되는 건 사실이야. 날 데려온 모라라는 청년도 완전히 그렇게 여기고 있던데."

"그래서, 아니라고?"

"해석은 자유야. 착각도 자유고."

슬슬 초조해진 율리는 다시 탈출하고 싶다는 마음이 간절해졌다. 언제까지 원치 않는 상대와 대화를 이어가야 할까? 슬슬 끝낼 때가 됐다.

"알았어. 구구절절한 사연 잘 들었어. 곧 죽을 친구의 마지막 부탁이니 들어줘야지, 어쩌겠어."

"고마워, 좋은 친구를 둬서 다행이야."

수영은 한 손을 들어 검지를 귀에 댔다. 다른 사람과 통화를 하거나 정보를 주고받음을 주위에 알리는 행동이다. 얼마 안 있어 문이 열리고 모라가 들어와 율리에게 말했다.

"교수님, 회선을 열어주십시오."

율리는 대답 없이 즉시 모라가 보낸 메시지를 수신했다. 미리 준비해둔 수영의 메시지였다. 포맷을 보아 음성 녹음본인 것 같았다. 수배 중인 몸이니 영상까지는 무리지 싶었다.

"강연 자료와 같은 폴더에 보관해두세요."

율리는 모라의 말에 따랐다. 이 음성을 들려주려면 자신의 강연을 하기 전이 좋을지, 한 다음이 좋을지 잠시 고민했다. 아무래도 내용을 미리 들어보고 판단하는 것이 좋지 싶었다. 상대는 테러 조직의 보스였다. 무슨 말을 할지 몰랐다.

"그럼 용건은 끝났나? 시간이 별로 없을 텐데."

율리는 슬쩍 수영의 눈치를 보며 모라에게 말했다. 우회적으로 표현했을 뿐이지 빨리 보내달라는 얘기였다. 모라는 지시를 기다리는 듯이 수영을 보았다. 그가 끄덕이자 문을 열고 옆에 섰다.

기쁜 마음에 얼른 일어나자 수영이 말했다.

"배웅을 못 해줘서 미안해. 몸이 이래서…. 먼 길 조심해."

"네 건강이나 신경 써. 그럼 다음에 또…."

차마 만나자는 말이 입에서 나오지 않았다. 말꼬리를 흐린 덕택에 율리는 다시 만날 일도 없고 만나고 싶지도 않다는 자신의 마음이 충분히 상대에게 전해졌다고 믿었다. 수영은 입을 다물고 그저 바라보고 있었다.

모라가 내민 스텔싱 디바이스를 낚아채듯 받아든 율리가 돌아보지도 않고 방을 나가자 모라가 뒤따라갔다. 문이 닫히자 수영은 참았던 한숨을 크게 내쉬었다. 두 사람의 목소리 덕분에 묻혔던 의료장비에서 나는 소리가 점점 크게 느껴졌다. 미세한 진동과 모터가 돌아가거나 호스에 액체가 흐르며 나는 잡음이 생명을 억지로 붙잡으려는 듯 씨근거렸다.

방을 나온 이후로 지구까지 이어진 여정은 고속도로를 달리는 것처럼 빠르고 순탄했다. 모라도 수배를 받는 몸인지, 지구로 동행할 줄 알았건만 정거장까지만 안내했다. 코뉴코피아에는 지구행 여객기가 없어 선장과 선원에게 뇌물을 주고 화물우주선을 얻어 타야만 했다. 모라는 이렇게 비싼 지구행 편도 티켓을 끊어주는 것으로 자신의 임무를 마무리하고 돌아갔다. 두 사람은 거의 아무런 말도 없이 헤어졌다. 수영을 만나게 해준 것으로 목적을 완수했다는 듯, 모라는 언어 기능 없이 정해진 동작만 반복하는 단순노동 로봇처럼 행동했다.

무사히 지구에 도착하여 약속장소인 글리타운에 위치한 호텔에서 하루 묵은 율리는 다음 날 오전 연회에 참석해 생존한 희망둥이들과 만나 전자명함을 교환했다. 그날 오후 심포지엄이 개최되고 세계적인 석학이 된 희망둥이들이 각자의 전문분야에 따라 백 년에 걸친 세상의 변화와 발전상에 대한 의견과 자신의 소회를 밝혔다.

자기 차례가 되자 율리는 연단에 올랐다. 등 뒤에 프레젠테이션 홀로그램 영상이 떠올랐다. 어쩌면 모라와 수영도 영상으로 자신의 강연을 보고 있을지도 몰랐다. 두 사람은 율리가 영건의 메시지를 전해주리라 믿으며 기다리고 있을 터였다.

웃기는 소리. 율리는 속으로 비웃었다. 누가 해줄까보냐. 어젯밤 호텔에서 율리는 수영이 보낸 메시지를 재생했다. 처음에는 자신이 누구이며 어떻게 살았는지를 밝히는, 정말 희망둥이 동창의 안부 인사 같았다. 그러나 금세 본색을 드러내고 영건의 반 GOU 이념을 설파했다. 율리는 이렇게 위험한 선동을 전 세계가 주목하는 백 주년 심포지엄에서 들려줄 수는 없다고 판단했다.

사실 수영의 정체를 안 이후부터 율리는 그를 믿지 않았다. 자신을 속여 납치한 테러 조직의 두목이었다. 옛 친구라고 덜컥 믿는 쪽이 오히려 정신이 이상한 사람 아닌가? 더구나 수영은 율리를 오해하고 있었다. 모라와 마찬가지로 만화의 내용을 멋대로 해석하고 그가 GOU를 비판한다고 지레짐작했다. 율리는 그저 코웃음 쳐주고 싶을 뿐이었다. 세상을 지배하는 초인적인 존재를 거스른다는 발상 자체가 우스웠다. 더구나 GOU는 외계인도 아니고 컴퓨터도 아니다. Grand Old men's Union. 실제 인간, 바로 과거 권력자들의 인격과 지성을 통합하여 만들어진 인공지능이다. 즉 누군가는 언젠가 GOU의 일원으로 편입될 수 있다. 바로 이것이 율리가 바라는 바, 그의 인생은 이런 목표를 이루기 위한 과정이었다. 역사 만화는 대중의 인기를 얻기 위함이었고 안에 담긴 다소의 풍자와 비판은 진보적인 학자라는 명성을 얻기 위한 고도의 계산에 따른 결과물이었다. GOU는 적당히 비판적인 시각을 가진 지성을 추가하여 스스로를 보완하고 싶어 할 테고, 자신이 바로 그 기준에 들어맞으리라고 추론했던 것이다.

율리의 강연이 시작되었다. 결말은 이미 정해두었다. 과거의 과오를 극복하고 이루어낸 현재의 성과. 그리고 GOU가 만들어낼 찬란한 미래에 대한 축복.

'미안하게 되었어, 이상에 빠진 어리석은 옛 친구여.'

수영과 모라의 실망한 표정이 궁금했으나 굳이 보고 싶지는 않았다. 더는 관여되고 싶지 않은 자들이었다. 지금까지와 마찬가지로 우주 한구석에 숨어서 테러나 계속 이어가겠지.

슬라이드가 한 장씩 넘어가며 율리는 어리석은 지도자가 일으킨 역사의 오점을 짚어나갔다. 십자군 전쟁, 제국주의 침략전쟁, 세 차례의 세계대전 등….

"문제는 지도자에게 있었습니다."

율리는 힘주어 강조했다.

"어리석고 불완전한 개인에게 지나치게 큰 권력을 주었던, 국가라는 제도 자체의 결함이라고 할 수 있지요."

어디까지나 결론을 강조하기 위한 전제. 점점 그가 원하는 핵심으로 다가갔다.

"그래서 우리 인류가 얻어낸 마지막 결론은 개인과 국가라는 작고 이기적인 개념을 초월한 지구의 통합지배체제입니다. 인종, 국가, 종교, 이데올로기의 벽을 넘어 인류의 공영을 추구하기 위한 최적의 방법인 것입니다.

플라톤이 꿈꾼 철인왕(哲人王)이 무려 3,000년 가까이 흘러 첨단과학의 힘으로 구현되었다는 사실을 우리는 흥미롭게 여겨야 합니다. 인간의 지성과 인류의 문명은 시대와 역사 속에서 오직 이 하나의 목표를 향해 꾸준히 나아갔던 겁니다. 예, 그 결과가 바로 GOU입니다. GOU야말로 시대정신의 산물이며, 문명 진화의 정점이라 하지 않을 수 없습니다!"

양팔을 살짝 들고 목소리에 힘을 주었다. 이런 계산된 연극적인 행위에는 인간의 감정을 흔들고 설득하는 힘이 담겼다. 전자두뇌에 지식을 잔뜩 담는다 해도 인간은 감정에 좌우되는 동물임에 변함이 없었다.

이제 슬라이드는 두 장만 남았다. 맨 마지막 장은 '감사합니다'라는 인사말만 담겼으니 사실상 다음 장이 끝이었다. GOU의 상징 로고인 지구를 움켜쥔 손, 그 아래에 배치한 실제 지구와 달, 거주위성을 합성한 사진.

그렇지만 기껏 준비한 마지막 슬라이드는 아무도 보지 못했다. 앞장이 넘어가는 순간 날카로운 백색 소음과 함께 화면 노이즈가 발생했기 때문이었다.

율리는 황급히 돌아보며 생각했다. 파일이 깨졌나? 리허설을 할 때는 이상이 없었는데. 프로젝터로 파일을 전송할 때 문제가 생겼을까? 아니면….

늦었다. 원인을 짐작하기도 전에 훨씬 빨리 새로운 메시지가 인공안구를 통해 전자두뇌로 전달되었다. 화면에는 원래 만든 슬라이드 대신 산산조각으로 깨진 유리처럼 얇은 삼차원 구조물이 프랙털 곡선을 그리며 복잡하게 뒤엉켜 있었다. 율리를 포함하여 장내에 있는 모든 사람의 전자두뇌가 과부하를 일으켰다.

픽, 픽, 픽. 둔탁한 폭발음이 이어졌다. 아주 작고 짧은 불꽃을 쏘아 올리며 청중들의 머리가 여기저기서 폭발하기 시작했다. 튀어 오른 붉은 핏줄기 사이로 하얀 뇌수와 전자칩이 뒤섞인 채 솟아올랐다가 흩뿌려졌다. 샴페인만큼 격렬하지는 않았지만 세게 흔든 맥주병을 땄을 때처럼 거칠게.

아무런 개조를 거치지 않은 자연상태의 인간이 본다면 그저 꺼림칙하게 여길 삼차원 그림이었다. 예민한 사람이라면 현기증이나 구토를 초래할 가능성도 있었다. 그러나 모든 정보처리를 디지털로 수행하는 전자두뇌에게 이 그림은 고작 그 정도 영향에 그치지 않고 수학연산에 의해 엄밀하게 작동하는 폭탄의 뇌관으로 기능했다. 막대한 정보량이 홍수처럼 전자두뇌로 쏟아졌고, 삼차원 이미지를 해석하기 위해 과부하가 될 때까지 무리하게 연산을 거듭한 두뇌는 오류가 난 운영체제처럼 속 편하게 뻗지도 못하고 결국 회로가 과열되어 폭발에 이르렀다.

율리는 두뇌가 멈추기 직전 0.3초 동안 다른 생각을 할 여유를 얻었다. 중심을 잃고 휘청이며 뒤로 넘어지던 그의 시선은 강연장 옆면의 널찍한 통유리로 향했다. GOU가 이룩한 번영의 상징인 청결하고 질서정연한 도시 글리타운의 모습은 사라지고 없었다. 화려하고 깨끗한 시설은 강연장에서 이어진 도로와 근처의 건물 몇 채뿐, 그 너머로 시커멓게 그을리고 무너져 흔적도 찾을 수 없는 잿더미 벌판이 펼쳐졌다. 울퉁불퉁 튀어나온 콘크리트 더미와 갈라진 아스팔트, 뼈만 남은 짐승의 갈빗대처럼 비쭉 솟은 녹슨 철골들이 보였다.

단 0.3초 동안 율리의 전자두뇌가 역량을 총동원해서 추론한 결과는 이랬다. 메모리 부족으로 인공안구의 증강현실 기능이 꺼져버렸으니 지금 눈에 보이는 광경은 실제였다. 따라서 전란을 극복하고 지구를 부흥시켰다는 GOU의 주장은 거짓이었고, 재건된 지구의 모습 역시 증강현실로 위장시킨 거짓이었다.

그렇다면 무엇을 믿어야 하나, 누구를 믿어야 했을까.

대답을 찾기도 전에 율리의 전자두뇌는 생각하기를 멈추었다. 태풍에 꺾인 가로등처럼 속수무책으로 무너진 CPU는 퍼붓는 정보량을 더 버티지 못하고 폭발했다. 시뻘건 핏줄기를 쏘아 올리고 쓰러진 율리의 시신에는 코 윗부분이 사라지고 없었다.

이 영상은 세계 각지로 송출되고 있었고, 카메라에 찍힌 슬라이드를 본 전자두뇌 소유자들 역시 오래 버티지 못하고 차례로 폭발하며 쓰러졌다. 멀리 떨어진 거주위성 코뉴코피아에서 영건의 멤버들도 이 영상을 보고 있었다. 테러 조직원들은 묵념하듯 고개를 숙이고 심각한 표정으로 지켜보았다. 모라는 자신의 몸에서 빼낸 전자칩을 손에 꼭 쥐고 있었다.

그의 전자두뇌 기능은 꺼졌고 일그러진 화면은 그저 꿈틀대는 벌레 무리 정도로만 혐오스러울 뿐이었다.

조금 어지러웠지만 모라는 동료들 사이를 빠져나와 걸음을 옮겼다. 천천히 복도를 걸어 수영의 방문을 노크도 없이 열었다. 수영은 율리와 만났을 때 모습 그대로 같은 소파에 앉아 있었다. 굳게 감은 눈과 살짝 벌린 입. 빈 우주복처럼, 나비가 떠난 고치처럼 힘없이 수그린 채였다.

곧바로 다가가 코트를 열고 심전도와 뇌전도를 확인했다. 작고 검은 오실로스코프에 그려지는 파형은 양쪽 다 거의 직선이었다. 모라는 코트의 옷깃을 다시 여미고 일어나 수영의 옷 주머니에서 미리 빼둔 전자칩을 꺼냈다.

율리의 마지막을 보았을까, 아니면 그 전일까. 눈을 감으며 안도했을까, 슬퍼했을까. 영영 답을 알 수 없게 된 의문이었다. 대신 모라는 율리에 대해 생각했다. 그는 죽기 직전 왜 이런 일이 생겼는지 궁금하게 여겼을 터였다. 어쩌면 스스로 알아냈을지도 몰랐다.

모라는 율리의 마지막 순간을 상상했다. 슬라이드에 심어두었던 BLIT*를 본 전자두뇌가 폭발하기까지 소요되는 시간은 길어야 0.8초. 그사이에 율리가 원인을 찾는다면, 의심이 가는 부분은 하나밖에 없으리라. 그는 아마도 답에 도달했을 것이다.

* 작가 주(註): BLIT는 데이비드 랭포드에게서 빌려왔지만, 완전히 같은 개념으로 쓰이지는 않았습니다.

모라가 율리에게 전송한 음성 데이터는 이랬다.

'안타깝군요, 교수님. 교수님은 우리를 믿지 못하셨겠지만 우리도 처음부터 당신을 믿지 않았습니다.'

율리가 그 음성을 미리 들어볼 것이라는 예상은 수영도 모라도 충분히 할 수 있었다. 그래서 일부러 율리가 절대 마음에 들어 하지 않을 내용의 일장연설을 녹음해두었다. 데이터 수신을 위해 율리가 회선을 열자 모라는 음성 파일에 맬웨어를 스테가노그래피(Steganography, 정보를 특정 물체 혹은 디지털 파일에 숨기는 기법)로 첨부하여 전송했다. 가청 영역을 벗어난 주파수 대역에 은닉한 데이터는 그저 노이즈로 인식될 뿐이었다.

음성을 재생한 순간 맬웨어는 우리에서 풀려난 굶주린 야생짐승처럼 날뛰었다. 율리의 강연자료를 해킹하고 내용 일부를 삭제한 후 미리 준비해둔 BLIT를 대신 끼워 넣었다. 또한 맬웨어는 변경되지 않은 리허설용 자료를 미리 복사해놓아 주최측을 속일 정도로 똑똑했다.

율리가 수영의 메시지를 강연 때 공개할지 하지 않을지는 처음부터 염두에 두지 않았다. 영건을, 그리고 수영을 믿지 못할 테니 미리 들어보고 지우거나 공개하지 않을 가능성이 더욱 컸다. 재생시키기만 하면 목적은 이루는 것이니 삭제해도 상관은 없었다. 어느 쪽이든 수영이 남긴 메시지는 성공적으로 전달된 셈이었다. 이 모두가 수영의 생각이었다.

BLIT는 독학으로 수학을 공부했던 수영이 평생을 바쳐 만들어냈다. 반드시 백 주년 기념식 이전에 완성시켜야 한다는 일념하에 안 그래도 약한 몸을 혹사하며 매달렸으니, 이렇게 소진되어 녹아버린 촛불처럼 힘없이 꺼져버린 것도 무리는 아니었다. 모라는 오랜만에 머릿속이 아니라 책 크기의 단말기를 써서 뉴스와 정보를 검색했다. 인류의 70퍼센트 이상이 사망했고 GOU가 회복 불가능한 괴멸 상태에 이르렀음을 확인한 다음, 수영에게 마지막으로 보고했다.

"당신이 계획한 '실버 해머 작전(Operation Silver Hammer)'은 멋지게 성공했습니다. 영건의 리더다운 최후의 작전이었죠. 이제 뒷일은 저희에게 맡기고 편히 쉬십시오."

모라의 메시지는 수신자 불명으로 즉시 반송되었지만 상관없었다. 분명 승리를 확신한 채 세상을 떠났을 테니까. 모라는 홀가분한 마음으로 방을 나갔다. 수영의 살짝 오므린 손은 마치 무언가를 쥐고 있는 것처럼 보였다. 이를테면 망치자루 같은.

엄정진(pilza2)

환상소설, 과학소설 작가. 소설집《고치 짓는 여인》, 장편소설《레일월드》,
공저로《U, ROBOT》,《아직은 끝이 아니야》,《살을 섞다》등을 출간했다.
로드 던세이니《엘프랜드의 공주》, 로버트 E. 하워드〈야만인 코난 시리즈〉,
클라크 애슈턴 스미스《조티크》등을 번역했다. http://pilza2.com

당신의
모든 것

클레이븐

"어서 옵쇼."

카운터에 앉아 잡지를 보고 있던 남자는 턱에 걸고 있던 마스크를 쓰고서 몸을 일으켰다. 목덜미 아래로 내려온 까만 머리카락을 쓸어 넘기자 무뚝뚝한 얼굴이 드러났다. 얼핏 보아 전체적으로 뚜렷한 이목구비와 수염이 듬성듬성 난 뚜렷한 사각 턱이 인상적인 사내였다. 하지만 찌든 때가 묻고 목덜미도 늘어난 헐렁한 티셔츠는 족쇄처럼 늘어져 있었다.

마치 죽을 때까지 이 빈민굴을 벗어나지 못할 거라는 듯이.

남자는 잘 만든 청동상처럼 차가운 눈으로 내 쪽을 힐끔 쳐다보았다. 그러고는 카운터를 보는 알바생 특유의, 빨리 고르고서 값이나 치르고 가버리라는 눈총을 반짝이다가 다시 잡지를 바라보았다. 그가 내비친 부담스러운 시선에 나는 고개를 돌려 가게를 둘러보았다.

몇 종류 되지도 않는 과자들과 휴지 따위의 잡동사니가 녹슨 철제 선반 위에 듬성듬성 놓여 있었다. 멀찍이 떨어진 냉동고는 아예 전원이 꺼진 채로 방치되어 있었다. 먼지와 죽은 벌레들이 바닥 곳곳에 쌓여 있었다.

보통 사람이라면 여기서 발을 돌렸을 것이다. 나라가 망하기는 했어도 저 밖에는 이보다 깨끗한 편의점이 널리고 널렸으니까. 하지만 내 목적은 과자 따위가 아니었다. 나는 천천히 과자 코너를 지나 잡동사니 쪽으로 걸음을 옮겼다. 그리고 천천히 불이 꺼진 냉장고를 향해 다가가 마지막 남은 게토레이 한 캔을 움켜쥐었다.

뚜껑이 열린 게토레이 캔은 상당히 가벼웠다. 누군가가 다 마신 캔을 다시 냉장고에 집어넣은 모양이었다. 나는 고개를 돌려 다른 냉장고를 살폈다. 하지만 어디에도 게토레이는 없었다.

하는 수 없군. 나는 머쓱하게 게토레이 캔을 들고 카운터 쪽으로 향했다. 카운터 앞에 서서 물건을 내려놓자, 알바생은 슬그머니 내 얼굴을 바라보았다. 그러더니 빈 깡통을 손가락으로 톡 건드리면서 말했다.

"계산도 하기 전에 마시면 어쩌자는 거요?"

꽤나 거만한 말투였다. 나는 천천히 한숨을 몰아쉬었다. 보통 때였으면 알바생의 말본새를 지적했으리라. 하지만 나는 화를 억누르고서 침착하게 다음 암호를 떠올렸다.

"말보로. 말보로 있소?"

"엑스트라? 아니면, 골드?"

"민트 향으로."

내가 숨죽여 말하자 남자는 게슴츠레한 눈으로 출입문 쪽으로 고개를 돌렸다. 인기척이라고는 느껴지지 않는 길거리를 바라보던 그는 천천히 고개를 돌려 내 얼굴을 빤히 바라보았다. 삭막한 눈빛이었다. 그는 메마른 입술을 핥으면서 말했다.

"민트 향은 잘 찾질 않아서 꺼내놓질 않았소이다. 안쪽으로 들어와보쇼."

"안쪽으로?"

남자는 고개를 끄덕였다. 그는 충혈된 눈을 질끈 감았다가 뜨고서 개구리처럼 툭 튀어나온 눈을 껌뻑였다.

"창고 안쪽에서 말보로 상자를 찾아야 하는데. 전등이 망가졌다우. 불을 비춰줘야 찾든 말든 할 거 아니오? 보다시피. 가게 꼴이 말이 아니잖소."

남자는 천천히 카운터 뒤쪽의 협소한 창고 안으로 사라졌다. 짙게 깔린 어둠이 그의 형상을 게걸스럽게 집어삼켰다. 나는 멀뚱히 서서 창고로 사라진 남자를 바라보았다. 들어가도 될까? 불안한 감각이 목덜미를 따라 퍼져나갔다. 저물어가는 노을을 슬쩍 바라보았다. 슬슬 통행금지 시간이 다가온다.

오래 끌어봐야 좋을 게 없었다.

"빨리 안 들어오고 뭐 하쇼? 초콜릿이라도 훔칠 생각이요?"

남자는 정색하면서 말했다. 나는 알겠노라고 말하고서 카운터 문을 밀어젖히고 남자를 따라 창고 안쪽으로 들어갔다. 미약한 썩은 내와 습하고 서늘한 공기가 얼굴을 향해 달려들었다. 나는 혹시나 싶어 벽에 달린 스위치를 눌러보았다.

스위치를 몇 번 눌러봤지만 천장에 달린 전등은 아무런 반응도 보이지 않았다. 그러자 창고 안쪽에서 뼈있는 목소리가 날아들었다.

"불 한번 비추는 데 한나절 걸리쇼?"

아뇨. 나는 조용히 말하고서 주머니를 뒤적거렸다. 하. 말본새하고는. 당장에라도 욕지거리가 목구멍까지 치고 올라올 것 같았다. 하지만 지금은 투덜거릴 때가 아니었다. 나는 불만을 입 안에 말아 넣고서 작은 막대처럼 생긴 홀로폰을 꺼내 들었다. 중앙에 달린 버튼을 누르자 홀로그램 화면이 지직거리면서 막대 끝에 매달렸다. 홀로폰을 손으로 두어 번 때리자 지직거리던 화면은 정교하게 허공 위로 떠올랐다. 조금 흔들리는 화면을 넘긴 나는 곧장 플래시 버튼을 눌렀다.

불빛이 창고 안을 밝혔다. 잡동사니가 이리저리 뒤엉킨 난잡한 풍경이 눈에 들어왔다. 곳곳에 쌓인 종이상자는 뒤엉킨 보풀과 먼지가 덮고 있었고 바닥에는 쓰레기가 굴러다녔다. 나는 발밑을 바쁘게 지나가는 바퀴벌레를 노려보면서 남자에게 다가갔다.

내가 불빛을 들이밀자, 바닥에 쪼그려 앉아 있던 남자는 눈살을 찌푸렸다. 그는 내 쪽을 보면서 말했다.

"흠, Tec-9이군. 그 홀로폰. 꽤 비싼 폰을 쓰시네."

내가 무뚝뚝하게 고개를 끄덕이자, 남자는 자리에서 일어났다. 그는 천천히 윗주머니에서 반쯤 피우다 만 꽁초를 꺼내 들었다. 그는 엄지로 검지를 비볐다. 엄지손가락이 뒤로 젖혀지자, 자그만 라이터가 모습을 드러냈다.

그는 반쯤 남은 꽁초에 불을 붙였다.

내가 눈살을 찌푸리기 무섭게 날카로운 소리가 등 뒤에서 울려 퍼졌다. 나는 반사적으로 고개를 돌렸다. 굳게 닫힌 창고의 문과 천장에서 붉은 섬광이 일렁거렸다. 뭐지? 슬쩍 주위를 둘러보다 가슴을 내려다보자 내 가슴 위로 붉은 점 네 개가 찍혀 있었다.

"움직이지 마쇼. 대가리 날아가기 싫으면."

남자는 상자를 뒤적이면서 서늘하게 중얼거렸다.

"그래, 누구 소개로 왔소?"

"만석 씨 소개로 왔습니다."

"만석이라."

남자는 콧방귀를 뀌면서 상자 속에서 무언가를 꺼내 내게 던졌다. 화들짝 놀란 나는 슬쩍 뒤로 몸을 뺐다. 남자가 던진 무언가는 바닥에 툭 곤두박질쳤다. 자세히 보니 담뱃갑이었다.

겉에 흉하게 일그러진 폐 사진이 인쇄되어 있는 말보로 민트였다. 나는 말보로 민트를 집어 들었다. 그러고는 한 대 피

위도 괜찮으냐고 운을 떼려던 참이었다.

딸랑거리는 소리가 울려 퍼졌다. 나는 자동차 불빛에 놀란 고라니처럼 고개를 돌렸다. 둔탁한 소리가 한 차례 창고를 향해 날아들었다. 경찰인가? 말보로를 손에 쥔 나는 오른발을 뒤로 뺐다. 그러나 내가 반 걸음 뒷걸음질을 치기도 전에 한 여자가 창고 안으로 뛰어 들어왔다. 여자는 숨을 거칠게 몰아쉬면서 말했다.

"여기, 여기가…, 그곳이죠? 시…, 시장…."

"글쎄, 무슨 소리인지…."

남자가 고개를 저으면서 말했지만, 여자는 물러서지 않았다.

"제발요. 저, 저저, 저도 이야기를 듣고 왔어요. 그러니까…."

"소란 피우지 말고 딴 데로 꺼져!"

"싫어! 난 간이 필요하다고! 제발, 간, 간을 줘요."

젠장. 남자는 입술을 지그시 깨물고서 인상을 구기고 창고 밖을 살폈다. 그러고는 여자를 바라보면서 말했다.

"닥치고 암호나 대쇼. 암호."

"아, 그게, 자, 잠깐만요…. 여기 어디에 적었는데…."

"암호."

남자는 차갑게 말했다.

자기 몸을 이리저리 더듬던 여자가 핼쑥한 얼굴로 내 쪽을 바라보았다. 아무래도 쪽지를 잊어버린 모양이었다. 여자는 곤란한 얼굴로 남자를 바라보면서 입을 열었다. 뻐끔거리는 입을 따라 고통스러운 신음이 흘러나왔다. 여자는 바닥에 주저앉아 손바닥을 비볐다.

"제, 제, 제발요. 그러니까, 제 아이가 간부전이래요. 코로나에 걸렸다는데…. 약이 너무 독해서, 간이 있어야 되는데…."

"암호."

남자는 단호하게 말했다. 하지만 여자는 단념하지 않았다. 여자가 주섬주섬 어깨에 걸치고 있던 카디건을 뒤지기 시작했다. 옷을 매만지던 여자의 손이 카디건 속으로 사라지자, 일은 순식간에 벌어졌다.

픽. 섬광과 함께 작은 소리가 방 안을 휘감고는 사라졌다. 뭐지? 내가 상황을 이해해보려 애쓰는 동안, 여자는 앞으로 고꾸라졌다. 어안이 벙벙했다. 무슨 일이 일어난 거지? 바닥을 번져나가는 검붉은 액체가 내가 신고 있던 운동화 밑창에 고였다. 뒤늦게 발을 뒤로 빼자, 붉은 액체가 번졌다. 문틈으로 비친 노을빛이 얇게 번진 핏물 위에서 반짝거렸다. 거친 숨이 살짝 벌어진 입술 사이로 터져 나왔다. 죽었어. 머릿속에서 글자들이 튀어나오자 후들거리는 다리가 금방이라도 주저앉을 것만 같았다.

"젠장. 빌어먹을."

나지막이 욕을 지껄이던 남자는 천천히 권총을 내렸다. 소음기를 낀 권총이 반짝거렸다. 남자는 머리를 쓸어 넘겼다. 그러더니 권총을 허리춤 뒤에 찔러 넣고서 저벅저벅 창고 밖으로 나갔다. 남자는 편의점 문을 잠그고서 'closed'라 적힌 팻말을 걸고 다시 창고로 들어왔다. 그는 창고 문을 닫으면서 대수롭지 않게 말했다.

"거, 다리 좀 잡아보쇼."

순식간에 벌어진 일에 내가 머뭇거리자, 남자는 고개를 들고서 날 빤히 쳐다보았다. 섬뜩한 눈빛이 반쯤 열린 문틈으로 들어온 노을빛에 반짝였다. 살인자와 눈이 마주치자 오만가지 생각이 다 떠올랐다. 도망가고 싶은 마음이 굴뚝같았다. 당장에라도 열린 문틈 사이로 빠져나갈 수도 있었다. 하지만 차마 발이 떨어지지 않았다. 아직, 췌장을 얻지 못했다는 생각이 발목을 붙잡았다.

나는 천천히 경련을 일으키는 여자의 발목을 잡아 올렸다. 쩍쩍 갈라진 인조가죽으로 만든 구둣발이 규칙적으로 까딱거렸다. 죽은 이의 체온이 소름 끼치도록 따끈하게 손 안에 착 감겼다.

나는 낑낑거리면서 인상을 찡그렸다. 대체 이 시체를 어디로 옮기려나 싶었는데, 남자가 뒷발로 벽을 걷어찼다. 그러자 디지털 잠금장치가 풀리는 소리와 함께 벽이 스르르 뒤로 물러났다. 그는 벽 뒤에 숨겨진 지하실을 슬쩍 바라보았다.

깎아져 내려가는 계단 옆에는 버튼식 스위치가 천장에 매달려 있었다. 모르긴 몰라도 나보다 연식이 오래돼 보이는 스위치였다. 남자는 천천히 뒷걸음질치면서 계단을 내려갔다. 발목을 붙들고 똑바로 내려가는 나보다도 빨리 내려가는 품새를 보니 이런 일이 한두 번이 아닌 듯했다.

우리는 지하를 향해 한참을 내려갔다. 못해도 10분은 내려간 것 같았다. 등줄기를 따라 땀이 그득하게 차올랐다. 숨까지 거칠어질 즈음에야 지하실 계단은 끝을 보였다. 평평한 바닥이 눈에 들어올 무렵, 나는 남자에게 말을 걸었다.

"총은, 어디서 난 겁니까?"

남자는 슬쩍 내 얼굴을 보더니 바닥에 침을 뱉었다. 대답할 생각이 없는 건가? 내가 머쓱하게 고개를 떨어뜨리자, 남자는 입맛을 다시면서 말했다.

"연줄이 좀 있소이다."

"그래도 이러다 경찰이 오면…."

"하. 경찰? 불법으로 장기 매매하는 사람이 암시장에서 경찰 찾는 꼬락서니들 하고는."

혼자서 시시덕 웃던 남자는 계단을 노려보면서 말했다.

"걱정 마쇼. 이런 일은 혼자서 할 수 있는 일이 아니외다. 이번에 경찰청장 어머니가 간부전으로 병원에 갔지. 그 자식한테 인공 간을 보내준 게 누구인 줄 아쇼? 그리고 대단하신 도덕심을 내세워서 인공 장기를 불법화하신 야당 국회의원께서 신장에 문제가 있을 때 말요. 제때 인공 신장을 구해준 게 누군 줄 아쇼?"

남자는 자기 가슴께를 엄지로 툭툭 건드렸다. 내가 천천히 고개를 끄덕이자 그는 대수롭지 않게 말했다.

"걱정 마쇼. 경찰 나부랭이들은 인터넷에서 반정부 댓글이나 야한 사진이나 감시하고 있을 테지. 요즘은 아예 순찰도 잘 안 돌더만. 왼쪽으로."

남자는 왼쪽에 난 문을 뒤꿈치로 차서 열었다. 그러자 희미한 불빛 아래로 난잡하게 흩어진 검은 상자들이 눈에 띄었다. 못해도 사람 한 명쯤은 거뜬히 집어넣을 법한 상자들이 어림잡아 다섯 개 정도 놓여 있었다.

남자는 발로 커다란 상자의 뚜껑을 열었다. 플라스틱 상자 안에 담긴 얼음물이 조명 아래서 일렁거리고 있었다. 이 무더운 날에도 얼음이 녹지 않은 걸 보니 아이스박스인 듯했다. 그는 피를 머금은 여자의 머리를 아이스박스 속에 밀어 넣었다. 남자는 축 늘어진 여자의 몸에 눌려 낭창거리는 플라스틱 통을 왼쪽 정강이로 눌러 받히고, 여자의 허리를 들어 올려 아이스박스 속에 밀어 넣었다. 그러자 시체는 스르르 수면 아래로 사라졌다.

나는 숨을 죽이고서 어둑한 조명 아래서 검붉게 변해가는 얼음물을 바라보았다.

남자는 아이스박스 문을 닫았다. 신경질적인 눈으로 날 바라보던 그는 천천히 바지 주머니에서 짜리몽땅한 담배꽁초를 꺼내 들었다. 담배꽁초를 입에 문 그는 반대쪽 주머니에서 라이터를 꺼내 불을 붙였다. 담배꽁초가 연기를 내면서 타들어가자, 그는 담배 연기를 가슴 속 깊이 한가득 들이켜면서 걸음을 옮겼다. 그가 문간에 기대어 서서 담배 연기를 뱉어낼 즈음에야 나는 간신히 식은땀을 훔칠 수 있었다. 아직 덜 식은 시체의 온기가 남은 손이 벌벌 떨렸다.

내가 손을 비비면서 시체를 만진 감각을 털어내고 있을

때, 남자가 말했다.

"거, 시신 좀 옮겼다고 호들갑 떨지 마쇼. 징집돼서 많이 옮겨봤을 거 아뇨."

나는 부정하지 않았다. 감염병이 심각해졌을 때, 정부에서는 계엄령을 내리고 남자들을 징집했다. 그리고 시체 가방을 옮기는 역할을 맡겼다. 나 또한 징집당해 죽은 시체를 옮기곤 했다. 하지만 살해당한 사람을 옮겨본 적은 없었다.

내가 침묵을 지키자, 남자는 연거푸 서너 번 빨아들인 담배꽁초를 바닥에 던졌다. 차디찬 콘크리트 바닥에 처박힌 꽁초는 발간 잔불을 일렁거리면서 흰 연기를 모락모락 토해냈다. 남자는 희뿌연 연기를 뱉으면서 꽁초를 밟아 비볐다.

"그래, 그쪽은 뭘 찾는 댔더라?"

"췌, 췌장이요."

남자는 잠시 생각에 잠겼다. 뭘 생각하는지는 몰라도 푹 꺼진 눈두덩 아래 눈알을 굴렸다. 그러더니 고개를 통로 쪽으로 까딱거리면서 말했다.

"안쪽으로 갑시다. 마침 물건이 있긴 하거든."

"안쪽이요? 안쪽이 더 있나요?"

남자는 내 물음에 대답도 않고 문을 빠져나갔다. 나는 그의 뒤를 따라 천천히 걸음을 옮겼다. 우리는 말없이 어두운 콘크리트 통로를 따라 걸어갔다. 깜빡이는 전등불 아래를 5분 정도 걸은 후 남자는 두꺼운 문 앞에서 걸음을 멈췄다.

어둠 속에서도 희미하게 은빛으로 반짝이는 문이었다. 문 앞에는 작은 캐비닛 같은 것이 놓여 있었다. 캐비닛 앞에서 멈춰선 남자는 몸을 돌려 내 쪽을 바라보았다.

"들어가기 전에 일단 옷 벗어."

뭐? 영문을 알 수 없었다. 얼떨떨한 생각에 인상이 절로 찡그려졌다. 내가 눈을 껌뻑이면서 대체 무슨 소리냐는 시선을 보내자, 남자는 대뜸 총을 꺼내 들었다. 나는 천천히 손을 올렸다. 그러거나 말거나 그는 권총을 까딱이면서 말했다.

"빨리 벗어. 팬티 빼고 다 벗어. 러닝셔츠도 벗으쇼."

"아, 아아, 알았어요. 버, 벗을 테니까⋯."

"닥치고 벗어."

남자가 고압적으로 말했다. 나는 대답도 않고 옷을 벗었다. 지퍼를 내리고 혁대를 풀자 바지는 스르르 바닥으로 내려갔다. 내가 셔츠에 달린 단추를 풀자, 그는 옆에 있던 캐비닛을 열었다. 캐비닛에는 연파랑색 옷가지들이 옷걸이에 걸려 있었다. 남자는 옷가지들을 잡아채고서 내게 던졌다.

"옷들은 그대로 두쇼."

"홀로폰은⋯."

"돈만 챙기고 지갑이랑 다른 물건들도 그냥 거기 두쇼. 쇠붙이 붙은 것도 빼고."

"쇠붙이는 왜⋯."

"감지기 때문에 그렇소이다. 전에 칼 들고 들어온 새끼가 있었지. 그때부터 감지기 놓고 경비원도 많이 고용했소. 그래서 그쪽이 쇠붙이를 놓고 가지 않으면 저 문 너머에 있는 힘쓰는 놈들이 그쪽을 흠씬 두들겨 팰 거요. 어차피 여기에 올 사람도 없으니 물건이 없어질 일은 없을 거외다. 이 옷이 나 입으쇼."

"아, 알았습니다. 그러니까…."

나는 천천히 바지에서 지갑을 꺼냈다. 빵빵하게 부푼 지갑 속에서 현찰을 끄집어낸 뒤, 팬티 고무줄 안쪽에 돈다발을 찔러 넣었다. 나는 꺼림칙한 얼굴로 팬티 고무줄이 단단한지 확인한 뒤 남자가 던진 옷가지를 집어 들었다. 남자는 그제야 총을 내렸다. 나는 고맙다고 중얼거리고서 주섬주섬 옷을 입었다. 남자는 바닥에 가래침을 뱉으면서 말했다.

"거, 샌님 같은 양반이 이런 험한 곳에는 왜 왔소? 부모님 이 아프신가?"

"아뇨. 여동생이 아파요. 췌장 쪽이…."

"흠, 의사는 구했수?"

"구했죠. 만석 씨 소개로 구했어요."

남자는 고개를 끄덕이더니 입맛을 다셨다. 그는 만석의 이 름을 곱씹으면서 알 수 없는 말을 중얼거렸다. 아마, 암시장 에서 통용되는 욕설 비슷한 은어인 듯했다. 아니면 경황이 없 어 내 머리가 따라가질 못했든가. 어느 쪽이든 간에 의사에 대한 이야기가 나오자 씁쓸한 생각이 들었다. 의사를 암시장 에서 뒷돈 얹어서 구하다니. 그놈의 전염병이 의사들의 씨를 말릴 줄은 꿈에도 생각지 못했다.

병균이 처음 보고된 곳은 톈진이라 하는 중국의 항구 도시였다. 그곳에서 퍼진 균은 컨테이너를 타고 순식간에 전 세계로 퍼졌다. 공기로 전염되며, 걸렸다 하면 총체적인 장기 부전을 일으키는 악랄한 역병이 세계 곳곳에 창궐한 것이다. 만지는 것만으로도 전염되었고, 비둘기와 새들을 숙주로 삼아 대륙 간에 이동을 했다. 거기다 내생포자를 생성하여 수 세기 동안 멸절하지 않을 거란 발표는 수많은 이들을 절망시켰다.

물론, 그렇다고 정부가 두 손 두 발 놓고 있지는 않았다. 의대생을 늘려서 의사들을 보급하기도 했고, 새들을 보이는 족족 잡아 죽이기도 했다. 하지만 생명 존중이라는 화두 아래 수많은 충돌이 있었다. 거기다 정치권까지 끼어들면서 논쟁은 계속되었다. 말이 말을 낳을 동안 수많은 이들이 텐진균에 감염되어 시체 담는 가방 속에 담겨 사라졌다.

의료는 붕괴되었고 정부의 기능은 축소되었다. 그럼에도 정부는 장기매매를 인정해야 하는지 말아야 하는지를 놓고서 5년째 논쟁 중이었다. 한 줌 남지 않은 국민의 표를 얻기 위해서였다. 만일, 이 논의가 빨리 끝이 났더라면, 당장 췌장과 의사를 구하는 데 전 재산을 탕진하지는 않았으리라. 내가 씁쓸하게 식은땀을 흘릴 동안 남자는 캐비닛을 열었다. 캐비닛 안에 달린 큼지막한 빨간 버튼을 누르자, 두꺼운 문을 고정하고 있던 격자 볼트가 열렸다.

웅웅 하는 소리와 함께 문이 열리자, 문 너머에 길게 늘어선 원형 통로가 눈에 들어왔다.

"이런 건 어떻게 지은 겁니까?"

묻는 내 목소리가 기다란 동굴 속에서 울렸다. 남자는 입맛을 다시면서 말했다.

"아무도 모르더군. 어떤 사람은 60년대 어느 부자가 지어놓은 방공호라고 하기도 하고, 개통 취소된 지하철 노선이란 사람도 있고. 제일 흥미로운 건 간첩들이 넘어와서 만들었을 거란 소문이었지. 하지만 누구 말이 맞는지는 모르외다. 일단, 안으로 들어오쇼. 물건은 저 안쪽에 있소이다."

남자는 고개를 까딱이면서 먼저 들어가라고 눈치를 주었다. 나는 천천히 남자의 눈치를 살피면서 어둑한 통로 속으로 걸어 들어갔다. 내가 어둠 속에 발을 들이자 천장에 달린 조명에 불이 들어왔다. LED 조명이었다. 길게 늘어진 LED는 커버도 없이 천장에 덜렁거리면서 매달려 있었다.

나는 천천히 조명을 따라 콘크리트 통로 속으로 걸음을 옮겼다. 천리만리처럼 길게 뻗은 밋밋한 콘크리트 통로는 왼쪽으로 살짝 꺾여 있었다. 마감이 잘 되질 않아 꺼칠꺼칠하게 날이 선 바닥이 걸을 때마다 운동화 밑창을 계속 긁어댔다.

거기다 웅웅거리는 소리가 통로 전체를 묘하게 휘감아 귓가를 간질이고 있었다. 어디서 나는 소리지? 주위를 둘러보았지만, 소리가 어디서 나는지 감을 잡을 수도 없었다. 소리는 사방에서 달려들고 있었다. 나는 조심스럽게 주위를 둘러보면서 남자에게 말했다.

"어디까지 가는 겁니까?"

"조금 더 가쇼. 다 왔소이다."

남자의 말이 공허하게 울렸다. 그는 날 쏘아보면서 내 뒤를 따라왔다. 우리는 말없이 콘크리트 통로를 걸었다. 한 10여 분을 더 걷자 또다시 두꺼운 문이 나타났다. 내가 문 앞에 멈춰 서기 무섭게 기다렸다는 듯 철문에 달린 격자 볼트가 풀리면서 두꺼운 문이 스르르 뒤로 밀려났다.

작은 경고음과 함께 거대한 문 너머에서 꽤 널찍한 방이 나를 맞이했다.

방은 못해도 40평쯤 돼 보였다. 안에는 바쁘게 움직이는 사람들이 몇 명 보였고, 물건들이 이곳저곳 너저분하게 쌓여 있었다. 가장 많이 눈에 띄는 것은 생화학적 위험표시를 알리는 마크가 그려진 아이스박스였다.

나는 혀를 내두르면서 천천히 안쪽으로 걸어 들어갔다. 생전 보지도 못한 정교한 인공근육이 담긴 시험관 옆을 지나갔다. 전기 자극을 주고 있는 건지 근육은 1초마다 한 번씩 움찔거리고 있었다. 근육이 반대편 통로를 따라 사라지자, 인공신경이라 적힌 상자가 수십 개 실린 수레가 나타났다. 나는 주위를 둘러보면서 감탄사를 터뜨렸다.

나는 남자에게 말했다.

"이런 건 대체 어디서 구한 겁니까?"

"왜, 그쪽도 이쪽에 발이라도 들이시려고?"

내가 아니라고 중얼거리자 남자는 어깨를 으쓱이면서 말했다.

"그럼 알려 들지 마쇼. 꽤 더러운 짓을 해야 한 상자 건질까 말까니까."

"장사는 잘 됩니까?"

"그럼. 아까처럼 똥파리가 낄 만큼 잘 팔리지."

"그, 그렇군요."

내 목구멍에서 불안하게 떨리는 목소리가 튀어나오자, 남자는 내 어깨를 툭 치면서 말했다.

"불안해하는 걸 보니 한 가지는 확실히 해두는 편이 좋겠군. 저걸 원하는 사람은 어디에나 있고, 그걸 막는 건 불가능하다는 거요. 하지만 정부 나부랭이들은 자기들이 뭔가 변화를 줄 수 있다고 여기더군. 자기들이 바꿀 수 있는 거라고는 가격표밖에는 없다는 걸 언제쯤 깨달을는지."

남자는 혀를 차면서 내 어깨를 툭 건드렸다.

"따라오쇼. 배양실에서 물건을 보여줄 테니."

"거기가 어딘데요?"

내가 고개를 돌리고서 묻자, 그는 왼편에 있는 문을 손으로 가리켰다. 마치 정육점에 있는 냉동실 창고 문처럼 생긴 문이었다. 문에는 세로로 길게 늘어선 뾰족한 손잡이가 달려 있었다. 남자는 그 손잡이를 잡아당겼다.

칙. 바람 빠지는 소리와 함께 굳게 닫힌 문이 열리더니 차가운 냉기가 발목을 휘감아 흘렀다. 나는 냉기 속을 향해 별다른 의심 없이 걸어 들어갔다. 성에가 내려앉은 거대한 유리관들이 벽면을 따라 늘어선 삭막한 풍경이 눈에 들어왔다. 아파트 옥상에 매달린 물탱크처럼 생긴 유리관들 옆에는 정체

모를 기계 장치와 배관이 벽면과 천장을 빼곡히 채우고 있었다. 나는 내 입에서 튀어나오는 입김을 노려보면서 유리관을 들여다보았다.

내 시선이 닿기 무섭게 유리관 안에서 검은 형체가 꿈틀거렸다. 나는 소스라치게 놀라 걸음을 멈췄다. 유리관 안에서 무언가가 움직이고 있었다. 인공근육과는 달랐다. 훨씬 거대한 것이었다. 뭐지? 섬뜩한 느낌이 뒤통수를 따라 기어 내려왔다. 예감이 좋지 않았다. 하지만 남자는 태연하게 유리관속을 들여다보았다.

"흠, 어딘가에 췌장 배양기가 있었는데. 거기 다른 통 좀 보쇼."

"제가요?"

"그럼 여기 다른 사람 있소?"

정색한 남자의 말에 나는 고개를 저으면서 내 바로 옆에 있던 유리관 쪽을 바라보았다. 손바닥을 덮게끔 잡아당긴 소매로 성에를 지웠다.

유리관 속을 가득 채운 액체 속에서 작은 포말이 올라가던 그때였다. 유리관 속을 들여다본 나는 절로 새된 비명을 지를 수밖에 없었다.

무수히 많은 팔이 액체 속에서 자라나고 있었다. 가느다란 팔부터 근육질의 팔까지, 다양한 팔들이 규칙적으로 허공을 움켜쥐는 시늉을 하면서 꿈틀거리고 있었다. 마치 손질되지 않은 덩굴 식물이 살아 움직이는 것 같은 광경이었다. 하지만 더 끔찍한 광경은 그 수많은 팔다리 너머에 있었다.

나는 뒷걸음질 치면서 소리쳤다.

"사, 사, 사람! 사람이잖아!"

나는 유리관을 손으로 가리키면서 뒤로 넘어졌다. 내가 바닥에 나동그라지자, 남자는 고개를 돌려 내 쪽을 바라보았다. 그는 천천히 눈썹을 추켜세우다가 내 쪽으로 다가왔다. 그리고 조용히 말했다.

"호들갑 떨기는."

그는 유리관 속에 든 사람을 노려보았다. 비쩍 마른 몸은 골격이 훤히 드러나 있었다. 나는 투명한 산소마스크를 낀 해골을 바라보았다. 마치 과학실에 세워놓은 인조 골격 위에 사람 가죽을 뒤집어씌운 형상이었다. 이목구비조차 제대로 확인하기 힘들 만큼 깡마른 이는 나와 남자를 번갈아 바라보고 있었다. 말려 올라간 눈꺼풀 아래에 푹 꺼진 두 눈알이 고통스럽게 떨리고 있었다. 이미 입술이라 부를 만한 살점도 남아 있지 않았다.

그것은 살아 있는 인간이었다. 여자인지 남자인지는 알 수 없을 정도로 뼈와 가죽만 남았지만 확실했다. 그것은 인간이었다. 그것이 퀭한 눈을 부라리면서 고개를 떨자 남자는 대수롭지 않게 바닥에 침을 뱉으면서 말했다.

"너무 놀라지는 마쇼. 그냥 배양기니까."

남자는 유리관을 손으로 두드리다 유리관 옆에 달린 인터폰의 버튼을 눌렀다.

"거 징그럽게 뒤척이지 말고 퍼질러져 있어!"

남자가 윽박지르자 배양기 속에 갇힌 인간은 파르르 떨리는 몸을 돌리고 축 늘어졌다. 시체의 등에 달린 수많은 팔만이 시체가 살아 있다는 사실을 방증하고 있었다. 나는 믿을 수 없다는 듯 남자를 쳐다보았다.

"어떻게, 이런 짓을…."

"자업자득이외다. 나한테서 인공 장기를 가져다 쓰고서 돈을 안 낸 놈들이요. 어떻게 골려줄까 하다가 지금은 모판으로 쓰고 있지. 요즘 인기가 많은 장기만 모아다가 매달아놨소이다. 간, 심장, 팔, 췌장 따위 말이요."

남자는 껄렁한 자세로 배양기에 기대어 서서 중얼거렸다. 나는 마른침을 삼켰다.

"설마 나도 저렇게 만들 셈입니까?"

"돈 안 가져왔수?"

숨을 집어삼킨 나는 말없이 고개를 저었다. 남자는 그럼 됐다고 중얼거리더니 어슬렁어슬렁 다른 유리관을 향해 눈을 돌렸다. 그는 소매로 유리관을 닦아냈다. 유리관 안에는 힘없이 늘어진 사람들이 한 명씩 들어 있었다. 아가미처럼 생긴 간들을 주렁주렁 매달고 있는 이부터, 배 밖으로 굵은 혈관을 여러 개 끄집어낸 채 수십 개의 심장을 매단 이들까지. 수많은 이들이 시체처럼 산소호흡기에 의존해 유리관 속에 둥둥 떠다니고 있었다.

나는 차마 겁에 질려 자리에서 꿈쩍할 수도 없었다.

해괴하게 일그러진 뺨을 타고서 소름이 온몸을 내달렸다. 머릿속에서 별의별 생각들이 떠올랐지만 어느 것 하나에도 집중할 수 없었다. 하지만 한 가지는 또렷하게 뇌리에서 반짝이고 있었다. 대체 어쩌다가 내가 이곳에 온 거지?

단순한 질문이었다. 하지만 나는 답할 수 없었다. 숨이 쉬어지지 않았다. 다리가 후들거린 터라 일어나지도 못했다. 충격에 휩싸인 내가 바닥에 눌어붙은 성에처럼 얼어 있을 동안 이곳저곳을 뒤적이던 남자는 어느 결에 내 옆으로 와서 내 다리를 발로 툭툭 건드렸다.

"이보쇼. 췌장 찾는댔지?"

내가 고개를 끄덕이자, 그는 내게 손을 내밀었다. 그의 손을 잡고서 간신히 내가 몸을 일으키자, 남자는 죽지 않은 시체들로 가득 찬 냉동고 안쪽을 손으로 가리켰다.

"췌장은 좀 더 안쪽에 있더군. 음, 보니까 잘라내고 혈관 정리 하려면 조금 걸릴 거요. 그러니까, 먼저 계산부터 합시다."

"계산이요? 아, 계, 계산이요…."

나는 입맛을 다시면서 말했다. 내가 주섬주섬 환자복을 풀어헤치자, 남자는 손을 내저었다.

"미안하지만. 우리는 돈은 받질 않소. 알다시피. 원화는 그다지 구미 당기는 돈이 아니거든."

"달러인데…."

남자는 입술을 실룩거렸다. 미묘한 불쾌감이 탁한 공기 사이를 미꾸라지처럼 요란스럽게 지나갔다. 설마, 날 의심하는 건가? 슬쩍 그를 쳐다보았다. 하지만 그는 별다른 표정변화 없이 물건들을 손에 들고 만지작거리고 있었다. 지금이라도 달러를 꺼내서 보여줘야 할까? 내가 오른손을 주머니 속에 넣자, 남자는 코를 긁었다.

"달러도 좋기는 한데."

그는 잠시 뜸을 들이고서 내 쪽을 바라보았다. 내 몸을 한 번 위아래로 훑어본 그는 말처럼 입술을 실룩이면서 말했다.

"요즘에는 다른 것도 받고 있거든."

다른 거? 내가 인상을 찡그리자, 남자는 뒷짐에 숨기고 있던 짜리몽땅한 통을 꺼내 들었다. 맥주캔처럼 생긴 금속제 용기였다. 하지만 그가 들고 있는 통은 맥주를 담고 있는 것 같지는 않았다. 황동색 밸브 끝에 늘어진 고무튜브 끝에 산소마스크가 매달려 있었다.

나는 그것이 뭘 의미하는지 알지 못했다. 그저, 산소통 같은 걸 왜 들고 있는지, 저걸로 대체 뭘 하려는 건지 궁금할 따름이었다. 하지만 남자가 눈을 추켜 뜨자 불현듯 불안감이 엄습해왔다.

나는 반사적으로 출구를 향해 몸을 돌렸다.

남자가 입고 있던 티셔츠를 헤치고 무언가가 튀어나왔다. 그것이 새까만 것을 내보이자, 작은 공기 빠지는 소리가 울려 퍼졌다. 나는 반사적으로 자세를 낮추고 머리를 두 손으로 감싼 채 출구를 향해 몸을 날렸다. 하지만 놈의 손이 더 빨랐다.

공기 빠지는 소리가 연달아 허공을 가로질렀다. 쇳조각이 바스러지는 소리와 돌가루가 쏟아지는 소리가 바닥을 굴렀다. 다음 순간, 허벅지를 타고 아찔한 감각이 타올랐다. 흐물거리는 다리는 휘청이더니 그 자리에서 무너져 내렸다.

나는 그대로 바닥에 고꾸라지고 말았다. 왼손을 뻗는 바람에 오른쪽 뺨이 콘크리트 바닥에 처박히고 말았다. 거친 콘크리트가 뺨을 긁어댄 바람에 오른쪽 얼굴이 아찔했다.

나는 새된 비명을 지르면서 허벅지를 손으로 감아쥐었다. 청록색 가운 위로 붉은 액체가 번져갔다. 순식간에 벌어진 일이었다. 나는 내게 천천히 다가오는 남자를 바라보았다. 놈은 배 속에 숨기고 있던 세 번째 팔을 꺼내 들었다. 그는 오른손으로 가스통의 밸브를 움켜쥐고서 가운데 손에 쥔 권총을 들어 올렸다. 총구가 천장을 향하자, 그는 왼손으로 권총의 슬라이드를 당겼다. 약실에서 김이 모락모락 나는 탄피가 튀어나왔다.

"거, 미안하게 됐소이다."

남자는 거만하게 말하고서 가운데 달린 팔을 뻗어 권총을 바지 뒷주머니에 찔러 넣었다. 그러고는 왼손으로는 허공에 덜렁이는 산소통을 잡아 올렸다. 나는 반쯤 정신이 나간 채 소리를 질렀다.

"이게, 뭐하는 짓거리야! 나, 난 암호까지 잘 댔잖아!"

남자는 어깨를 으쓱거렸다. 그러더니 혀를 끌끌 차면서 말했다.

"그래서 돈은 안 받잖아. 새끼야. 그래, 일단은 미안하게 됐소이다. 거, 그쪽 폐가 너무 깨끗해서 그냥 보고 지나칠 수가 없었수다."

"개자식. 무슨, 무슨 헛소리야?!"

"무슨 소리기는. 들어올 때 쓸데없이 긴 통로를 지나왔잖나. 그게 뭐였을 거 같나? 그냥 콘크리트 덩어리로 만든 통로인 줄 알았수? 왜 바지까지 벗으라고 했을지 한번 생각이나 해보시구려. 엉?"

그제야 나는 남자가 하는 말뜻을 알아차렸다. 바지를 벗고, 금속 같은 것들을 두고 가라는 말이 섬뜩하게 뇌리에서 되살아났다. 그건 마치 MRI실 앞에서 간호사가 건넸을 법한 말이었다. 젠장. 나는 피가 철철 흐르는 다리를 감싸 쥐고서다 죽어가는 개새끼처럼 비굴하게 짖어댔다.

"이야기가 다르잖아!"

"딱히 달라진 건 없소이다. 그쪽 푼돈 얼마 만져보자고 췌장이랑 간을 내주긴 아깝지. 그쪽 폐는 경매에 부쳐도 꽤 짭짤할 거외다. 그쪽은 여동생을 살리는 거고 나는 좋은 상품을 얻는 거고. 일석이조 아니오?"

머릿속이 새파랗게 질려갔다. 여기서 나가야 한다는 생각만이 머릿속을 긁어댔다. 나는 콘크리트 바닥을 긁으면서 출구를 향해 기어갔다.

남자가 출구 쪽으로 기어가는 내 등허리를 밟았다. 가슴이돌부리에 짓눌리는 바람에 비명이 절로 튀어나왔다. 그는 내입에 산소마스크를 가져댔다. 내가 팔을 버둥거리면서 고개를 돌리자, 그는 내 머리에 총을 들이밀었다.

남자가 무미건조하게 말했다.

"거, 너무 까칠하게 굴지 마쇼. 폐가 한 짝밖에 없으면 폐암 걸릴 확률도 줄어든다, 이겁니다. 가끔 보면 유명인들도 가족 내력 때문에 암 걸릴까 봐 미리 잘라내고 그러잖소. 그러니까 너무 속상해하진 마쇼. 지금은 건강해도 나중에 무슨 일이 생길지 아무도 모르는 거니까 암 수술 미리 받는다 생각하쇼."

나는 놈에게 욕지거리를 퍼부어주려고 했다. 하지만 내가 턱을 움직이자, 그는 총구로 내 머리를 지그시 눌렀다. 나는 반항조차 하지 못했다. 단지, 분을 삭이듯 간신히 이를 꽉 깨물었을 뿐이었다. 이제 어떻게 되는 거지? 나는 불안한 눈으로 유리관을 바라보았다. 하지만 놈이 밸브를 열자 내 정신은 그대로 아득하게 멀어져갔다.

＊

얼마나 시간이 흘렀을까?

나는 두 눈의 초점을 맞추기 위해 애를 쓰고 있었다. 얼굴이 욱신거렸고 사지에 감각이 없었다. 살아 있는 건가? 숨이 제대로 쉬어지지 않았다. 작은 기침이 일 때마다 가슴 쪽에서 통증이 밀려왔다. 빨리 췌장을 가져가야 한다는 생각이 머릿속을 짓눌렀다. 하지만 천근만근 늘어진 몸은 침대에서 일어나질 못했다.

여긴 어디지? 나는 눈을 껌뻑이면서 주위를 살폈다. 손목에 꽂힌 서너 가닥의 링거 줄이 주렁주렁 매달려 있었다. 하얀 커튼과 찝찝하게 얼룩진 이불. 그리고 희미하게 풍기는 약품 냄새가 코끝을 찔렀다. 나는 자리에서 몸을 일으켰다. 입에서는 절로 끙끙 앓는 소리가 튀어나왔다.

나는 천천히 팔꿈치를 뒤로 빼서 상체를 지탱하려 했다. 하지만 배에 힘이 들어가지 않았다. 다 죽어가는 얼굴로 다시 침대에 등을 대고 드러눕는데 다가오는 발소리가 들렸다. 내가 거칠게 숨을 토해내자 하얀 커튼을 헤치고 낯익은 얼굴이 나타났다. 남자는 비열하게 웃으면서 침대 옆에 놓인 간이 의자에 걸터앉았다.

내가 숨을 죽이자, 남자는 바닥에 침을 뱉으면서 말했다.

"꽤 괜찮은 거래였소이다. 그쪽 폐를 배양하면 여러 사람 목숨을 살릴 수 있을 거요. 아, 돈은 내가 수술비로 가져가외다."

"췌장은….."

남자는 늘어져라 하품을 하더니 내가 누워 있는 침대 바로 옆에 있는 냉장고를 손으로 가리켰다.

"물건은 저 안에 있소이다. 걱정 마쇼. 나름 질 좋은 췌장이오."

"그래야 할 거요. 내 폐 한쪽 값이니…."

"엄밀히 말하자면, 폐 한쪽에다 신장 한쪽이지."

"뭐?"

난 화들짝 놀라 이불을 들췄다. 아랫배를 휘감은 붕대가 보였다. 나는 몸을 비틀었다. 당장에라도 눈앞에 앉아 있는 놈팡이의 모가지를 비틀고 싶었다. 하지만 상체를 조금 일으키자 무거운 몸뚱이가 다시 침대 위로 곤두박질쳤다.

"고소할 거야! 너랑 네놈 똘마니 새끼들 죄다…."

내가 소리치자, 남자는 비열하게 웃더니 거칠게 내 멱살을 잡아 올렸다.

"마음대로 하쇼. 여동생 못자리나 알아보려면 그렇게 해보시든가. 톈진균에 감염된 여동생이 얼마나 버틸 거 같소? 앙? 결국 그쪽은 10년이든 20년이든 우리 손을 빌려야 할 거외다. 알겠수? 그러니 알아서 잘 행동하는 게 좋을 거요. 약이나 처먹고 이제 그만 가보쇼."

그는 내 뺨을 두어 번 때리고서 커튼 쪽을 바라보았다.

"어이. 손님 나가신다. 배웅해드려!"

그가 소리치자, 커튼 너머에서 우락부락한 장정 둘이 나타났다. 놈들은 내 몸을 가뿐히 번쩍 들어 올렸다. 두 놈은 내 손목에 이어져 있던 마취제 바늘을 거칠게 빼냈다. 바늘이 살을 찢고 나와 핏물이 바닥에 떨어졌다. 남자는 냉장고 문을 열고서 자그만 아이스박스를 꺼냈다. 그는 나를 어깨에 들쳐 멘 남자에게 아이스박스를 건네면서 말했다.

"동생 일은 잘 풀렸으면 좋겠군. 잘 가쇼."

남자의 말이 끝나기 무섭게 두 장정은 걸음을 옮겼다. 그들은 하얀 커튼으로 둘러싸인 복도를 가로질렀다. 상자들이 아무렇게나 쌓인 방을 지나 원통형 통로를 따라 걸었다. 계단을 오르고 편의점 창고를 나선 이들은 곧장 유리문을 열고서 밖으로 나왔다.

시원한 바람이 뺨을 스쳐 가자, 놈들은 나를 길거리에 내던졌다.

곧이어, 검은 비닐봉지와 자그만 아이스박스가 검은 아스팔트 위로 떨어졌다. 아이스박스가 둔탁한 소리를 내면서 바닥에 나동그라졌고 봉지는 바스락거리면서 내 머리를 때렸다. 놈들은 쓰레기를 내다 버린 점원처럼 별다른 반응도 없이 다시 편의점 안으로 사라졌다.

편의점의 문이 닫히자, 나는 간신히 몸을 추스르고 자리에서 일어날 수 있었다.

다 죽어가는 노인처럼 느릿느릿 손을 뻗어 아이스박스부터 챙겼다. 바닥에 떨어진 봉지도 집어 들었다. 비닐을 풀어 헤치자 안쪽에는 큼지막한 하얀 플라스틱 통이 들어 있었다. 플라스틱 통에는 진통제라고 매직으로 휘갈겨 적은 글귀가 보였다.

뚜껑을 열자 하얀 알약들이 얼굴을 내밀었다.

나는 약을 입 안에 털어 넣었다. 알약을 씹어대자 쓴맛이 입 안 가득 밀려들었다. 약효가 얼마나 갈지, 얼마나 더 먹어야 할지 몰랐다. 하지만 찢어질 것 같은 뱃가죽을 잊어버리기 위해서는 어쩔 수 없었다.

나는 가로등 불빛을 노려보았다.

통금시간이 끝나가는 한산한 거리. 이따금 주택가까지 내려온 고라니 울음소리만이 적막한 도시 속에 울려 퍼지고 있었다. 나는 가쁜 숨을 몰아쉬면서 편의점을 빠져나왔다. 수술 후유증 때문인지, 밀려드는 졸음 때문인지 아직도 머리가 아찔했다.

여기는 어디지? 어디로 가는 거지?

스스로에게 되물었지만 더 이상 답할 수 없었다. 나는 천천히 작은 아이스박스를 가슴에 껴안았다. 이제 됐노라는 안도감이 조금씩 머릿속을 채워갔다. 이제 남은 건 경찰들에게 들키지 않고 집에 들어가는 것뿐이었다.

하지만 집이 어디였더라?

혼란스러운 머리를 붙들자, 저 멀리서 가로등이 깜빡거렸다. 나는 불빛을 바라보았다. 어둠 속에서 나타났다 사라지는 찻길이 도시를 따라 끝없이 늘어서 있었다. 표지판도 없는 길을 따라 나는 천천히 걸음을 옮겼다.

클레이븐

1991년 서울에서 태어났고, 대학에서 기계공학과를 전공했다. 중학교 국어 시간에 처음으로 단편소설 쓰기를 접한 이래로 꾸준히 작품 활동을 하고 있다. 2019년에 웹진 거울의 독자우수단편으로 〈마지막 러다이트〉와 〈컴플레인〉이 뽑혀 필진이 되었다. 2021년 거울 총서에 〈마지막 러다이트〉와 〈컴플레인〉이 수록되었다. 장편소설 《FTL에 어서 오세요》를 출간하였고, 《감정을 할인가에 판매합니다》라는 앤솔로지에 참여하였다. 현재는 새로운 작품을 집필 중이다. 개인적으로는 괴상한 괴물들과 암담하고 기괴한 배경, 그 속에서 발버둥치는 주인공의 모습을 담담한 어조로 그리는 것을 좋아한다.

정신강탈자

엄길윤

얼마 전 퇴근을 하다 이상한 소리를 들었다. 쾅! 쾅! 쾅! 누군가 철문을 다급히 두드리는 소리였다. 육중한 쇳소리가 사방으로 울렸다. 머릿속이 흔들릴 정도로 가까운 곳이었지만, 아무도 반응을 보이지 않아 이상했다. 근처 상가와 아파트에는 철문이 없었다. 혹시 자동차에서 나는 소리일까 싶어 주차된 차를 기웃거렸다. 아니었다. 차 안에는 아무도 없었다.

처음에는 잘못 들었다고 생각하면서 집으로 왔다. 양말을 벗고 TV 리모컨을 집어 드는데 다시 철문을 세차게 두드리는 소리가 났다. 쾅! 쾅! 불쾌감에 얼굴을 일그러뜨렸다. 마치 눈앞으로 철문이 떨어져 나올 것처럼 요란한 소리가 머릿속을 때렸다. 얼마나 급하기에 이러는 걸까? 문에 뭔가가 닿는 소리로 짐작해보건대, 발로 차는 것도 아니고 지팡이나 망치 같은 걸 휘두르는 것도 아니었다. 맨손이다. 두 주먹을 불끈 쥐고 열어달라고 철문을 두드리는 듯한 소리다. 하지만 우리 집에 철문 같은 건 없다. 집에서 나와 주변을 샅샅이 뒤져봐도 비슷한 건 발견할 수 없었다. 분명히 철문을 두드리는 소린데 어디에도 철문은 없다. 내가 미친 걸까?

그 이후로 문을 두드리는 소리는 하루에도 수십 번씩 때를 가리지 않고 들려왔다. 소리가 날 때마다 스마트폰으로 녹음해봐도 들리는 건 내 숨소리뿐이었다. 골치가 아팠다. 어디에서 나는 소리일까? 의문은 점차 하나의 확신으로 자리 잡았다. 사람들에게는 들리지 않는다. 나에게만 들리는 소리다. 머릿속 환청이 분명했다. 그런데도 설명되지 않는 게 있었다. 진동과 함께 느껴지는 철문의 실재감과 그 너머의 인기척이 그것이었다. 시간이 갈수록 머릿속에서 두꺼운 철문이 만져지고, 문을 두드리는 소리는 땀 냄새와 체취를 동반했다. 마치 실제 존재하기라도 하는 것처럼 말이다. 소리가 들릴 때마다 신경이 곤두섰고, 잠도 제대로 잘 수 없었다. 혹시나 해서 이비인후과에 방문해 진찰을 받았다. 돌아온 답변은 귀에는 아무 이상 없다는 진단이었다. 신경외과와 신경내과도 다녀왔다. 결론은 '알 수 없음'이었다. 뇌에는 아무런 문제가 없다고 했다. 스트레스를 많이 받아서 그런 것 같다고, 차근차근 병의 원인에 대해 알아보자며 의사가 신경정신과를 추천해주었다. 요즘처럼 아무런 고민도 없었던 적이 있었나 싶었는데 웬 스트레스? 내가 좋아하는 인터넷 웹서핑도 실컷

하고 책이나 영화도 마음껏 봤다. 꿈속에서조차 낮에 보고 듣던 것들이 나올 지경이었으니까. 일단 신경정신과에 가보긴 했지만, 의사의 말도 탐탁지만은 않았다. 어쨌든 하루빨리 이 소리를 없애야 했다.

한동안 열어달라고 문을 두드리던 소리는 병원에 다녀오고 난 후부터 고통스러운 비명을 지르며 철문에 머리를 들이받는 소리로 바뀌었다. 열어주지 않아서 화가 난 걸까. 문 앞에서 고함을 치며 발버둥 친다. 문을 긁고 때리는 소리에 철 퍽거리며 끈적한 게 달라붙었다. 비린내가 훅 끼친다. 피다. 이제껏 맨손으로 철문을 두드리느라 손가락뼈 마디마디가 부서지고 피부가 너덜너덜하게 찢겼다. 피 묻은 손자국이 문에 찍힌 게 보인다. 그 앞에서 이를 악물고 흐느끼는 모습이 안쓰러웠다. 이상한 일이지만 머릿속에서 그런 장면이 보였다. 들리는 것뿐만 아니라 시각과 후각, 촉각까지 느껴진다. 열어줘야 하나?

확신이 서지 않았다. 문을 열어주면 어떤 일이 벌어질지 알 수 없었다. 그렇다고 이대로 계속 문 두드리는 소리를 듣고 있을 수도 없었다. 신경이 쓰여 미칠 지경이었다. 툭, 툭, 툭, 신음을 흘리며 힘없이 문을 두드린다. 손바닥 살갗이 쩍 하고 철문에 달라붙었다가 떨어진다. 얼마나 아프길래 저리 힘겨워하는 걸까? 눈물을 뚝뚝 흘린다. 불쌍하다. 이 정도면 열어줘야 하지 않을까?

우지끈. 뭔가 부서지는 소리가 났다. 철문에 걸린 빗장이 박살 났다는 것을 직감으로 알았다. 끼이이익. 날카로운 첫 소리를 내며 문이 조금씩 열렸다. 안에 있는 게 누군지도 모르고 무슨 목적을 가진 것인지도 몰랐다. 어떤 일이 벌어질지 알 수 없었다. 조심해야 했다.

열린 문틈으로 차가운 공기가 휘몰아쳐 얼굴에 닿았다. 위험하다! 문 뒤에 선 이의 의도가 해일처럼 밀려들었다. 단번에 놈의 의도를 알 수 있었다. 놈의 목적은 내 정신을 차지하는 것이었다. 그러기 위해 지금, 이 순간만을 기다렸다. 놈이 빠져나오기 전에 빨리 닫아야 한다.

하지만 어떻게? 대체 어떻게 닫지? 문이 불쾌한 마찰음을 일으키며 틈을 더 벌린다. 놈이 히죽 웃으며 멀쩡한 손으로 철문을 민다. 아무리 닫히라고 중얼거려도 소용없다. 머릿속에서 열리는 문을 무슨 수로 닫는단 말인가? 확실한 건 내가 문을 열어줬다는 거다. 놈이 품은 생각으로 다시 한 번 그 사실을 느꼈다. 내가 한 일이었다.

활짝 열린 문으로 놈이 걸어 나온다. 문을 두드릴 때와는 다르게 경쾌하고 단호한 발걸음이다. 남자인지 여자인지 심지어 사람인지도 알 수 없다. 어쩌면 그 모두일 수도 있다. 정체가 불분명하다. 너무나 많은 게 담겨 정확히 어떤 모습이라고 규정할 수 없다. 단지 놈이 내 머릿속 한 부분을 차지했다는 것과, 놈의 의도와 생각을 체험하듯이 알 수 있을 뿐이다. 놈은 내 정신의 일부를 가진 것에 만족하지 않는다. 온전히 자기 것으로 만들기 위해 혈안이 됐다. 내가 지금 무슨 생각을 하는지 아는 건 놈도 마찬가지였다. 나와 같은 상태였다. 절대 내 정신을 내줄 수 없다. 무슨 수를 쓰든 쫓아내야 한다.

놈이 또박또박 발소리를 내며 걸어온다. 문이 열린 건 곧 놈에게 자유를 준 거나 다름없다. 그렇게 느껴졌다. 머릿속에서 저절로 어떤 생각이 떠오른다. 누군가 바쁘게 걷는다. 눈앞의 놈은 아니다. 발걸음이 무척이나 다급하다. 뭔가 큰일이 난 것처럼 뛰다시피 걷는다. 구둣발 소리가 사방으로 울린다. 끼익하며 녹슨 철문이 열린다. 놈이 빠져나온 그 철문인가? 오래전에 봤던 영화의 한 장면이 제멋대로 떠오른다. 〈쇼생크 탈출〉이다. 놈의 짓이다. 앞서와 마찬가지로 놈이 내 머릿속을 뒤져 기억을 보낸다. 감옥을 탈출한 주인공이 온몸으로 비를 맞으며 자유를 만끽한다. 이어서 주인공의 고발로 온갖 비리를 저지른 교도소장에게 경찰이 들이닥친다. 다시 누군가 걷는 게 보인다. 아니 철문으로 질질 끌려간다. 내 머릿속에서 벌어지는 일이다. 양옆에 경찰 두 명이 들러붙었다. 끌려가는 이는 누굴까? 얼굴이 무언가로 가려져 보이지 않는다. 내 머릿속에는 놈과 나밖에 없다. 놈이 아니라면, 설마 내가?

머릿속에서 내가 놈이 갇혀 있던 철문으로 걸어간다. 보이고 느껴진다. 나를 흉내 낸 이미지 같은 게 아니다. 분명히 나였다. 내 마음대로 움직일 수가 없다. 멈추지 않는다. 마치 내 모습을 먼발치서 지켜보는 것 같다. 갑자기 왜 이러지?

활짝 열린 문 안은 시커먼 어둠뿐이다. 그곳으로 성큼성큼 걷는다. 들어가면 안 된다. 갇히면 놈이 열어줄 때까지 나오지 못한다. 놈은 나와는 달리 절대 열어줄 생각이 없다. 그 후에는 더 끔찍한 일이 기다리고 있다. 놈이 내 정신을 전부 차지한다!

어느새 철문 앞에 다다른다. 닫혀라! 닫혀라! 아무리 외쳐도 문은 닫히지 않는다. 허공을 향해 주먹을 휘두르기도 하고 그 자리를 빠져나오기 위해 달리는 시늉을 해봐도 소용없다. 내 바람은 또 다른 나에게 닿지 않는다. 단절됐다. 내가 문 안으로 한쪽 발을 내디딘다. 놈이 기뻐 날뛴다. 지금이라도 멈춰야 한다! 어쩌지? 다급한 나머지 문이 닫히면 좋겠다는 상상을 했다. 이어서 철문이 산산이 조각나는 이미지를 떠올렸다.

그때였다. 머릿속에서 철문이 쾅! 닫힌다. 들어가다 말고 닫힌 문에 부딪혔다. 뒤로 물러서자 철문에 금이 가더니 문이 박살 났다. 파편이 사방으로 흩어진 후 눈 녹듯 사라진다. 철문은 이제 내 머릿속에 없다. 완전히 자취를 감췄다. 어리둥절해하다가 곧 알아챘다. 놈이 나에게 생각을 보낼 수 있는 만큼 나도 맞받아칠 수 있다는 것을 말이다. 그럼 감옥으로 걸어가는 행동을 왜 제어할 수 없었던 걸까?

철문이 사라진 건 다행이지만, 그건 당장 놈을 가둘 방법이 없다는 뜻이기도 하다. 내 머릿속 무한한 공간에 놈과 나 둘뿐이다. 긴장감으로 숨이 막혔다. 놈의 정체는 무엇일까?

이대로 내 정신을 빼앗길 수 없다. 놈이 내 머릿속을 활보하지 못하도록 해야 한다.

두껍고 질긴 밧줄을 떠올렸다. 그걸 놈의 팔다리에 묶었다. 머릿속에서 놈의 두 손목과 발목에 밧줄이 감긴다. 놈이 중심을 잡지 못하고 몸을 움츠린 채 넘어진다. 팔과 다리가 꽁꽁 묶여 지면을 짚고 일어날 수 없다. 밧줄을 풀려고 온몸을 꾸물거리는 게 마치 거대한 애벌레 같다. 우습다. 애벌레는 뭘 먹고 살까? 나뭇잎을 갉아 먹으며 산다. 나도 모르게 생각이 꼬리에 꼬리를 물었다. 놈이 묶인 팔을 얼굴 쪽으로 가져간다. 입을 벌리더니 손목을 칭칭 감은 밧줄을 물어뜯는다. 금세 밧줄이 너덜너덜해지며 툭 끊어진다. 믿을 수가 없다. 저 두꺼운 밧줄을 어떻게 이빨로 잘라낸 거지? 생각이 선명치 않아 허점이 있었나? 아니면 줄이 약했을까? 놈은 상체를 일으켜 자유로워진 손으로 발목에 묶인 밧줄을 풀었다. 가만히 놔둬서는 안 된다!

흉악범들에게 사용하는 굵은 쇠사슬로 다시 놈의 발목을 묶는 상상을 했다. 어느새 발목에 채워진 쇠사슬을 본 놈이 끙끙대며 몸부림친다. 철컹거리는 소리와 함께 놈이 비명을 지른다. 쇠사슬은 멀쩡하다. 이번에는 이로도 잘라낼 수 없는지 발목을 움켜쥐며 아파한다. 위잉 하는 굉음이 머릿속을 울린다. 놈이 보내는 게 분명했다. 자동차에 시동을 거는 것처럼 들리지만, 그보다 더 크고 요란하다. 어디선가 많이 들어본 소음이다. 울퉁불퉁한 곡선이 보인다. 천장에 달린 줄을 잡아당기자 깜빡거리며 전등이 켜진다. 밑동을 잘린 나무가 쓰러진다. 뭔가가 떠오른다. 바로 전기톱이다.

전기톱을 떠올리자마자 어느새 놈의 손에 전기톱이 들렸다. 놈이 낄낄거리며 전기톱의 시동을 켠다. 조심스럽게 발목에 묶인 쇠사슬로 울퉁불퉁한 날을 갖다 댄다. 불꽃이 튀며 쇠사슬이 끊긴다. 놈이 전기톱을 들고 벌떡 일어선다. 가슴이 덜컥 내려앉았다. 저 전기톱으로 무슨 짓을 저지를지 모른다. 놈은 전기톱을 높이 들어 휘두르려다가 고개를 저으며 전기톱을 내던진다. 왜일까? 확실한 건 놈은 혼자서 무언가를 만들지 못한다는 것이다. 내 머릿속의 기억을 더듬어 보낼 수 있지만, 그게 다다. 이제야 깨달았다. 놈이 원하는 걸 연상해야 나에게 영향력을 끼칠 수 있다. 애벌레나 전기톱이 그랬다. 일종의 내 허락이 필요한 셈이다. 그건 머릿속에서 내가 놈보다 더 큰 힘을 가지고 있다는 거다. 어찌 보면 당연하다. 아직은 내 정신이니까. 놈이 보내는 생각과 기억들에 반응하면 안 된다. 생각하지 말아야 한다. 쉬운 일이 아니다. 무의식적으로 떠오르는 생각을 어찌 조절할 수 있단 말인가?

머릿속에 다시 이질적인 감각이 흘러들었다. 놈이다. 수작을 부릴 때마다 항상 느껴졌다. 마치 한 단어를 오랫동안 볼 때 느끼는 그런 낯선 기분이다. 처음부터 그랬다. 생생한 고통을 표현하며 안쓰러운 마음이 들게 해 문을 열게 한 것도 놈이었고, 〈쇼생크 탈출〉을 통해 내가 죄수라는 걸 연상시킨 것도 놈이었다. 이번에는 또 뭘까? 끙끙 앓는 소리가 들린다.

병원 응급실이다. 침대에 누운 환자들이 저마다 극심한 고통으로 비명을 지른다. 누워 있던 환자가 일어나 웩! 하고 구토를 한다. 침대 가장자리에 반쯤 걸친 토사물이 밑으로 줄줄 흐른다. 술을 진탕 마셔 구역질이 나올 때의 그 더러운 기분이 떠오른다. 사방에서 고통에 눈이 뒤집혀 욕하고 호통치는 소리, 차라리 죽여 달라는 울부짖음이 휘몰아친다. 얼마나 아플까?

아니다. 놈의 농간이다. 생각해서는 안 된다. 받아들이면 절대로 안 된다. 온몸에 붕대를 감고 산소 호흡기를 단 아이가 보인다. 황산 테러를 당해 전신에 3도 화상을 입고 두 눈을 잃었다. 최고의 고통이 불에 타는 거라고 했던가. 불쌍하고 슬프다. 안쓰러운 마음 한편으로 하나의 생각이 고개를 들었다. 아무리 아니라고 부정해도 그 생각은 꼬리에 꼬리를 물고 이어졌다. 거부할 수 없었다. 만약에, 혹시 만약에 내가 저렇게 되면 어쩌지? 온몸에 수백 개의 바늘이 꽂히는 통증이 밀려들었다. 피부가 쥐어뜯기며 녹아내린다. 뜨거운 열기가 몸 안에서 솟아난다. 따끔거리는 수백 개의 통증이 점점 커져 하나로 합쳐진다. 얼른 소매와 바지를 걷어 올리고 상의를 들춰봤다. 몸에는 아무 이상 없다. 머릿속에서 벌어지는 일일 뿐이다. 그런데도 자꾸 아프다는 생각이 든다. 믿으면 안 된다. 믿으면 그게 곧 현실이다. 살 타는 냄새가 나고 온몸에 붕대를 감고 침대에 누운 내 모습이 눈 앞에 펼쳐진다. 칼로 온몸을 긁어대는 듯한 통증이 느껴지는데 손가락 하나

까딱할 수 없다. 그저 생각에 불과하다. 그뿐이다. 하지만 아프다는 생각 자체를 견디기 힘들다. 놈이 포기하면 편하게 해주겠다는 생각을 전해 온다. 달라지는 건 없다고, 앞으로 아무런 생각도 할 필요가 없다고 말이다. 결국, 놈이 원하던 게 바로 이거였다. 안 된다. 절대로. 닥쳐! 이곳의 주인은 나라고!

살갗이 타는 고통에 몸부림치다가 막연한 생각만으로는 아무것도 할 수가 없다는 걸 깨닫는다. 구체적이어야 한다. 그럼 어떻게 해야 할까? 우선 통증을 가라앉혀야 한다. TV에서 본 우유 광고를 떠올렸다. 넘실거리는 하얀 우유의 물결, 그게 온몸을 구석구석 감싼다면? 내 몸이 커다란 유리컵 안에서 부드럽게 출렁이는 우유 속으로 잠긴다. 발끝에서부터 시작해 머리까지 우유 속으로 가라앉자 통증이 서서히 가라앉는다. 실제로 화상과 우유는 아무런 관계도 없다. 단지, 우유의 그 부드러운 질감과 투명한 하얀색이 화상의 고통을 사라지게 한다고 믿게 만드는 것이다.

한시름 놓았다고 생각하자마자 빨간 립스틱을 바른 여자의 입술이 머릿속에서 떠오른다. 놈의 짓이다. 이번에는 대체 뭘까? 아무것도 생각하지 말자. 곧바로 불그스름한 사과, 빨강 신호등, 붉은 스포츠카, 새빨간 막대사탕이 머릿속을 휘젓는다. 정신을 차릴 수가 없다. 놈이 보내는 기억들은 하나같이 공통점이 있었다. 바로 빨간색이라는 것. 아차! 온몸을 어루만지던 하얀 우유에 빨간 점이 여기저기 생기더니 그게 마치 붉은 잉크처럼 사방으로 번진다. 순간, 오싹해 소름이 돋았다. 우유 속에 피를 흘리는 뭔가가 있다?

면도칼이 박히는 듯한 저릿한 통증이 엄지발가락에서 시작해 다리를 타고 몸 전체를 휩쓸었다. 으악! 우유 속에서 몸을 뒤틀며 허우적거렸다. 숨이 막혔다. 나도 모르게 공포가 치솟았다. 그건 보이지 않는 괴물에 대한 공포였고, 인간이 태초부터 품었던 물에 대한 공포였다. 마치 누군가가 끌어당기듯 온몸이 우유 속으로 잠겼다. 발이 닿지 않는다. 이리저리 휘젓는 다리 사이로 미끈한 무언가가 꿈틀대며 지나친다. 이대로 괴물에게 온몸이 물어뜯기거나 숨이 막혀 죽을 것이다. 앞을 가로막는 유리컵을 더듬다가 어두운 하늘에서 벼락이 치는 모습을 상상했다. 빛줄기가 여러 갈래로 퍼져 사방으로 이리저리 내뻗었다. 쾅! 하는 소리가 난다. 우유가 담긴 커다란 유리컵에 금이 쩍하고 가더니 산산이 부서졌다. 쏟아지는 우유에 휩쓸려 밖으로 빠져나왔다. 어느새 아무렇지도 않게 서 있던 나는 바닥에 엎질러진 우유를 확인했다. 흐르는 우유 속에는 아무것도 없다. 얼굴과 몸에 묻은 우유를 닦아내고 놈을 바라봤다. 화상으로 인한 통증은 사라졌지만, 놈이 나를 보며 웃는다. 이런 식으로는 놈을 감당할 수 없다. 이건 전적으로 내가 불리한 싸움이었다. 놈은 부정적인 이미지만 보내면 그만이었다. 나도 모르게 최악을 상상하게끔 말이다. 생각하지 않아야 하는데 그건 내 의지로 할 수 있는 게 아니었다. 놈을 직접 상대하면 안 된다. 반격할 여지만 줄 뿐이다. 어떻게 해야 할까? 일단 놈을 치우는 게 우선이었다. 그게 어렵다면 아예 멀리 보내버리면 되지 않을까? 아무도 찾지 못할 곳으로 놈을 날려버리자. 같이 붙어 있지 않으면 그만이다. 어디가 좋을까? 아마존의 깊은 밀림 속이다. 그곳은 현지인도 길을 잃으면 헤매다 죽게 된다는 위험한 장소다. 놈을 단숨에 아마존의 울창한 숲으로 쫓아냈다. 위로는 얽히고 설킨 나뭇잎들이 하늘을 가리고 밑으로는 빽빽이 들어찬 나무들이 시야를 방해했다. 사방이 어두컴컴하다. 나갈 길은 없다. 여기라면 못 돌아올 테지.

긴 한숨을 내쉬자마자 놈이 다시 돌아왔다. 어떻게? 지구 밖으로 얼른 뛰쳐나왔다. 태양계를 넘어서 머나먼 우주 한가운데로 날아와 놈을 떨어뜨렸다. 이제는 못 찾아올 거다. 광활한 우주에서 실컷 헤매보시지. 어느새 내 앞에 선 놈이 나를 보며 웃는다. 왜일까? 이유는 뒤를 돌아보자 금방 알 수 있었다. 아마존이나 우주 멀리 보낼 때 어쨌든 나도 그곳으로 갔다가 되돌아와야 한다. 그럼 방법은 간단했다. 놈은 내가 되돌아온 길을 그대로 따라온 거다. 놈을 어떻게든 떨어뜨려 놓아야 하는데 이런 식이라면 정신을 빼앗길 때까지 언제까지나 놈과 붙어 있을 수밖에 없었다.

그럼 방법은 간단했다. 놈은 내가 되돌아온 길을 그대로 따라온 거다. 놈을 어떻게든 떨어뜨려 놓아야 하는데 이런 식이라면 정신을 빼앗길 때까지 언제까지나 놈과 붙어 있을 수밖에 없었다.

이건 뭐지? 내가 반복해서 생각한 게 아니다. 놈의 생각이다. 갑자기 놈이 모습을 감췄다. 머릿속 어디에도 보이지 않는다. 그저 놈의 모습이 보이지 않을 뿐, 놈의 의지는 바로 여기에 그대로 존재한다. 놈이 자신의 모습을 숨긴 후 끊임없이 나와 같은 생각을 한다. 내가 이러저러한 생각을 하면 곧바로 그 생각을 따라 하는 식이다. 무슨 짓을 하려는 걸까? 의도를 알아내려고 온갖 가능성을 떠올렸다. 많은 생각들 사이사이에 놈이 앵무새처럼 나와 같은 생각, 같은 감정을 품는다. 이게 계속되니 어떤 게 나의 생각이고 어떤 게 놈의 생각인지 헷갈린다. 놈이 내 머릿속에 있기에 가능한 일이었다. 마치 놈의 존재가 사라진 것 같다. 정확히 말하면 서로를 구분할 수가 없다. 그건 갈수록 놈의 생각을 내가 한 것으로 착각하게 된다는 거고, 그게 심해지면 내가 놈이 되는 것과 다를 바가 없다. 그게 놈이 숨어버린 진짜 이유였다. 즉, 나도 모르는 사이에 놈과 하나가 된다는 뜻이다. 그게 정신을 빼앗기는 것과 무엇이 다르단 말인가? 생각보다 영악한 놈이었다. 어떻게 하면 좋을까? 무슨 수를 써야 놈을 쫓아낼 수 있을까?

깊이 생각할 여유가 없다. 놈이 계속 모습을 감춘 채로 나를 흉내내면 언젠가는 놈과 동화될 것이다. 그게 시간의 무서운 점이다. 오랜 시간은 저항할 대상마저 흐릿하게 만드니까. 그럼 아예 시간을 줄일 수는 없을까? 반대로 처음으로 돌아간다면? 안 될 건 없다. 머릿속에서는 모든 게 가능하다. 시간을 되돌리자. 놈이 철문에 갇혀 있던 때로 말이다. 먼저 이제껏 머릿속에서 일어난 일을 차근차근 떠올렸다. 그걸 동영상 파일이라고 생각하고 '뒤로 가기' 버튼을 연상했다. 마우스로 클릭하는 상상을 하자 머릿속에서 있었던 일이 빠르게 되감아 진다. 내가 했던 생각들, 상상, 놈이 보내온 온갖 감각들이 거꾸로 흘러간다. 이대로라면 놈을 다시 가두는 일이 가능하다. 놈이 나와 똑같이 '뒤로 가기' 버튼을 누르는 게 느껴진다. 상관없다. 그래 봤자 놈이 철문을 두드리던 처음으로 돌아가는 건 마찬가지다. 기계적으로 따라 해봤자 달라질 건 없다. 그때로 돌아가면 절대 문을 열어주지 않을 것이다. 놈의 발목에 쇠사슬을 매단 시간대에 도달했다. 놈이 어느 순간, '뒤로 가기' 버튼을 누르는 걸 멈췄다. 아직 모습은 어디에도 보이지 않는다. 이제야 아무런 의미도 없다는 걸 깨달았나? 모습을 드러내지 않는 거로 보아 뭔가 꿍꿍이가 있는 게 분명했다. 어차피 얼마 남지 않았다. 이제 조금만 더 되돌아가면 된다. 밧줄로 묶는 걸 지나 철문이 활짝 열린 때에 도착했다. 그때였다. 놈이 모습을 드러내더니 화살표를 보내온다. 오른쪽을 가리키는 커다란 화살표였다. 놈의 수법이 다시 시작됐다. 머리를 비워야 한다. 한동안 화살표가 머릿속을 뒤덮더니 마우스를 클릭하는 소리와 함께 오른쪽을 가리키는 삼각형이 깜빡이며 계속 겹쳐진다. 화살표와 삼각형에 대해 생각하지 말자. 절대 상상하면 안 된다. 뒤섞이는 화살표와 삼각형을 머릿속에서 지워야 한다. 오른쪽은 아예 존재하지도 않는 방향이다. 그걸 서로 합치면 절대로 안 된다. 화살표와 삼각형, 오른쪽이라는 건 세상에 없는 개념이다. 앞이라는 것도 머릿속에 받아들이면 안 된다. 그러자 나도 모르게 하나의 이미지가 떠오른다. '앞으로 가기' 버튼이다. 절대로 그 생각을 하려던 게 아니었다. 실수다!

놈이 내가 만들어낸 마우스로 '앞으로 가기' 버튼을 클릭한다. 뒤이어 '뒤로 가기' 버튼이 수백 개로 산산이 부서졌다. 앞뒤가 다른 상반된 이미지였기 때문에 공존하지 못하고, 처음 만들어진 생각이 깨져버린 것이다. 다시 '뒤로 가기' 버튼을 상상했다. 생각이 흔들린다. 자꾸 박살이 났던 장면이 떠오른다. 그걸 떨쳐내려면 갈가리 찢긴 조각들을 하나하나 모아 붙여야 할 판이다. 지금은 그럴 시간이 없다. 부서졌다는 건 다시 되돌리는 데 오랜 시간이 걸린다는 뜻이다. 그건 쉽게 바꿀 수 있는 어정쩡한 이미지가 아니었다.

그사이에 시간이 빠르게 흐른다. 놈이 '앞으로 가기' 버튼을 계속 누른다. 현재의 시점이 지나자마자 앞으로 벌어질 일들이 눈 앞에 펼쳐진다. 어느새 내가 놈이 만든 감옥에 갇혔다. 빌딩 크기를 훌쩍 뛰어넘는 거대한 철문 앞에 서 있다. 고개를 젖혀 문 위를 바라본다. 혼자 힘으로는 열지 못한다. 뒤로는 겨우 쭈그리고 앉을 만한 공간밖에 없다. 그 안에서 울부짖고 소리치고 두드려도 문은 열리지 않는다. 빠져나가는 상상을 하려 해도 이상하게 아무 생각도 할 수 없다. 나는 방관자다. 무엇이든지 받아들이기만 할 뿐이다. 머릿속에서 끊임없이 생각들이 오가는데 모두 놈의 생각이다. 나는 감옥에 갇혀 지켜보기만 한다. 몸은 내 것이다. 내가 하고자 하는 대로 움직인다. 팔을 굽힌다든지 달린다든지 무언가를 본다. 하지만 그게 다다. 내 의지대로 생각할 수 없다. 무언가를 떠올리고, 거기에 관한 판단을 내릴 수가 없다. 놈의 생각들만이 머릿속을 가득 채운다. 생각할 권리를 박탈당하는 것이다. 쓸쓸하고 외롭다. 내가 어디에 있는지 모르겠다. 나조차 나의 존재를 알지 못한다. 지금의 내가 나라는 걸 확신할 수 없다. 이게 앞으로 벌어질 일이란 말인가? 시간의 흐름이 마지막에 도달하면 더는 돌이킬 수 없게 된다. 보이는 건 시커먼 화면뿐이다. 동영상이 끝나 화면이 꺼진다는 건 상황을 바꿀 마지막 가능성도 사라진다는 뜻이었다. 그건 말 그대로 끝이니까. 돌이키기에는 너무 명백한 이미지였다. 그게 현실로 굳어지기 전에 뭐든 해야 한다. '뒤로 가기'를 연상하기에는 너무 늦었다. 마지막에 다다를 때까지 3분도 채 남지 않았다. 어쩌지?

그래, 아까도 생각했듯 이 모든 건 동영상이다. 스마트폰의 앱에 문제가 생겼을 때 제일 확실한 방법이 무엇일까? 바로 앱을 삭제한 후 다시 설치하는 것이다. 아예 판 자체를 뒤엎어버리면 된다. 머릿속의 마우스로 눈 앞의 동영상 파일을 선택했다. 다른 건 필요 없다. 키보드의 'delete' 키를 떠올린 후 손가락으로 꾹 눌렀다. 제대로 될까? 윈도우 10을 종료할 때 나오는 음악과 함께 감옥에 갇힌 내 모습이 머릿속에서 사라진다. '앞으로 가기' 버튼과 마우스도 어느새 자취를 감췄다. 놈이 씩씩거리며 나를 바라본다. 얼마나 분했는지 소리를 지르며 이리저리 뛰어다닌다. 안도의 한숨을 내쉬었다. 어쨌든, 다행이었다. 조금만 늦었어도 큰일 날 뻔했다. 이제는 어쩔 수 없다. 놈에게 계속 당하고 있을 수는 없다. 조금 과격하더라도 언제까지 놈을 내 머릿속에 둘 수는 없는 노릇이다. 당장 죽여야 한다. 물론, 실제로 죽이는 건 아니다. 피가 튀거나 못 볼 꼴을 보는 것도 아니다. 그저 본인이 죽었다는 사실을 받아들이게 하면 된다. 그럼 자기 생각에 갇혀 자연스레 내 머릿속에서 사라질지도 모른다. 지금으로선 가능성이 가장 큰 방법이었다. 놈을 어떤 식으로 죽여야 할까?

회칼로 놈의 목을 찌르는 상상을 했다. 영화에서 보면 목을 찔린 사람은 과다출혈로 죽는다. 주위가 온통 피로 물들겠지. 아니, 피는 상상하지 말자. 역겹다. 구멍도 내지 않을 거다. 어쨌든 깊숙이 찌르면 무조건 죽는다고 생각했다. 놈이 목을 잡고 상체를 비틀며 무릎을 꿇는다. 됐다. 손에 쥔 칼이 녹아 사라진다. 아무리 머릿속이라도 남을 찌른 칼을 들고 다니고 싶지는 않았다. 놈의 비명이 사방으로 울려 퍼진다. 쓰러진 채로 온몸을 뒤집으며 발광한다. 놈의 원망과 고통스러운 아픔이 그대로 느껴진다. 언제 죽는 거지? 보는 게 괴롭다. 쩌렁쩌렁 울리는 비명이 머리를 뒤흔든다. 미쳐버릴 것 같다. 이래서는 처음 문을 두드릴 때와 다를 바가 없다. 아무리 내 정신을 빼앗으려는 놈이라도 저런 모습을 보니 마음이 불편하다. 썩 보기 좋은 광경이 아니었다. 그래도 불쌍하다고 생각해서는 안 된다. 그럼 그걸 빌미로 다시 살아날 것이다. 꽤 오랜 시간을 기다렸음에도 놈은 죽지 않는다. 내지르는 비명에 귀가 먹먹해질 지경이다. 언제까지 기다려야 할까? 분명히 금방이라도 죽을 것처럼 몸을 뒤틀고 소리를 지르는데도 그게 다였다. 놈이 일으키는 발작 때문에 아무것도 할 수 없다. 머리가 아프다. 내가 잘못 생각했다. 놈은 죽지 않을 모양이었다. 이미 내 머릿속 일부였기에 내가 살아 있는 한 놈도 마찬가지일 게 틀림없었다. 조금 전까지도 목을 부여잡고 바닥을 뒹굴던 놈이 아무렇지도 않은 듯 벌떡 일어났다. 목을 쓰다듬으며 나를 노려본다. 놈을 살아 있는 나와 마찬가지인 상태라고 인식하자 칼을 찌른 상황 자체가 없던 게 돼버린 것이다.

이런 방법으로는 안 된다. 공격으로는 놈을 사라지게 만들 수 없다. 그렇다고 놈을 죽이기 위해 실제로 자살을 할 수도 없다. 그거야말로 최악의 선택이다. 너 죽고 나 죽고는 지금 상황에서 아무런 의미도 없다. 그래서 그랬던 걸까. 놈이 전기톱을 내던졌던 상황을 떠올렸다. 그때는 좀 뜬금없었는데 이제 왜 그랬는지 알 것 같았다. 나를 죽인다는 것 자체가 자신도 죽는 것일 테니까. 화상으로 고통스럽다는 걸 연상시킨 것도 내 의지를 꺾기 위함이지 죽이려는 의도가 아니었다. 놈과 나는 일종의 공동 운명체인 셈이다. 같은 머릿속을 공유하고 있으니 말이다. 죽일 수 없다면 남은 방법은 하나였다. 가둬서 다시는 밖으로 나오지 못하게 하는 것. '앞으로 가기' 버튼을 눌러 이 모든 일의 끝으로 향했을 때도 놈은 나를 감옥에 가두기만 했다. 방법을 찾다 보니까 결국엔 그게 제일 효과적인 모양이었다. 아예 처음으로 돌아가야 한다. 거기에 답이 있다. 놈이 애타게 문을 두드리던 상황처럼 놈을 튼튼한 철문으로 막고, 그 안에 던져놓아야 한다. 언제부터 어떻게 갇혔는지 모르지만, 아예 벌어지지 않은 일이라면 모를까, 한 번 갇혔다는 건 언제든 다시 갇히는 것도 가능하다는 뜻이었다.

놈이 빠져나오지 못할 아주 튼튼하고 견고한 감옥을 만들자. 이제껏 생각이 세밀하지 못해 놈에게 큰 피해를 주지 못했다. 너무 막연하고 추상적으로만 생각했다. 아무리 따져봐도 그것 말고는 놈을 쫓아내지 못한 다른 이유를 찾을 수 없었다. 선명한 이미지야말로 지금 가장 필요한 항목 중의 하나였다. 그럼 외부의 도움을 받아야 한다. 인터넷에서 누구도 빠져나오지 못한다는 감옥의 설계도를 찾았다. 구조는 물론이고, 어떤 재료를 사용하며 어떻게 건물을 지어야 하는 것까지 상세히 나온 자료였다. 그 설계도를 참고삼아 감옥의 이미지를 구체적이고 생생히 떠올렸다. 거의 다 쌓아 올렸다고 생각할 무렵 놈의 시선을 느꼈다. 나와 같은 걸 보고 있다. 내가 설계도를 찾은 순간, 그건 놈에게 어찌할 건지 예고해준 꼴이 된 거다. 놈은 지금도 내 머릿속에 들어앉아 처음부터 끝까지 모든 상황을 지켜보는 중이다. 내내 그런 일을 겪었으면서도 나는 멍청하게 그 사실을 파악하지 못했다.

얼른 감옥을 완성하고 놈을 잡아끌었다. 저항하기 전에 일을 끝마쳐야 한다. 일단 가두기만 하면 정교하고 현실적으로 구현한 생각 앞에서 더는 어쩌지 못할 것이다. 그건 안다고 해도 대응할 수 있는 게 아니다. 놈은 끌려오면서도 아무런 반응을 보이지 않았다. 포기한 걸까? 그럴 리 없다. 뭔가 꿍꿍이가 있을 것이다. 놈이 나를 보며 비웃는다. 한심하다는 듯 연신 고개를 젖히고 웃음을 터뜨린다. 아마도 지금 행동은 다 쓸모없으니까 그만 포기하라는 수작질이 분명했다. 웃고 있네. 놈을 감옥 아주 깊숙한 곳으로 데려간 후 도면대로 만들어진 방에 집어넣었다. 문을 닫고 복잡하게 얽히고설킨 잠금장치로 문을 잠갔다. 놈은 웃음기 가득한 얼굴로 가만히 들어앉아 주위를 살핀다. 미로같이 복잡한 감옥 내부구조와 외곽이 눈앞에 있는 것처럼 생생하다. 허리케인이 몰아쳐도 100년은 버틸 수 있을 정도로 튼튼하다. 이제 한시름 놓았다. 무슨 속셈인지는 몰라도 어쨌든, 한번 들어갔으니 다시는 나오지 못한다.

놈이 천천히 일어선다. 소용없다. 얼마나 정교하게 완성됐는지 나 자신도 놀랄 지경이다. 놈이 한숨을 쉰다. 아니, 볼을 잔뜩 부풀려 바람을 분다. 감옥이 흔들린다. 놈의 입김에 공들여 지은 감옥이 안쪽에서부터 무너진다. 땅에 떨어진 벽돌들이 하얀 먼지가 돼 사방으로 흩날린다. 모래성이 허물어지는 것 같다. 어떻게 된 거지? 말도 안 된다. 감옥은 이제 머릿속에서 완전히 사라졌다. 이게 가능하다고? 뭔가 중요한

걸 놓치고 있다. 그게 뭘까? 정리해보자. 핵심을 찾아야 한
다. 놈은 나를 해치기 위해서 이제껏 무엇을 했을까? 내가
보고 듣고 느낀 모든 기억 중에서 상황에 맞는 걸 찾아 나에
게 보냈다. 자신에게 유리한 무언가를 연상시키기 위해서 말
이다. 그건 나에게 영향을 끼치려면 내 허락이 필요하다는 뜻
이다. 내가 생각하는 일이 그대로 벌어지는 거니까. 그래서
놈이 감옥을 쉽게 무너뜨릴 수 있던 것일지도 모른다. 생각의
선명함이나 세부 묘사 같은 부분은 아무런 상관도 없었다. 그
저 그럴지도 모른다는 나 혼자만의 착각이었다. 놈에게 감옥
은 그저 외부에서 가져온 솜털처럼 가벼운 이미지였을 뿐이
다. 그럴 수밖에. 놈이 그나마 위험에 처했던 순간은 나 스스
로 생각한 무언가로 놈을 공격하던 상황뿐이었다. 그건 곧 나
자신이 제일 중요하다는 강력한 증거다. 외부에서 해결 방법
을 찾을 게 아니라 내 안에서 찾아야 한다. 이런 일이 벌어진
후 단 한 번도 치열하게, 그리고 깊숙이 내 생각 자체에 파고
든 적이 없었다. 그럴 수만 있다면 놈을 다시 가두는 게 가능
할지도 모른다. 당연하다. 놈이 여러 차례 증명했듯이 내 머
릿속의 주인은 아직 나니까.

먼저 바닥을 떠올렸다. 단순할수록 좋다. 그래야 집중도
잘되고 연상하기 쉽다. 단단한 강철로 되어 있고 표면이 매끈
하다. 모양은 네모난 게 좋겠다. 엘리베이터 바닥 정도의 크
기를 떠올린 후 놈을 그 위에 세운다. 내 의도를 눈치챈 놈이
철근이 휘는 소리와 뜨거운 용암이 넘쳐흐르는 장면을 보낸

다. 상관없다. 떠올릴 건 오직 단단한 강철이다. 흩어지려는 생각들을 다잡아 강철 바닥의 모서리에서 벽을 밀어 올린다. 이 벽도 강철이다. 급하게 하면 생각이 날아갈 수 있다. 중요한 건 내 생각에 집중해야 한다는 사실이다. 획기적인 아이디어나 정교한 설정 같은 그럴듯한 겉모습은 아무런 소용이 없다. 앞뒤 양옆에서 강철 벽이 솟는다. 그동안에도 놈은 나에게 여러 가지 생각들과 감각들을 보낸다. 다 쓸데없는 짓이다. 놈이 무엇을 하든 내 생각에만 열중하면 된다. 꼿꼿이 선 강철 벽이 놈의 키를 넘어섰다. 이제 뚜껑만 씌우면 된다. 문 같은 건 만들지 않을 거다. 놈이 나올 최소한의 가능성도 없어야 한다. 뚜껑의 두께는 1미터가 넘고 무게는 1,000톤이다. 이거라면 놈이 다시 나올 일은 없다. 놈의 머리 위에서 내가 만들어낸 뚜껑이 천천히 내려온다. 빨리 덮어버리고 싶지만, 그럼 뚜껑에 대한 집중도가 떨어진다. 지금 필요한 건 생각의 방향성이다. 자기생각이 얼마나 분명하고 명확하냐에 따라 놈을 가둘 수 있을지가 결정된다. 일종의 자기 확신이 필요하다. 놈이 강철 벽 안에서 초조해한다. 벽을 더듬으며 펄쩍펄쩍 뛴다. 뚜껑이 입구를 덮기까지 얼마 남지 않았다. 조금만 더 힘을 내면 된다!

놈이 머리를 감싸 쥐며 소리를 지르다가 하나의 기억을 보낸다. 어렸을 때의 일이다. 친구네 집에 놀러 갔다가 친구의 장난감이 탐나 몰래 주머니에 넣었다. 아직도 그 친구는 내가 훔쳐 갔다는 사실을 모른다. 이어서 군 전역 후 동네 양아치와 시비가 붙었다가 냅다 도망친 기억도 떠오른다. 놈이 쉴 새 없이 내 안의 기억을 쏟아낸다. 모두 숨기고 싶은 일뿐이었다. 나도 나를 믿을 수 없다는 불신과 나는 할 수 없다는 자조 섞인 기억들이다. 부끄럽다. 어디든 도망치고 싶다. 내려오는 뚜껑이 양옆으로 흔들린다. 이대로 휘말려서는 안 된다. 놈이 사방을 둘러싼 벽에서 빠져나오기 위해 손을 뻗는다. 굴욕적인 기억들이 세찬 빗줄기처럼 쏟아진다. 나를 믿어야 한다. 내가 정말 할 수 있을까? 놈이 벽 입구를 잡고 버둥거린다. 팔꿈치와 다리를 이용해 벽을 타고 기어오른다. 나는 대체 어떤 사람일까? 내가 한 일들에 어떻게 맞서야 할까? 무시해야 할까? 아니다. 그건 어디까지나 놈의 관점에서 반응하는 것일 뿐이다. 대응만으로는 아무것도 안 된다. 이제껏 놈과 대결을 벌이면서 깨달은 게 하나 있었다. 그건 외부에서 아무리 많은 정보가 들어와도 생각하고 판단하는 건 나라는 것. 그 행위야말로 곧 나 자신이다. 내가 누구이고 무엇을 할 수 있느냐 따위는 전혀 중요한 게 아니다. 그저 자신이 한 선택을 받아들이는 게 나를 확신할 유일한 방법이다. 선택은 오직 나만이 할 수 있는 일이며 나를 신뢰할 유일한 길이다.

　사각의 벽 윗면에 반쯤 걸친 뚜껑이 스르르 움직인다. 강철 벽에 매달려 버둥거리는 놈의 얼굴에 그림자가 진다. 어둠이 몸 전체를 서서히 집어삼킨다. 놈이 발버둥 치는 아래쪽 공간에서 빛이 사라진다. 놈이 끙끙거리다 입구를 붙든 손을 놓쳤다. 허우적거리면서 밑으로 떨어진다. 뚜껑이 감옥을 덮었다. 비명과 호통이 귀를 때린다. 쾅쾅거리며 벽을 두드린다. 머릿속이 요동쳤다. 이 정도로는 부족하다. 놈이 갇힌 정사각형의 감옥을 또 다른 벽이 있는 감옥으로 감쌌다. 그 감옥을 다시 커다란 감옥으로 둘러쌌다. 이제 놈의 목소리는 들리지 않는다. 줄곧 느껴지던 이물감도 씻은 듯 사라졌다. 드디어 놈이 머릿속에서 자취를 감췄다. 오롯이 혼자다. 소나기가 오고 천둥 번개가 치던 날씨가 순식간에 맑게 갠 느낌이다. 머릿속으로 따뜻한 햇볕이 내리쬔다. 드디어 끝났다.

놈의 정체는 무엇이었을까? 이제껏 벌어진 일은 누구에게도 말할 수 없었다. 미친놈 취급받는 게 두려운 게 아니었다. 실제 일어난 일이라는 걸 증명할 방법이 없기 때문이었다. 모든 일은 오직 내 머릿속에서만 일어났다. 그리고 겉으로 보기에도 나는 아무런 이상이 없었다. 어쨌든, 난 고통 받는 내 정신을 지켰고 놈을 쫓아냈다. 그거면 충분하다. 큰일을 끝냈다는 안도감에 피로가 몰려온다. 마치 이틀 내내 자지 않고 계속 깨어 있었던 것 같다. 실제로는 반나절밖에 지나지 않았다. 이제 마음 푹 놓고 자도 된다. 쉬자. 놈은 다시 나오지 못한다.

다음 날부터 다시 똑같은 하루가 시작됐다. 아침 일찍 회사에 출근해 일하는 틈틈이 카톡으로 지인들의 안부를 묻는다. 남들 다 한다는 모바일 퍼즐게임도 했다. 친구 등록이 된 사람들과 순위 경쟁을 하느라 쉽게 손을 놓을 수 없었다.

저녁 퇴근길에 맥주를 사 들고 와 TV 앞에 앉는다. 화면 안에서 벌어지는 온갖 희로애락에 울고 낄낄대다가 인터넷으로 웹서핑하며 수많은 정보를 한눈에 담는다. 새로운 사실에 놀라기도 하고, 이미 알던 지식은 다시금 되뇌며 고개를 끄덕인다. 뉴스를 보며 부조리함에 흥분하고 안타까운 소식에 혀를 끌끌 찼다. 그러다 문득 쓸쓸해졌다. 어디에도 내 생각은 없다. 내가 주체가 아니다. 그저 외부에서 받아들이기만 할 뿐이다. 놈의 정체에 대해서 내내 생각해봤다. 해리성 정체감 장애일까 의심해봤지만, 그러기에는 증상이 너무나 달랐다. 애초에 그게 원인이라면 의사가 먼저 알았을 것이다. 무엇보다도 놈은 다른 인격이 아니었다. 내 정신을 빼앗으려는 침입자였다. 놈이 갑자기 나타난 것도 외부에서 왔기에 가능한 일일지도 몰랐다. 그게 의미하는 바는 대체 무엇일까?

그렇게 아무 생각 없이 일상생활을 한 지 몇 달이 지났다. 서서히 놈이 잊히고 놈과의 일이 희미해질 무렵 뭔가가 와르르 무너지는 소리가 들렸다. 머릿속의 감옥이다. 내가 이중삼중으로 쌓아놓은 강철 벽이 차례로 허물어진다. 서둘러 부서진 벽을 보수하려고 해도 생각에 집중할 수 없었다. 내가 누군지 모르겠다. 모습이 흐릿하다. 나 자신을 인식할 수가 없다. 나는 방관자였다. 또다시 같은 실수를 범하고 말았다. 그 일이 있고 나서도 외부에서 온 정보들을 받아들이기만 했다. 내 머릿속 어디에도 내 생각은 없었다. 스스로 사고하고,

선택하지 않았다. 감옥의 나머지 벽들도 흐물흐물해지며 녹아 사라진다. 놈을 가둔 제일 안쪽의 감옥마저 산산이 부서졌다. 익숙한 낯선 감각이 머릿속으로 밀려들었다. 놈이다. 놈이 다시 돌아왔다.

엄길윤

호러 창작 그룹 '괴이학회' 창립 멤버. 결과가 어떻게 될지 알 수 없지만, 오늘도 오직 나만의 특별한 이야기를 쓰기 위해 고민하는 중이다. 《한국공포문학단편선 5,6》, 도시괴담 소설집 《괴이, 서울》《괴이, 도시》, 괴이학회와 나비클럽의 콜라보 《괴이한 미스터리-범죄편》, 환상문학 웹진 거울 대표중단편선 《아직은 끝이 아니야》, 《살을 섞다》, 《끝내 비명은》 등의 앤솔러지에 단편을 수록했고, 거울×아작 환상문학총서 《거울아니었던들》에는 〈닫히다〉, 〈자동차〉, 〈저는 사람이라니까요〉를 실었다.

원점으로
돌아가

전혜진

애굽 가운데 처음 난 것은 위에 앉은 바로의 장자로부터 맷돌 뒤에 있는 여종의 장자까지와 모든 생축의 처음 난 것이 죽을지라 애굽 전국에 전무후무한 큰 곡성이 있으리라.

— 출애굽기 11:5~6

"하나님께서는 이미 알고 계셨던 것입니다. 바로는 아홉 가지 재앙을 겪고도 이스라엘 백성을 놓아주지 않을 것을요. 그래서 하나님은, 가장 소중하고 가장 존엄한 것을, 자식을 빼앗아 가겠다고 하셨습니다."

그해 여름, 우리 집은 무척이나 시끄러웠다. 엄마는 뒤늦게 내 동생을 임신했는데, 친할머니에게 들키면 또 죽는다며 숨기고 숨기다가 발각이 났다. 할머니가 나타나 막았으니 망정이지, 하마터면 엄마는 또 친할머니에게 끌려갈 뻔했다. 이번에도 딸이랬다고, 친할머니는 분을 이기지 못하고 엄마의 배를 걷어찼고, 엄마는 그대로 앓아누웠다.

할머니는 최씨네 핏줄은 전부 꼴도 보기 싫다며, 앉은 자리에 풀도 안 날 독한 놈들이라고 역정을 냈다. 나도 최씨니까 할머니 근처에 얼쩡거리다가는 혼이 날 것 같았다. 나는 잔뜩 풀이 죽은 채, 어른들 눈에 띄지 않으려고 웅크리고 다녔다. 그때 우리 집 사정을 뻔히 알고 계셨던 옆집 아주머니가, 집에서 그러고 있느니 언니와 함께 여름 성경학교에 가는 게 낫지 않겠느냐고 할머니께 물어봐주셨다. 그냥 빈둥거리는 것보다는 교회에 가서 간식을 먹고 성경 말씀을 듣다가 오는 게 재미있을 것 같았다. 막상 교회에 가보니 옆집 언니는 물론이고 우리 반 애들도 몇 명 와 있었다.

"그중에서도 장자는 아버지의 재산과 권위를 물려받는 존재였고, 짐승의 첫 번째 새끼는 제사의 제물로 쓰이는 소중한 것이었습니다. 하나님은 하나님의 명령을 거역하는 애굽에게, 그 장자들을 죽여 혈통을 끊어버리는 재앙을 내리신 것입니다."

그때 같이 놀았던 친구들 이름은 지금도 가물가물하다. 흰 장미와 백합꽃이 어땠더라는 노래도 어렴풋이 생각날 뿐이다. 하지만 하느님이 아홉 번이나 재앙을 내려도 굴하지 않던 애굽 사람들이, 집안의 첫째들이 죽어 나가자 다들 항복하고 이스라엘 사람들을 놓아주었다는 이야기는 지금까지도 때때로 머릿속에 떠오른다. 사람들이 그렇게 자식을 소중히 여긴다면, 사람들이 그렇게 처음 얻은 자식을 소중히 여긴다면, 어째서 내 위의 언니들은 줄줄이 죽어야 했을까 싶어서.

✳

할머니는 무당이었다. 친할머니는 할머니가 무당이라고 엄마를 미워했고, 할머니는 친할머니가 엄마를 못살게 구는 것을 가만히 두고 보지 않았다. 엄마가 동생을 낳기 한 달 전, 친할머니는 화장실에 가셨다가 쓰러지고 말았다. 자리보전을 하고 누워서도 친할머니는 쓸모없는 계집애나 낳을 거라면 차라리 둘 다 죽어버리라며 엄마에게 악담을 퍼부었다. 하지만 엄마는 죽지 않았다. 동생도 무사했다. 내 위로 언니여럿, 내 밑으로 여동생 둘을 더 죽이고 태어난 동생은, 남자애였다. 할머니는 그렇게나 손자를 보고 싶어 했지만, 엄마는 몸이 아프고, 백일도 안 된 아이를 데리고 병원에 가는 것은 무리라며 반신불수가 된 친할머니에게 결코 동생을 보여주지 않았다. 사람들은 엄마가 독하다고 수군거렸지만 엄마입장에서도 할 말은 있었다.

"그 귀한 손자, 배 속에 있을 때 버선발로 걷어찬 사람이 누군데."

"아니, 그래도 그렇지…."

"나 못 가. 지금 일어나서 집 앞도 못 나가는 거 뻔히 보면서 그래. 그때 어머님이 걷어차신 서슬에 그렇게 넘어지지 않았으면, 지금까지 내가 반병신이 되어서 허리도 못 펴고 누워 있겠어?"

친할머니는 동생이 백일이 되기 전에 돌아가셨다. 손자를 보고 싶다며 눈이 붓도록 울다가 돌아가셨다고 했다. 엄마와 아빠가 친할머니 장례를 치르러 가신 사이, 나와 동생을 돌보러 우리 집에 와 계셨던 할머니는 내게 슬며시 말씀하셨다.

"속이 좀 시원하더냐?"

"뭐가요."

"네 할마씨가 네 엄마에게 그리 못된 짓만 골라 했는데, 이렇게 뒈져버리니 속 시원하지 않으냔 말이다."

나는 입을 꾹 다물고 눈치를 보다가 조심스럽게 물었다.

"할머니는요, 나도 싫어해요?"

"응?"

"할머니는 최씨 핏줄은 꼴도 보기 싫댔잖아요."

"계집아이가 무슨 최씨 핏줄이야. 네 아바이 말이다."

나는 할머니가, 나는 최씨도 아니라는 듯이 말씀을 하셔서 마음이 상했는데, 할머니는 남의 속도 모르고 빙그레 웃었다.

"마음 같아서야 죽여버려도 시원치 않았지만, 그래도 네 할마씨도 불쌍한 사람 아니냐. 진짜 못된 것들은 따로 있는데."

"그게 누군데요?"

"누구긴 누구겠냐. 딸내미 과부 만들 수도 없으니 콱 죽여 버릴 수도 없고, 저놈의 화상을…."

사실은 누굴 두고 하는 말인지, 어렴풋이 짐작이 갔다. 하지만 나는 말하지 않았다. 아무에게도. 갓난쟁이 동생은 젖병을 물고 배가 빵빵해지도록 분유를 먹다가 잠이 들었고, 나는 그날따라 유난히 다정하고 기분이 좋아 보이던 할머니의 팔베개를 하고 누웠다.

"비밀을 하나 알려줄까."

"에…?"

"무당이라고 좋은 일만 하는 건 아니란다."

나는 그 말에 눈만 깜빡거렸다. 사실은 무당도 좋은 일을 한다는 게 더 낯설었다. 학교에서는 미신을 타파해야 한다고 했고, 교회에서는 무당은 나쁜 미신을 퍼뜨리는 사람이라고 했으며, 친할머니는 할머니를 무시하고 욕하고, 무당이 사돈이라니 동네 망신스러워서 죽겠다고 소리를 지르고 다녔으니까.

"세상에는 억울하게 죽는 사람들이 있단다. 전쟁이 나거나, 굶주리거나. 그런 사람들은 죽어도 한이 깊이 남는 법이지. 아니, 살아 있어도 제 새끼를 빼앗긴 사람들은 또 한을 품지 않느냐. 어떤 무당들은 그런 한으로 사람을 죽일 수도 있는 법이다."

"히익."

"이유야 무엇이 되었든, 사람을 죽이는 일이니 좋은 일이라고는 할 수 없겠지. 하지만 가끔은, 세상 살다 보면 정말 참다 참다 못해 그런 일이 필요할 때가 있지 않느냐."

문득 나는, 할머니가 정말로 친할머니를 죽였을지도 모른다고 생각했다. 건강하고 기세등등하던 친할머니가 갑자기 화장실에서 풍을 맞고 쓰러지고, 그렇게 안아보고 싶어 하던 고추 달린 손자가 태어났는데도 구경 한번 못 하고 돌아가신 것에, 할머니가 말하는 원한이라는 게 제대로 먹힌 것은 아니었을까 하고. 하지만 나는 아무 말도 하지 않은 채, 그저 할머니를 꼭 끌어안았다. 할머니에게서는 독한 담배 냄새와 희미한 향냄새가 났다.

＊

몇 년 뒤 여름, 엄마는 납량특집 드라마를 보다 말고 혼자 안방으로 들어가버렸다. 낙태 수술 중 엄마가 혼수상태에 빠지는 바람에 겨우 죽지 않고 태어난 아이에게 낙태로 죽은 태아의 원귀가 들러붙어 세상에 복수를 하는 내용의 드라마였다.

엄마는 혼자 숨어 죄인처럼 흐느끼고 있는데, 아빠는 그동안 착한 사람 역할만 하던 드라마의 여자 주인공이 의외로 아주 도발적이고 섹시한 매력이 있다며 감탄을 했다. 보다 못한 내가 엄마를 따라 안방 문을 열었다. 엄마는 휴지 두루마리를 끌어안고 울다가 나를 보고 말했다.

"너, 상욱이한테는 말하면 안 돼."

"엄마 드라마 보다가 우는 거?"

"아니. 그거….."

나는 엄마가 말하는 게, 내 위로, 그리고 내 밑으로 있었던, 태어나지 못한 언니와 동생들이라는 것을 알았다. 드라마를 보다가 울며 뛰어들어갈 만큼 마음에 두고 있었으면서 엄마는 왜 내게 이런 말을 하는 걸까. 그때 엄마가 마치 물귀신처럼 필사적으로 손을 뻗으며 나를 주저앉혔다.

"엄마가 낙태한 거, 상욱이한테 말하면 안 돼. 나중에라도, 한 20년 뒤에라도."

"……."

"상욱이한테 말하면, 엄마 창피해서 죽어버릴 거야."

"……."

"약속 안 해?"

나는 우물거리며, 약속한다고 말했다. 그리고 조용히 방을 나섰다. 나는 지금의 상욱이만 할 때부터, 지워버릴 뻔한 것을 겨우 살려준 줄 알라고, 네 위로 네 밑으로 못 태어난 언니 동생들이 있었다고, 그런 말들을 귀에 못이 박이게 들었는데. 상욱이는 뭐가 달라서 그런 걸 알면 안 된다는 걸까. 한숨을 쉬며 방문을 닫는데 아빠의 목소리가 들려왔다.

"야, 그래도 심은하쯤 되면, 에볼라 걸려도 한번 목숨 걸고 키스해보고 싶지 않겠냐."

✳

말띠 해에 태어난 내 동생 상욱이는 엄마의 왕자님이었다.
하지만 바로 그 해에, 상욱이과 같은 나이로 태어날 뻔했던
여자아이들은 수도 없이 낙태를 당했다. 낙태야 내가 태어나
기 전에도 "하나만 낳아 알뜰살뜰", "둘도 많다"라는 이유로
계속 있어왔다지만, 그해에는 얼마나 많은 여자아이가 태어
나지도 못하고 낙태를 당했는지, 신문에서도 뉴스에서도 수
시로 떠들어 댈 정도였다. 말띠 여자는 팔자가 드세며, 특히
1990년은 백말띠의 해인데, 백말띠 여자들은 드세기가 이루
말할 수가 없다고도 했다. 그런 이야기는 그때 겨우 국민학교
1학년이었던 나와 내 친구들도 다들 알고 있었다. 코미디 프
로그램에서도 말띠 여자를 놀리는 이야기가 나왔으니까. 우
리는 처음에 잠깐은 같이 웃다가, 곧 입을 다물었다. 말띠 여
자는 드세다며 놀리는 건 남자애들, 그리고 남자 어른들이었
다. 그런데 그들은 말띠 여자만 놀리는 것도 아니었다. 용띠
도 범띠도 드세서 못 써먹는다고 했고, 돼지띠 여자는 뚱뚱
하다며 놀리기도 했다.

그런 남자들이 가끔 심각하게 여자아이 낙태에 대한 이야
기를 할 때가 있었다.

"우리 반에는 남자는 많고 여자 짝은 별로 없습니다. 어떻
게 하면 공평하게 여자 짝과 앉을 수 있는지 의논해봅시다."

정작 여자인 우리는 남자애들과 앉고 싶지 않았는데 학급

회의에 저런 회의 주제가 수시로 올라왔다. 어차피 자기들이 아무리 애를 써봤자 한 반 55명 중에 여자가 스물서너 명밖에 안 되는 이상, 남자는 남아돌 수밖에 없는데도. 짝을 바꿀 때마다 남자애들은 시끌벅적했다. 여자 짝과 앉는다고 더 친하게 지내거나 잘해주는 것도 아니면서, 남자들끼리 앉은 친구들은 마치 뭔가 중요한 권리를 빼앗기기라도 한 것처럼 분통을 터뜨려댔다. 그리고 상욱이가 학교에 갈 나이가 되자 엄마와 아빠는 이 일을 두고 고민을 하기 시작했다.

"남자애들이 학교에 가도 여자 짝하고 못 앉아서 그렇게 운다는 거예요. 섭섭하다고."

"돌아가면서 그렇게 앉는 거야 어쩔 수 없지."

"이러다가 나중에 우리 상욱이, 컸을 때 여자애들이 부족해서 결혼하기 힘들면 어떡해요."

"걱정하지 마, 여자가 부족해도 잘난 남자한테는 여자들이 줄을 서는 법이야. 우리 상욱이랑 결혼하겠다고 매달리는 여자가 많아서 고민이겠지."

"아니, 지금 신문을 봐도 말이에요."

"거, 쓸데없는 고민은. 그런 거로 고민하는 건 짜리몽땅하고 못생기고 능력 없는 남자야. 우리 최상욱이야 날 닮아 잘났을 텐데 뭘 그런 거로 고민을 해."

하나부터 열까지 다 틀린 말이, 유쾌한 농담이라도 되는 것처럼 들려왔다. 나는 못들은 체 하며 입술을 꾹 깨물었다. 그때 아빠의 목소리가 들려왔다.

"사람들이 어쩌면 그렇게 이기적이야. 아니, 여자애가 부족해서 남자애들이 짝도 부족하고 그런데. 대체 왜 여자애들을 안 낳고 그래."

누가 누구를 보고 이기적이라고 하는 건지 모르겠다. 상욱이가 태어나기 전, 아버지가 묵인하고 할머니가 끌고가서 죽여버린 언니들과 여동생들의 존재를 모르는 것도 아니면서.

어쨌든 나는, 90년대 말부터 IMF 시대를 지나던 내내 논술 모의고사 주제로 걸핏하면 낙태에 대한 찬반논란이 나온 것은 바로 여자 짝이 부족한 문제 때문이라고 생각했다. 보통 논술 모의고사에 나오는 건 사회 문제인데, 그렇게 애지중지 낳아 기른 남자애들이 학교에 갔는데 여자 짝과 앉지 못하고 나서야 사람들은 이게 사회 문제라고 생각하게 된 게 아니었을까. 정작 죽은 여자애들은, 태어나지도 못하고 말할 입도 없어서 학교에서 누구와 짝이 되었는지 같은 한심하고 배부른 소리는 하지도 못했는데도.

✳

내가 대학에 들어간 2002년, 학교에서는 그야말로 자유의 바람이 불고 있었다. 통금시간을 지키고 스킨십에 보수적인 여학생은 고리타분하며 재미없고 시대에 뒤떨어진 사람 취급을 받았다. 자유로워지라는, 개방적이 되라는 말을 들었다. 복학생 남자 선배들, 그리고 그들과 어울려 다니던 쿨한 선배들에게서.

하지만 어떤 선배들은 우리에게 말했다. 남자 선배를 조심
하라고. 걔들이 하자는 데로 끌려다니지 말라고. 우리는 선
배들이 고리타분하다고 생각했다. 2002년, 월드컵의 분위기
에 휩쓸려 한껏 대담해지는 아이들도 있었다.

나와 어울려 다니던 친구 하나는, 갑자기 살이 쪘다고만
생각했었다. 설마 동아리 사람들과 술을 마시고 남자 선배의
자취방에서 깨어났다고 해서, 뭔가 잘못되었을 거라고는 생
각하지 않았다. 하지만 확실하게 잘못되었다. 임신이 되었다
는 것을 너무 늦게 알았기 때문에, 달리 손을 쓸 방법도 없었
다. 그렇게 동기들 몇 명이 학교에서 사라지고, 또 남자 동기
나 1년 위의 남자 선배들이 도망치듯 군대로 사라지고 나서
야 우리는 선배들이 왜 그런 말을 했는지, 왜 남자 선배를 조
심해야 하는지를 알았다. 그렇게 한 해 더 나이를 먹은 우리
를 보고 그들은 말했다. 싱싱하지도 않은 것들이 히스테리를
부리고 있다고.

✳

낙태가 죄가 되는 줄을 정말로 몰랐다. 태어나지도 않은
아이를 죽여버린 죄책감이나, 윤리나 도덕의 문제라면 모를
까. 정말로 낙태를 했다는 이유로 사람이 잡혀갈 수 있을 거
라고는 상상해본 적도 없었다.

우리 엄마의 윗세대들은 그게 무슨 피임의 한 방편이라도 되는 것처럼 나라에서 끌고 다니는 낙태 버스에서 아이를 뗐었다. 아니, 나라에서 끌고 가서 낙태를 시키기도 했다. 아이를 낳는 것이 죄가 되던 시절, "둘도 많다"라며 강력하게 산아제한을 하던 시절의 일이었다. 아니, 1990년대 중반까지도, 동네 보건소에서 무료로 낙태를 할 수 있었다고 한다. 땅덩이는 좁은데 사람만 많으면 큰 재난이라고, 나라에서 인구 증가를 억제하기를 원했으니까.

엄마 세대의 사람들은, 아들을 낳기 위해 낙태를 했다. 아니, 시댁 사람들에게 끌려가서 낙태를 당했다. 첫째는 딸일 수도 있다. 하지만 반드시 둘째는 대를 이을 아들이어야 했다. 셋째 아이는 태어날 때 의료보험 적용도 되지 않아 비싼 돈을 주고 낳아야 하던 시절이었다. 두 번의 실수는 용납되지 않는다는 듯이 태어나지 못한 딸들을 죽이고 죽이고 또 죽였다.

그런 사회에서 낙태가 죄가 될 수 있다니. 믿기지도 않았다. 하지만 언제부터인가, 낙태는 정말로 처벌을 받을 수 있는 죄가 되기 시작했다. 멀쩡한 나라의 수도를 하느님께 봉헌한다고 헛소리를 하던 교회 장로가 대통령 자리를 차지했을 때의 일이었다.

"고소를 당했다고?"

입사 동기인 나래가 갑자기 회사를 그만두었다. 높은 경쟁률을 뚫고 힘들게 입사했는데, 갑자기 그만둔다는 게 말이 안 되는 일 같았다. 걱정이 되어 찾아갔더니, 나래는 얼굴이 반쪽이 된 채 겁에 질려 있었다.

"아니, 낙태로 사람을 고소할 것 같으면… 지금 감옥 안 간 사람이 없겠다. 말이 돼?"

"저출산 때문에, 앞으로 낙태에 강경하게 대응한다고 그랬대."

"누가."

"대통령이."

"아, 미친 새끼. 그런 법이 어디 있어."

"원래 법이 그랬대."

"그럼, 그동안에는 왜 내버려둔 거래? 그동안에는 왜, 우리 태어나기 전에는 나라에서 낙태를 시키기도 했다며."

나는 화를 냈다. 나래는 나를 보며 한숨을 쉬다가, 어느 순간 어깨를 들썩이며 울음을 터뜨렸다.

"경찰이 산부인과를 다 털고 다닌 건 아닐 거 아냐. 어떻게 된 거야."

"……."

"누가 널 고발한 거야, 나래야."

그날 밤, 나래는 흐느끼다 말다 하며 띄엄띄엄 이야기를 했다. 학교 다닐 때 실수로 임신을 했다. 남자친구에게 말했지만 낙태 비용을 주지 않아서, 빚을 지고 낙태를 했다. 그 일로 소원해졌다가 헤어졌는데, 이번에 대기업에 들어갔다는 소식을 듣고 와서는 협박을 했다. 그야말로 그린 듯한 개

새끼였지만, 그 새끼를 처벌할 방법은 없다고 했다. 아이는 그 새끼가 만들고 갔는데, 벌은 나래와 산부인과 의사가 받아야 한다고.

"죽여버려도 시원치 않을 놈의 새끼."

나는 중얼거렸다. 진심을 다해, 나래의 옛 남자친구를 증오했다.

그리고 그날 밤, 나래의 남자친구는 자다가 죽었다.

＊

나는, 사실은 할머니가 우리 아빠를 죽여버리고 싶었던 것을 안다. 원래 엄마는 고작 스물두 살에 결혼할 생각은 없었다고 들었다. 아빠가 엄마를 임신시키는 바람에 하게 된 결혼이라고. 그렇게 임신을 시켜서 결혼해놓고, 배 속의 아이가 딸이라는 걸 알자마자 아빠는 손을 놓아버렸다. 자기 어머니가, 내 친할머니가, 엄마를 끌고 가서 아이를 떼어버리든 말든 자기는 알 바 아니라는 듯이.

할머니가 아빠를 내버려둔 까닭은 엄마가 과부가 되어 혼자 사는 것보다는 아빠와 사는 것이 그나마 나았기 때문일 것이다. 내가 자란 동네에서 젊은 과부란 동네 아저씨들이 지나가며 툭툭 추근거릴 수 있는 공공재 같은 것이었다. 점잖은 양반들의 고장입네, 말은 그럴 듯하게 하면서 행동은 하나도 점잖지 못한 아저씨들의 목표물이 되느니, 아무리 변변치 않아도 울타리 노릇 할 서방은 있는 편이 낫다고 생각했겠지. 하지만 나래는 달랐다. 앞날 창창하고 능력 좋은 나래가 학교 다닐 때 사귀었던 남자에게 발목을 잡히는 것은 아무리 생각해도 옳지 못했다.

"참… 사람 죽은 데 대고 이런 생각을 하면 안 되는 건 아는데."

"안 되긴 뭐가 안 돼."

나는 내게 할머니에게서 이어받은 힘이 있다는 사실을 아무에게도 말하지 않았다. 다른 사람의 원한으로 누군가를 죽일 수 있는 힘.

죄를 지어선 안 된다, 사람을 죽여선 안 된다, 그건 상식적인 이야기였다. 나는 아무리 부당한 일을 당하고 그 원한이 깊어도, 사람이 선을 넘어서기는 역시 쉽지 않을 거라고 생각했다.

하지만 누구에게나 정말로 참을 수 없는 일이 하나는 있는 법이다. 내게는 낙태에 대한 일들이 그랬다. 아이를 지우지 않겠다고 했다가 할머니에게 걷어차인 엄마, 남자 선배들과 친하게 지내다가 어느 순간 투명인간처럼 사라져버린 대학 동기들, 자신의 앞날을 위해 아이를 지웠다가 전 남자친구에게 고소까지 당했던 나래. 그건 고등학교 때 보던 논술 기출 문제처럼 낙태가 옳냐 그르냐의 문제가 아니었다. 그건 누군가가 우리에게, 여자들에게 자기들이 하느님이라도 되는 것처럼 굴기 때문에 벌어진 일이었다. 자기들이 생각하는 목적에 맞추어 여자들의 운명을, 그리고 태어나지 않은 아이의 목숨을 좌지우지할 수 있다고 믿는, 그 이기적이고 지독한 오만 때문에 벌어진 일.

"잘 뒈졌어. 그런 놈은 살 가치도 없어."

"…아무리 그래도 말이 심하잖아."

"너 산부인과에 그러고 누워 있을 때, 그 새끼가 찾아라도 와봤어?"

"아니."

"넌 보험도 안 되는 수술을 받고 피 줄줄 흘리고 있는데. 누가 너 미역국 끓여준 사람은 있었어? 아니잖아."

"……."

"네가 만약에 그 아이를 낳았더라도, 책임지고 양육비를 댈 생각도 없었을 거잖아. 그런 놈에게 내가 뭐라고 그래. 일찌감치 죽어서 피해자를 더 늘리지 않은 게 다행이라고 그래야지."

한번 말문이 터지자 험한 말은 끝도 없이 나왔다. 내 안에 이렇게 험한 독기가 가득 차 있는 줄 몰랐다. 아니, 어쩌면 그 독기는 내 안에서 곪아 터진 마음만은 아니었을지도 모른다. 하느님이 야곱에게는 모든 것을 주었지만 에서에게서는 권리마저 빼앗았듯이, 귀한 아들에게는 무엇이든 다 주어야 하고 그 출생에는 흠집조차 있어서는 안 되지만 딸에게는 살려준 것만으로도 고마워하라는 게 싫었다. 남자나 연장자에게는 찍소리도 못하면서, 여자나 어린아이들에게는 자기들이 생사여탈권이라도 가진 듯이 구는 놈들을 죽이고 싶었다.

하지만 21세기의 문명인이, 자기가 분하다는 이유로 사람을 마구잡이로 죽여서는 안 되는 법. 나는 마음을 달래기 위해, 그리고 이 세상을 바꾸기 위해 많이 노력했다. 부지런히 일하고 월급을 받아 여성단체에 보냈다. 주말에는 집회에 나가고 자원봉사도 했다. 인터넷에서 만나게 된 청소년 미혼모들을 안전한 곳으로 연결해주었다. 그러면서도 아주 가끔은, 할머니에게서 물려받은 그 힘을 쓰기도 했다. 그저 뇌졸중이나 심장마비로 급사하다 보니 내가 죽였다는 증거는 어디에도 남지 않았지만. 내 힘이 제대로 작동하려면 한 가지 조건이 있었다. 죽어야 할 사람이 낙태를 당한 아이의 혈연이어야한다는 것이었다. 이해는 갔다. 세상에는 어릴 때 아빠에게나름 귀여움을 받고 자랐으면서도 나이 들며 자기 아빠에게크고 작은 원한을 품은 딸들이 한둘이 아닌데, 아빠나 아빠의 가족들 손에 강제로 낙태를 당한 아기의 원한은 더 강력할수밖에 없겠지.

나는 인터넷에서 만난 남자 때문에 임신을 하고, 집에서 도망쳐 나왔다가 알음알음 도움을 받아 겨우 낙태를 하고, 내 집에서 미역국을 먹고 잠들어 있는 아이들을 들여다보았다. 아직 스무 살도 안 된 아이들을 꼬여다가 임신을 시켜버린 성인 남자란 죽어도 싼 놈들이었다. 애초에 네놈들이 콘돔을 제대로 끼었으면, 아니, 애초에 미성년자와는 섹스를 하면 안 된다는 생각만 머릿속에 박혀 있었어도, 이런 사달은 처음부터 나지 않았을 것 아냐. 나는 피를 흘리고 눈물도 흘리다가 잠이 든 아이들의 머리를 쓰다듬으며, 어린 나이에 봉변을 당한 이 애들의 평화를, 그리고 이 아이들을 임신하게 만든 가해자 놈들이 가급적 잔인하고 고통스럽게 죽기를 간절히 소망했다.

＊

집 밖에서 그렇게 많은 개새끼들을 보면서, 내 집만은 평화로울 거라고 믿는 것도 오만일 것이다.

하지만 나는 안일했다. 내 집은 별 일 없을 거라 생각할 만큼 오만했다. 그리고 파국은 집 안에서 왔다.

"누나 대체 왜 그러고 다녀? 무슨 페미니즘이니 뭐니 하면서."

명절에 오랜만에 집에 갔더니, 그 나이를 먹고도 엄마의 왕자님인 우리 최상욱 씨가 내게 잔소리를 하기 시작했다. 나는 어처구니가 없어서 상욱을 쳐다보다가, 고개를 틀며 허허, 하고 헛웃음을 지었다.

"무슨 소리야."

"누나 지금 나이가 몇이야? 근데 결혼도 안 하고, 어디서 남자 싫어하는 이상한 여자들하고나 어울리고. 집안 망신이다, 집안 망신. 좀 똑바로 살아."

"너보다 훨씬 잘 살아."

"웃기시네."

상욱은 나를 보고 피식피식 비웃었다.

"요즘 뉴스도 안 봤어? 지금 출산율이 역대 최저라잖아. 여자들이 애를 안 낳아서 지금 사회 문제라는데. 누나는 책임감도 안 들어?"

"무슨 책임감."

"아, 여자들이 결혼을 안 해서 나라가 망하게 생겼다잖아. 그럼 책임감을 느껴야지."

나는 머리가 어질어질했다. 대체 이 녀석은 머리가 있는 거야, 없는 거야.

"지금 90년대생 여자들이 마지막 희망이라잖아. 여자들 취직 못 하게 하고 전부 결혼하게 해야 해. 그래야 애들을 낳지. 여자들이 취직한다 공부한다 하니까, 점점 인구가 줄어들잖아. 인구가 국력이라고 그러는데, 이렇게 인구가 줄다간 중국에 먹힐지도 모른다잖아. 누나는 나라가 망해도 상관없어? 그래도 괜찮아?"

"어."

"누나!"

"망해도 돼. 야, 내가 결혼을 안 한 거지. 지금도 여자들은 결혼하고 애 낳고 해. 근데 성비를 봐."

"뭘 보라고?"

"너 학교 다닐 때 여자 짝 없어서 그러던 거 봐. 이미 그때 미래가 뻔히 보였는데도, 초음파로 성별 확인하고 낙태하는 건 제대로 막지도 못하더니. 이제 와서 뭐가 어쩌고 어째? 출생률을 높이려고 해도 일단 여자가 있어야 뭐가 되지. 1990년대에 그렇게 여자애들을 낙태해놓고서 이제 와서 여자가 결혼을 안 해서 나라가 망하긴 뭘 망해."

"그럼 그럴수록, 더 결혼하고 아이도 낳고 해야지. 그렇지 않아도 여자가 부족한데, 결혼하기 싫다고 그러는 건 너무 이기적인 거 아니야? 정말 결혼하기 싫다는 여자들은 세금이라도 더 물리든가, 유치장에라도 가둬놔야 하지 않아? 아니, 누나. 난 누나가 미혼모 그런 애들 돕는 것도 이해가 안 가. 몸 함부로 굴리다가 제 팔자 제가 조진 애들을 왜 누나가 신경을 써? 누가 보면 누나도 그런 여자인 줄 알겠다. 어? 내가 다, 누나가 걱정되어서 하는 소리인데."

이야. 대학에 가자마자 고향을 떠나 설날과 추석 외에는 이쪽으로 고개도 안 돌리며 살아왔던 내게, 고향에서 아버지와 친가 쪽 친척들의 영향을 받으며 남성중심적인 사고방식에 푹 숙성된 이 남동생은 너무 지독한 재앙 같았다.

문득 여름 성경학교 생각이 났다. 그때 할머니가 엄마의 배를 걷어찼던 것도. 이 새끼는 정말 아무것도 모른다. 자기 명령을 거역한다고 멋대로 남의 민족의 소중한 첫째 아이들을 죽여버렸던 하나님의 이야기도, 그리고 자기 아이들이 태어나기도 전에 줄줄이 죽어 나갔는데도 그런 일은 대수롭지 않은 일이라는 듯 굴었던 아버지도. 제멋대로 여자를 임신시키고 책임지지 않던 남자들과, 그럼에도 불구하고 자기 인생을 되찾기 위해 그 아이를 지운 여자를 고소하던 남자들도.

아아, 그렇구나.

법에는 우리 모두 평등하다고, 천부인권을 갖고 있다고 나와 있는데, 어떤 이들은 자신들이 정말로 생사여탈권이라도 가진 줄 착각하고 했다. 그건 우리 집에서도 뻔히 벌어지는 일이었다.

하지만 너희는 모르지.

내게는 정말로 그 생사여탈권이, 너희를 죽일 힘이 있다는 것을.

나는 눈을 감았다. 핏줄이라고 다 같은 핏줄이 아니었다. 너희가 소중히 여기는 건, 혈통을 이어갈 그놈의 아들, 아들, 아들이지. 하느님도, 나라도, 집구석에서도. 언젠가 할머니는 내게 말했다. 계집아이가 무슨 최씨 핏줄이냐고. 그 말을 들었을 때는 막연히 속이 상했지만. 지금은 그게 무슨 말인지 안다. 내가 최씨 집안 큰딸이라고 해도, 아버지도, 남동생도, 돌아가신 친할머니도, 나를 제대로 된 최씨 집안사람이라고, 대를 이을 수 있는 자손이라고는 생각하지 않았다는 것을. 나는 그저 죽여 없앴어야 하는 계집아이들 중에, 운 좋게 겨우 살아남았을 뿐인 쭉정이라는 것을.

그렇다면 너희에게 제대로 보여줄게. 그 재앙을. 혈통이 끊어진다는 것을. 인구가 줄어들어 큰일이라고, 몇백 년 뒤에는 이 민족이 사라질지도 모른다면서? 나라가 없어질지도 모르는데 여자들이 감히 제 권리를 이야기한다면서? 그렇게 많은 아이들이 여자아이라는 이유로 태어나지 못하고 죽을 때는 가만히 있다가, 여자들이 마침내 살아남기 위해 스스로 낙태를 선택할 때에는 죄를 주고 벌을 내리려 하면서, 그렇게 입맛에 맞는 것만 쏙쏙 골라 먹으면서 우리에게 하느님처럼 굴었던 그 죄를 물어서.

나는 수많은, 아버지나 할머니나 친가 사람들의 손에 끌려가 낙태 당한 아이들의 원혼이 내 몸으로 빨려 들어왔다가, 다시 흩어지는 것을 보았다. 처음에는 내 집에서, 그 마을에서, 그 도시에서, 그리고 이 나라 전체로, 그 원혼의 덩어리들이 잉크를 흩뿌리듯 번져나가는 것을. 그 덩어리들은 저마다 제 생부를 찾아가, 원혼 하나당 산목숨 하나씩을 맞바꾸듯 죽음을 퍼뜨리기 시작했다. 마침내 한 집당 그리 죽은 아이의 숫자만큼, 그 집의 남자들이 젊고 늙음을 막론하고 피를 토하며 거꾸러져 죽음을 맞을 때까지. 그리하여 예정된 멸망을 한참 더 앞당기는 대신, 망가져버렸던 성비를 겨우 다시 원래대로 되돌려놓을 때까지.

전혜진

SF 작가이자 만화 스토리 작가. 《월하의 동사무소》로 데뷔한 이래 만화/웹툰, 추리와 스릴러, 사극, SF 등 장르를 넘나들며 다양한 작품을 쓰고 있다. 여성의 역사에 주목하는 논픽션인 《순정만화에서 SF의 계보를 찾다》, 《여성, 귀신이 되다》, 《우리가 수학을 사랑한 이유》, 장편소설 《280일: 누가 임신을 아름답다 했던가》, SF 단편집 《아틀란티스 소녀》를 발표했으며, 《감겨진 눈 아래에》, 《모던 테일》, 《책에서 나오다》, 《우리의 신호가 닿지 않는 곳으로》 등의 앤솔러지에 참여하였다.

고쿠라에서

J를

고타래

1

고태원이 J를 다시 본 건 한 달 전이었다.

손님은 커다란 여행 가방을 힘겹게 들고 편의점 문을 열었다.

스키니진에 하늘색 운동화, 초록색 반팔 티셔츠 차림이었다. 베이지색 볼캡을 푹 눌러써서 얼굴도 보이지 않았다. 등에는 백팩까지 메고서.

'오늘 여행 떠나는구나. 부러워.'

고태원은 그런 생각을 하면서 카운터 옆에 있는 유리 너머로 버스정류장 쪽을 보았다.

편의점 앞 버스정류장에서는 인천으로 가는 공항버스도 탈 수 있었다. 그래서 여행 가방을 든 사람들이 하루에도 수십 명씩 편의점으로 들어와 교통카드를 충전하거나 음료수를 샀다.

손님은 여행 가방을 문 앞에 놓고는 워크인 냉장고 쪽으로 가서 토레타 하나를 꺼내 카운터로 가지고 왔다. 그리고 손에 든 스핑크스 문양이 새겨진 천 지갑에서 카드를 꺼냈다.

스핑크스 문양이 새겨진 천 지갑.

고태원은 그 지갑을 보면서 '이 손님 혹시 J가 아닐까!' 하는 생각을 했다. 스스로도 터무니없다고 생각하면서.

J와는 직장 동료였다. 하지만 근무하는 도시가 서로 달라서 만난 적이 없다가, 고태원이 3개월 동안 대구에 있는 본사에서 근무를 하게 되는 바람에 알게 되었다.

고태원이 본사 3층 사무실에 들어설 때 J는 바닥 한쪽에 주저앉아 수백 장은 되어 보이는 사진을 정리하는 데 열중이었다. 고태원이 들어온 것도 모르고 있었다.

"안녕하세요. 서울에서 근무하는 고태원이라고 합니다. 김홍원 부장님 좀 뵈려고요."

고태원의 말에 그제야 J가 고개를 들었다.

"네? 아, 아 고태원 님. 얘기 들었어요. 오늘부터 한동안 대구에서 근무하시게 됐다고요. 반갑습니다."

J가 벌떡 일어나서 고태원을 반겼다. 일어날 때 무릎에 있던 사진 수백 장이 우수수 떨어졌고.

사진기자였던 J는 술을 좋아했다. 여행도 즐기고 영화 보는 것도 즐겼지만, 그건 전부 술 마시면서 상대와 나눌 대화 때문에 즐기는 것뿐이었다. 그러니까 술 마시며 나눌 대화거리를 위해 여행을 다니고 영화를 보는 것뿐이었다. J가 술 마시면서 하는 거라곤 주로 여행 얘기와 영화 얘기뿐이었으니까.

고태원과 둘이서 처음 술을 마시면서도 J는 여행 얘기만 했다.

"지난번에는 이집트에 갔다 왔어요. 패키지여행으로요. 일정 짤 시간이 없었거든요. 이집트 하면 피라미드잖아요. 그런데 피라미드 주변에 호객꾼들이 그렇게 많다고 하더라고요. 낙타 옆에서 사진 찍어준다고 하면서 돈 받고, 피라미드 관람할 수 있는 티켓 끊어주겠다고 하면서 돈 받고. 관광객들이 워낙 많으니까 그럴 거예요. 아무튼 그래서 조금 걱정되기도 해서 그냥 맘 편하게 패키지로 갔어요. 주제는 피라미드와 스핑크스 투어였지요. 피라미드가 정말 얼마나 큰 줄 아세요? 산이라고 해도 믿겠더라고요. 관광객들을 위해 내부에 계단을 만들었어요. 계단이 길고 가팔라서 다리가 얼마나 아픈지 몰라요. 피라미드 주변에는 좌판 펼쳐놓고 기념품 파는 상인들이 많아요. 파피루스 책갈피도 팔고, 피라미드 문양이 인쇄된 컵받침도 팔고, 미라 모양 열쇠고리도 팔고, 그리고 이거 천으로 만든 스핑크스 문양 지갑인데요, 이런 것도 팔아요. 처음에는 미라 모양 열쇠고리를 사려고 했어요. 그런데 좌판 상인이 자꾸 이 지갑을 추천하잖아요. 그래서 마지못해 샀는데, 사고 나서 보니까 마음에 들더라고요. 괜찮지 않아요? 뭔가 되게 이국적이죠?"

직장 동료들은 J를 불편해했다. 다들 J와 함께 있으면 슬퍼진다고 했다. 사무실에서든 촬영지에서든 J는 절대 먼저 말을 꺼내는 법이 없다. 상대가 먼저 말을 걸어야 비로소 몇 마디 대꾸한다. 그러지 않을 땐 아무 말도 안 한다. 촬영 다닐 때도 누가 말을 걸지 않으면 사진만 찍는다. 그러다 퇴근하고 나서 동료들과 술을 마실 때가 되어서야 말을 좀 많이 하는 편인데, 그것도 오직 영화 얘기나 여행 얘기만 한다. 물론 상대가 먼저 말을 걸어주어야 하고.

3개월 뒤 고태원은 다시 서울로 왔다.

서울로 온 뒤로 고태원이 몇 번 대구에 가기도 했고 J가 서울에 갈 때도 있었다. 그렇게 몇 번 만나서 술을 마셨지만, 다시 서울로 온 뒤 1년이 채 안 돼서 고태원이 이직을 하는 바람에 둘은 자연스럽게 연락이 끊어졌다. 그때가 벌써 5년 전이었다.

"지갑이 예뻐요. 굉장히 이국적이네요."

잠시 J와의 추억이 떠오르는 바람에 고태원은 자기도 모르게 그런 말이 튀어나왔다. 그러고는 놀라서 부랴부랴 사과를 했다.

"죄송해요. 제가 손님한테 괜한 말을…."

그제야 손님은 고개를 들어 고태원의 얼굴을 쳐다보았다. 고태원도 손님의 얼굴을 보았고.

5초의 시간이 흘렀다. 그리고 둘이 동시에 풋 하고 웃었다.

"태원 님 맞죠? 설마 이 지갑 기억하고 방금 그 얘기 하신

거였어요? 지갑이 예쁘다는 말?"

"정말로 J 님이시네요. 뭐 이런 일이 다 있죠?"

"그러게요. 정말 무슨 이런 일이 다 있죠? 왜 태원 님이 여기에 계시는 거예요?"

고태원은 이직한 곳에서도 3년 정도 근무하다 퇴사했다. 그리고 1년 전부터 이곳 신림동에서 편의점을 운영하고 있었다.

"여기 편의점 운영한 지 1년 정도 됐어요. J 님이야말로 왜 서울에 계세요? 대구에 계셔야 하는 거 아니에요?"

J는 잠시 손목에 찬 시계를 보았다.

"저도 거기 신문사 그만둔 지 좀 됐어요. 그리고 바로 서울 올라왔고요. 누가 서울에 있는 잡지사를 소개해줬거든요."

"그러셨어요? 그럼 지금 잡지사 촬영 때문에 외국으로 출장이라도 가시나 봐요?"

고태원의 말에 J가 고개를 가만히 저었다.

"아니에요. 잡지사도 몇 달 전에 그만뒀어요. 사진기자한테 자꾸 스튜디오 페인트칠만 시키잖아요."

그러면서 J는 풋 하고 웃었다.

고태원은 방금 J가 한 말이 별로 웃기지 않았다. 하지만 J가 웃는 바람에 별수 없이 따라 웃었다.

"하루는 페인트칠을 하고 나서 집에 가는데요, 샌들 사이로 보이는 발가락에 페인트가 묻어 있잖아요. 그걸 보면서 이런 생각이 들었어요. 내가 페인트칠을 하려고 서울에 온 건 아닌데. 물론 페인트칠 하는 걸 안 좋게 얘기하는 건 아니에요. 다만 저는 사진을 찍으러 그 잡지사에 들어갔던 거라서요."

"네, J 님은 사진 전공하셨잖아요. 그럼 지금은 그냥 개인적으로 여행 가시는 거예요? 하긴 J 님은 여행을 좋아하셨죠."

고태원의 말에 J가 고개를 끄덕였다. 그러고는 다시 손목에 찬 시계를 보면서 고태원에게 카드를 내밀었다.

"죄송해요. 공항버스 올 시간이 돼서요. 계산 부탁드려요."

"네."

고태원은 J에게서 카드를 받았다. 그리고 결재를 한 뒤 카드를 건네면서 물었다.

"이번엔 어디로 가세요? 이집트는 아닐 거고."

고태원의 물음에 J는 말없이 카드를 받아 스핑크스 천 지갑에 넣었다.

"일주일 정도 떠나시는 거예요?"

고태원이 다시 한 번 물었다. 지금 헤어지면 J와 다시는 만나지 못할 거라는 걸 알았다. J가 두 번 다시 이 편의점에 들어올 일은 없을 거라는 걸 알았다.

J는 늘 사람들과 거리를 뒀다. 직장 동료들과 밥을 먹으러 갈 때도 항상 맨 끝자리에 앉았다. 먼저 말을 거는 법도 없고, 크게 웃는 법도 없었다. 같이 어울려 술을 마시고 나서 친해졌다는 생각에 다음 날 음료수라도 건네면, J는 조용히 음료수만 마셨다. 사회생활에 적합한 성격이 아니었다. 그래서 사진 정리 같은 지루한 일은 늘 J 몫이었고, 스튜디오 페

인트칠도 같은 맥락으로 J가 떠맡게 됐을 것이다. 하지만 고태원은 그런 J가 좋았다. 둘이 있으면 상대를 슬프게 할 정도로 아무 말 없이 가만히 있는 J가 좋았다.

"일본에 가려고요. 여행이라기보다 실은, 1년 정도 작은 스튜디오에서 사진 일을 하게 됐어요."

J가 마지못해 대답을 했다.

J의 말에 고태원이 고개를 끄덕였다.

"일본 어디요?"

고태원의 그 말에 J가 고태원을 응시했다. 꽤 오랫동안 쳐다보았다.

고태원이 자신을 좋아한다는 건 J도 알고 있었다. 상대방을 불편하게만 만드는 자신을 왜 좋아할까! J는 그런 생각뿐이었다.

"고쿠라라는 도시예요. 기타큐슈 쪽에 있는 작은 도시."

2

"아니, 계속 그렇게 버스정류장만 쳐다보고 계실 거예요? 그러지 말고 그냥 여행 삼아 일본에 한번 다녀오시라니까요? 편의점이야 아르바이트하는 친구들한테 얘기해서 연장 근무 좀 해달라고 하면 되고요."

옆 건물 이디야 커피숍 사장이 편의점에 들어오면서 고태원에게 또 일본 얘기를 꺼냈다.

고태원은 그를 이 사장이라고 불렀다. 처음에는 커 사장이라고 불렀는데, 본인이 마음에 안 든다고 해서 이 사장으로 부르게 됐다. 이디야 커피숍 사장은 고태원을 편 사장이라고 불렀고.

고태원과 이 사장은 가끔 함께 퇴근할 때가 있다. 고태원은 밤 11시에 야간 아르바이트생과 교대를 하는데, 마침 커피숍도 손님이 일찍 끊겨 11시 전에 마감을 마치는 날이면 이 사장이 일부러 편의점에 들러 고태원과 함께 퇴근을 했다.

이 사장은 차를 갖고 다니지 않는다. 커피숍에서 집까지 요금 3만 원이 넘는 거리를 하루에 두 번 택시를 타고 다닌다. 고태원의 차를 함께 탈 때도 있고, 고태원이 차를 안 갖고 온 날은 함께 전철을 타기도 한다.

그렇게 고태원은 보름 전에도 함께 전철을 탔다가 이 사장에게 J 얘기를 했다. 할 생각은 없었는데, 요즘 왜 그렇게 편의점 안에서 유리 너머로 버스정류장만 쳐다보고 있느냐는 이 사장의 물음에 마치 홀리듯 J 얘기를 해버렸다.

"그래서, 연락처도 안 물어보고 정말 그냥 그렇게 헤어졌다고요?"

"네. 어차피 물어봐도 안 알려줬을 거예요. J는 그런 사람이니까요. 대구에서 지낼 때도 연락처 몇 번 물어봤는데 안 알려줬거든요."

"편 사장님도 참 연애하기 힘들겠어요. 안 알려준다고 포기해버리다니."

고태원이 보기에 이 사장은 모태 솔로처럼 보였다. 한여름에도 청색 코르덴바지 아니면 갈색 코르덴바지에 회색 체크무늬 긴팔 남방만 입는다. 남방을 바지 안으로 넣고서, 바지를 거의 배꼽 위까지 추켜올려 입는다. 신발은 보기에도 숨이 막힐 것처럼 투박해 보이는 갈색 랜드로바만 신고. 게다가 남녀 불문하고 타인과 얘기할 때는 훈련소에 입대한 신병이 마치 사단장 앞에라도 서 있는 모양새다. 그러면서 헤어스타일은 군 장교처럼 짧은 상고머리에 이대팔 가르마로 정교함을 유지하고 있다. 물론 그렇게 모태 솔로처럼 보여서 고태원은 이 사장을 좋아하지만.

그래서 이 사장의 말에 고태원은 '그건 이 사장님이 하실 얘기가 아닌 것 같아요'라는 말이 식도까지 차올랐지만 가까스로 참았다.

고태원의 말을 들은 뒤로 이 사장은 틈만 나면 고태원에게 버스정류장만 쳐다보지 말고 당장 일본에라도 가보라고 성화였다.

지금도 밤 11시가 되려면 아직 30분이나 남았는데, 벌써부터 편의점으로 들어오면서 일본 얘기를 꺼낸 것이었다.

"일본에 간다고 해서 뭐 뾰족한 수가 있겠어요?"

이 사장의 말에 고태원은 힘없이 대꾸했다. 일본에 간다고 해서, J가 있는 고쿠라에 간다고 해서 J를 만날 수 있는 것도 아니었으니까.

"그래도 사람 일은 모르는 거잖아요. 5년 만에 여기 편의점에서 우연히 만난 걸 한번 생각해보세요. 그건 제가 볼 때 운명이에요. 운명적인 만남이라고 할 수 있죠. 그러니 그 운명을 계속 이어나가 보자는 거죠. 고쿠라 거기 안 넓어요. 기타큐슈 시에 속한 작은 도시예요. 한 3박 4일 일정 잡아서 그냥 도시를 돌아다녀 보세요. 편의점에도 들어가고 식당에도 들어가고 전철도 타보고 버스도 타보고 쇼핑센터에도 가보고요. 그렇게 돌아다녀 보세요. 3박 4일 동안이요. 운명을 믿어보세요."

이 사장은 마치 길거리에서 영혼이 맑아 보인다며 접근하는 사람들 같은 말을 했다.

게다가 저런 터무니없는 얘기를 저렇게 군기 바짝 든 자세로 얘기하다니, 고태원은 이 사장이 모태 솔로가 맞을 거라는 강한 확신이 들었다.

"에이, 그래도 그렇지, 이게 무슨 삼류 영화도 아니고, 무작정 그렇게 그 낯선 도시에 가서 길거리를 배회한다고 해서, 설마 제가 J를 만나겠어요? 정말 말도 안 되는 소리예요, 에이."

"그러니까 그게 운명이라는 거죠. 그 운명에 따르느냐 따르지 않느냐는 전적으로 편 사장님 몫이고요."

"운명은요 무슨. 아무튼 그건 말도 안 돼요. 무작정 일본 가서 길거리 배회하다가 마침 편의점이 눈에 띄어 들어갔는데, 그곳에서 토레타 같은 이온음료를 고르고 있는 J와 마주친다! 에이, 아무리 생각해도 그건 있을 수가 없는 일이에요."

3

숙소는 고쿠라 역 근처에 잡았다. 기타큐슈 시에는 고쿠라기타(北) 구와 고쿠라미나미(南) 구가 있지만, 고태원은 3박 4일 동안 고쿠라기타 구만 돌아다닐 생각이었다. 이 사장이 말하기를 고쿠라라고 하면 보통은 고쿠라기타 구를 뜻한다고 해서였다. 물론 3박 4일 동안 고쿠라기타 구를 다 돌아다니는 것도 불가능한 일이었지만.

기타큐슈공항 입국장을 빠져나오자마자 한국과는 다른 느낌으로 전달되는 공기가 밀려왔다. 적어도 3, 4도 더 따뜻한 공기였다.

고태원은 곧장 공항 밖으로 나가서 왼쪽 버스정류장으로 갔다. 고쿠라 역 버스센터로 가는 공항버스가 벌써 와서 손님을 기다리고 있었다.

버스에 올라타서 빈자리에 앉자마자 고태원은 한숨부터 쉬었다.

'진짜로 와버렸네. 기타큐슈, 여기까지 진짜로 왔어. 정말로 고쿠라에 왔어. 이 무슨 말도 안 되는 짓인지 모르겠어.'

공항버스는 한 시간도 안 돼서 고쿠라 역 버스센터에 도착했다.

고태원은 버스에서 내려 주위를 둘러봤다. 뒤쪽으로 꽤나 큰 고쿠라 역 건물이 보였고, 7, 8층짜리 건물들이 즐비했고, 쭉쭉 뻗은 왕복 4차선과 6차선 도로로 차들이 쌩쌩 달렸다.

고쿠라는 넓은 도시였다. 고태원은 처음부터 이 사장의 운명 어쩌고 하는 얘기를 믿은 것부터가 어리석었다고 자신을 질책했다. 정교해 보이는 군 장교 헤어스타일에 현혹당해 이 사장의 말을 신뢰한 자신을 한없이 질책했다.

하지만 이제 와서 어쩌겠는가. 고태원은 이미 삼류도 아닌 사류 영화 속 주인공처럼 고쿠라에 와버렸다.

고태원은 자책을 그만두고 휴대폰을 꺼내 구글맵에 들어갔다. 그리고 숙소인 '니시테츠 인 고쿠라'를 검색해서, 그쪽 방향으로 걸음을 옮겼다. 도중에 날이 더워 편의점에 들어가서 음료수라도 하나 살까 싶었지만, 호텔까지 얼마 남지 않은 것 같아서 계속 걸었다.

그렇게 20분 정도 걸었을까, 좁은 골목 끝에 11층짜리 자주색 건물이 보였다.

건물 안으로 들어가서 체크인 시간을 물으니 오후 3시부터 가능하다기에 고태원은 배낭을 프런트에 맡기고 호텔을 나왔다. 그리고 골목을 빠져나와 아까 들어가려다 말았던 편의점으로 가서 토레타를 하나 샀다. 시간은 오전 10시가 조금 넘었다.

"삼촌, 일본 어디 가는데?"

집에서는 하루 종일 휴대폰만 들여다보는 시한폭탄과도 같은 고 2짜리 여자 조카애가 고태원이 3박 4일 동안 일본에 간다는 말을 듣고 식탁에 앉아서 대뜸 그렇게 물었다.

"고쿠라라고 있어. 기타큐슈 시에 있는 작은 도시. 작아서 운명적인 만남을 기대해볼 수 있는 도시래."

"뭔 소리야, 그게?"

"그런 게 있어. 삼촌도 잘은 몰라. 일단 가봐야지."

조카애는 고태원과 잠깐 얘기를 나누는 동안 휴대폰으로 고쿠라를 검색했다.

"아, 고쿠라! 기타큐슈 시에 있는 도시가 맞네. 음, 여기에도 돈키호테가 있고, 오오, 아루아루 시티가 있구먼. 덕후들의 성지! 삼촌 혹시 아루아루 시티 때문에 고쿠라에 가는 건 아니지?"

"그게 뭐하는 데냐?"

"그냥 만화 캐릭터들 다 모아놓은 곳이지. 피규어도 많고, 만화책도 아주 저렴하게 팔고, 코스프레 숍도 있지."

"잘 알고 있구나?"

"응, 말 나온 김에 아루아루 시티 한번 가봐. 그리고 돈키호테에도 가보고. 돈키호테는 잡화 할인점이야. 의약품 빼고는 없는 게 없지. 필요한 건 거기에서 다 사면 되지."

"정말 잘 알고 있구나?"

고태원은 조카가 한 말이 생각나서 휴대폰으로 다시 구글 맵에 들어가 돈키호테 고쿠라를 검색했다. 30분 정도 걸어가면 될 것 같았다.

고태원은 다시 골목으로 들어가 호텔까지 갔다. 그리고 호텔을 지나 좁은 사거리에서 직진했다. 유료주차장을 지나 100미터 좀 더 가자 왕복 4차선 큰 길이 나왔다. 아사카 거리였다.

아사카 거리에서 우측으로 갔다. 10분 정도를 걸었더니 왼쪽으로 길 건너 노란색 간판이 인상적인 라멘집이 보였다. 생각해보니 오늘 비행기 타기 전에 공항에서 먹은 빵 하나가 전부였다. 갑자기 허기가 졌다.

마침 앞에 횡단보도가 있어서 길을 건넜다. 하지만 가까이 가서 보니 라멘집은 문을 안 열었다. 영업시간은 오후 5시부터 다음 날 새벽 2시까지.

영업시간이 꽤나 애매하다고 생각했다.

고태원은 하는 수 없이 돈키호테 쪽으로 다시 걸음을 옮겼다.

짧은 횡단보도를 건너자 훼미리마트 편의점이 보였다. 그리고 그 옆으로 8층짜리 하얀색 건물이 보였다.

건물 1층은 'ART&BLUE STUDIO'.

고타래

대학에서 문예창작 전공. 《POST MAN 1》(그래비티북스, 2020) 출간.

위화

최지혜

우리는 아주 오래전부터, 예전 생부터, 그전의 전부터 떨어질 수 없는 사이였어. 나는 그대의 모든 관계와 모든 감정을 갖고 싶어서 죄를 지었고, 그대와 함께 이 한숨 같은 세상에 떨어졌지. 그대는 그걸 아는지 모르는지 몰라도 항상 날 받아주고 곁에 두어주었고 우리는 떨어진 적이 없어. 이번 생에도 그리 해줘. 그대 곁에 있겠어. 그대를 지키고 그대가 원하는 것을 이루어주겠어. 그러기 위해 무엇을 해야 한대도, 그 무엇이라도 감수하겠어. 내 모든 걸 걸고서라도.

나의 하늘, 나의 모든 것인 그이가 어릴 적에 나는 이리 속삭였다. 비겁하고 간교하게도, 아직 내 말을 알아듣지 못하는 나이인 그이에게 딱 한 번 진실을 고하였다. 그이는 큰 눈으로 뜻 모를 내 말을 가만히 듣다가, 웃으며 나를 껴안아왔다. 나는 내 머리통보다 조금 큰 그이를 안아 들고 자장가를 불렀고, 그날의 말을 다시는 꺼내지 않았다.

다시 돌고 돌아 다음 생이 오기 전까지는 그리하려 하였다. 어차피 그이는 모르고 나만 아는 일이니 생에 단 한 번쯤은 말해볼 수도 있지 않은가.

그이가 걸음마를 걷고, 온갖 것에 호기심이 일어 무엇이든 손대봐야 하고, 손대면 입에 넣어야 하고, 입에 넣지 못하게 하면 그 대신에 울던 두 살. 잠이 들지 않는 그이를 등에 업고 알아듣는지도 모를 옛날이야기들을 줄줄이 내뱉었다. 그예 버릇이 되었는지, 그이는 일곱 살이 되어도 그걸 기다렸다. 하루 종일 말썽을 부리다가도 밤이 되어 잠자리에 누우면 얌전한 척 들뜬 얼굴로 졸랐다.

"옛날이야기 해줘."

"무슨 이야기 해줄까."

"너하고 나하고 전생 이야기."

"지난번에 들은 것하고 다른 이야기로?"

"응, 다른 걸로!"

"눈을 감으셔야 이야기를 할 터인데."

존대까지 섞어 넌지시 말하면, 금세 눈을 부러 꼬옥 감고 보란 듯이 턱을 드는 얼굴이 해사하기도 하다. 몇 생을 보아도 질리지 않는 얼굴을 내려다보며, 가슴께를 토닥여 어서 주무시라 격려해 가며 이야기를 한다.

"우리는 전생에 부부였어."

"우와, 어떻게 결혼했어?"

"집안끼리 정해진 결혼이었어. 너는 정략혼 같은 건 하기 싫다고, 혼인하는 날 직전까지도 파혼하고 싶어서 온갖 말썽을 일으켰는데…."

"정략혼이 뭐야? 파혼이 뭐야? 다 결혼이야?"

"정략혼은 집안 어르신들끼리만 이야기하고 결혼하는 사람들 뜻은 생각하지 않은 결혼이야. 그리고…."

그이 질문에 답하다 보면 이리저리 한참을 뼹 돌아가게 되는 게 다반사이나, 결국은 큰 줄기를 향해 이야기가 절로 달린다. 나는 기억하는 것과 읽은 것을 합쳐서 그이가 재미있어하는 대로 이야기를 끌고 간다.

"사이가 좋았냐고? 좋았다가 나빴다가 했지. 한날한시에 죽자고 했는데, 당연히 그러진 못했고, 그래도 재혼은 안 했어. 평생 같이 살았어. 너 하나였어."

왜인지 모르지만, 그이는 항상 이렇게 묻는다.

"누가 먼저 죽었어?"

"나."

그리 답하면 금세 울 것 같은 얼굴이 되니, 달래느라 한참을 보낸다. 그 질문을 하지 않았으면 했는데, 빠뜨리는 법이 없다. 기이한 일이다.

어찌 그리 묻느냐고 물으면 한결같이 답하기를, "그냥 그게 제일 궁금해."라고만 하니 더 물을 수도 없다. 나는 그저 그이 우는 얼굴이 싫어 거짓을 고할까 고민도 했으나, 한 번 그리했다가 들키자 날 원망하며 대성통곡을 하여, 이후로 포기하였다.

✳

우리는 전생에 형제였어. 부모님이 일찍 돌아가셔서 내가 그대를 키우다시피 했어. 다 크고 나니, 다들 그런 것은 모르고 그저 그대가 우애가 깊고 내게 복종하는 착한 동생인 줄 알았지. 우리끼리만 알았어. 그대가 얼마나 마음 놓고 내게 어리광을 부리고, 악마처럼 부려 먹는지.

이번 생에 그이가 태어난 집안은 권세가 꽤나 높은 집안이라, 어려서부터 몸종 하나 곁에 두는 것은 일도 아니었으나, 그 몸종이 귀한 몸에게 '너'라 부르고 반말을 하는 것은 경을 칠 일이었다. 그나마 그이가 열 살이 될 때까지는 정치 싸움이 판치는 수도에서 멀리 떨어져 키우겠다는 방침이 내려와 둘만 있을 수 있었으나, 그 이후에는 본가에 들어가고 학당도 다녀야 했다.

하여 근 한 달쯤은 말버릇을 고치느라 고생하였다. 그이는 어느 생에도 항시 고집이 세고 생각을 고치지 않는 성정이었으나, 합리적인 이유를 들어 설득하면 의외로 쉽게 고치는 사람인데도 그러했다.

일단 그이와 나 사이의 말버릇을 고치는 일에 대하여 합리적인 근거를 드는 것부터 길이 멀고 험난하였다. 권세가 집안에서 태어난, 그것도 왕족의 방계 일족인 그이와 한낱 몸종인 나 사이의 신분 차이에 대하여 알려야 했고, 말버릇 달리해 그이에게 존대하고 깍듯이 하지 않으면 맞거나 내쳐지는 것은 나임을 주지시켜야 했다. 또한 그이의 위치와 나이로는 신분 차이를 없애기는커녕 날 감싸거나 내 신분을 바꿔주는 일도 여의치 않음을 납득시켜야 했다.

그이는 울었다가, 노했다가, 몇 날 며칠을 외면했다가, 곡기를 끊었다가, 그이 방 앞에서 움직이지 않는 나를 안고 마지막으로 한 번 더 통곡하고는 내 청을 받아들였다. 지난한 그 시간 동안 나는 그이의 어린 몸에서 물이 다 빠질라 걱정스러웠고, 그리 잃기 싫어하는 것이 무엇인지 궁금하기도 하였다.

지난 생들을 기억하지 못하니, 그이 입장에서는 어릴 적부터 흉금을 터놓은 유일한 친우를 잃는다 여길 수도 있겠다 싶었다. 하늘의 벌을 받으며 그이와 떨어질 수 없음을 아는 나 혼자만 태평하고 단호하고 엄격하였구나, 그리 생각하니 뒤늦게 미안했다. 그러나 사과를 할 수 없는 깨달음이었기에, 그저 단것처럼 타협안을 내밀어보았다.

"아무도 없을 때 옛날이야기를 들려달라 하시면, 그때는 예전처럼 이야기하겠습니다."

그것만으로도 그이 표정이 좀 나아지니, 그제야 꽉 막혔던 가슴이 좀 잠잠해진다. 이상한 일이다. 이전 생에서는 아예 원수였던 적도, 원수가 아니라도 끝끝내 나를 싫어하고 밀쳐 내는 일도 많았고 그 모든 감정 또한 내 것이라 기꺼웠는데, 이제 와서 그이 우는 얼굴이 무어라고 가슴을 잡아 뜯는가. 아직 이 생의 목적도 알아내지 못하였는데 섣불리 어느 쪽으로 기울어선 안 된다 다짐했다.

그이와 함께한 여러 번의 생은 매번 선명한 관계와 목적이 주어졌다. 그이와 어떤 관계인지 확정되고, 그이가 그 생에서 원하는 것이 무엇인지 알고 나면 나는 그것을 이루기 위해 몸을 던졌다. 때로는 이루지 못하고 그저 내 생명만 내던지기도 하였다. 처음 실패하였을 때는 긴장하였으나, 몇 번인가 실패 후 비슷한 생을 다시 살게 되자 깨달았다. 원하는 대로 조절되는 것은 아니라도, 어쨌든 성공할 때까지 기회가 주어진다는 것을. 하늘이 원하는 바를 내가 이룰 때까지 몇 번이고 기회는 다시 왔다. 그것은 아주 결정적인 깨달음이어서, 이후로 나는 매사에 두려움 없이 임할 수 있었다. 세다가 잊었을 만큼 여러 번, 나는 그이가 생을 얻을 때 함께 세상에 나와, 그이와 매번 다른 관계가 되어서 평생을 살고 죽었다. 그이가 먼저 죽는 날에는 바로 따라서 자진했다.

이번 생은 아직 목적을 알 수 없었고, 관계도 확실히 알 수가 없었으므로 그 무엇도 확정하지 않은 채로 두고 보아야 했다. 하나, 무언가 틀어진 것 같아 초조했다. 왜인지 알 수가 없었다.

우리는 전생에 친구였어. 처음에는 그냥 같은 학당에서 만난 친구였고, 나중에는 같이 전쟁에 나갔어. 그대와 나는 생각이 달라서 항상 싸웠기 때문에 다들 우리가 원수인 줄 알았는데, 실상은 우리는 친했어. 아니, 싸울 때조차도 우리는 친하고 가까웠어. 모두가 오해했던 게 안타까워. 그러나 오해란 걸 바로잡기가 그리도 어렵더라. 세상이 쓰는 이야기란 진실보다는 그들이 믿고 싶은 것에 가깝다지만 그걸 그리도 선명하게 안 건 그 생에서였어.

사춘기를 막 지나칠 무렵, 그이에게 연모하는 이가 생겼다. 그리하여 이번 생의 나는 그이의 연인이 아닐 것임을, 적어도 첫사랑은 아닐 것임을 알았다.

그이와 그 상대는 더할 나위 없이 잘 어울리는 한 쌍이었다. 학당 동기인 그 아이는 하얗고 말간 얼굴이 때로는 순진해 보이고 때로는 품위 있게 빛나는 것이 그이와 비슷한 인상이었다. 말이 없다가도 좋아하는 것을 화제로 올리면 더없이 수다스러워지는 성정이며 예와 악을 좋아하는 취향까지도 찰떡처럼 잘 맞았다. 이제껏 이전 생에서 그이가 다른 이와 맺어지는 것을 여러 번 보았으나, 그중에서도 손꼽을 만치 잘 어울리고 보기 좋은 조합인지라 절로 흐뭇한 미소를 지으며 보게 되었다.

그이는 학당을 오가는 길에 아이와 손잡고 걸었고, 이야기를 나누느라 대문 앞에 서서 한참을 망설이다가 떨어지기 싫어 이틀에 한 번은 다시금 아이의 집까지 걸어갔다. 발이 아프면 마차를 불러 그 안에서 내도록 웃고 이야기하고 만지고 입을 맞췄다. 나는 대개 누군가가 오지 않도록 지켰고, 이야기 도중 날아오는 질문에 답하고, 심부름하거나 그이가 손대지 못하는 아이 몸에 손을 대서 데려다주거나 했다.

그이가 나보다 그 아이를 우선시하더라도, 나를 시켜 그 아이에게 봉사하게 하더라도 괜찮았다. 그이가 사랑하는 것을 사랑하는 것, 그이가 원하는 것을 이루어주는 것이 나의 본분이매, 그런 일에 보탬이 되는 것은 기쁜 일이었다.

태도가 애매한 것은 도리어 그이였다. 그이는 기껏 내게 일을 시켜놓고는 항시 보상이라도 하는 듯이 불러들여 고맙다고, 미안하다고 거듭 인사했다. 그러지 않아도 된다고 해도 계속 그리했고, 그러면 내가 불편하다고 했을 때에야 그 인사를 멈추었다. 그러고는 이번엔 그 아이와 함께한 것을 나와도 함께하려 들었다. 도무지 영문을 알 수가 없었다.

어찌 그러시냐는 물음에, 어떤 소중한 것이 생겨도 네가 가장 앞이고, 내 가장 가까운 자리는 네 것이라 말씀하시니, 못내 설레면서도 무언가 잘못되었다는 느낌이 들었다. 그 말을 하면서 쳐다보는 눈이 꼭, 전생을 기억하는 것 같아서. 아무리 어릴 적부터 내내 보아왔다고 해도 이 생의 나만이 아니라 그 너머를 보는 듯해서.

애초에 기억하는 이는 나뿐인 반복이고 윤회였다. 그이는 매번 새로이 태어나고, 전생을 기억하지 못하였다. 전생에 관한 이야기는 그저 이야기로 남았다. 그래야 했고, 그래왔다. 그런데 그이가 첫 생을 사는 자의 것이 아닌 눈빛으로 의미심장한 질문을 던지거나 내 존재에 집착을 드러내고 나에게 무조건적인 신뢰를 보내고 이미 많은 일을 겪어온 전우처럼 대하니 불안했다. 드러날 만큼 뚜렷한 증거는 없었으나 수없는 생 동안 그이를 지켜본 감이 그러했다. 이번 생의 그이는 아무 기억 없이 태어난 사람이 아닌 듯이 굴었다.

✳

우리는 부모와 자식 사이였어. 한번은 내가 아비였고, 또 한번은 내가 어미였고, 또 한번은 그대가 아비를 하고 어미도 하고. 부모였을 적에 나는 그대가 태어나기 전까지 너무 지루하고 심심하게 보냈어. 그대가 태어난 이후에는 어찌 되든 그대가 원하는 대로 살 것을 알아서 내버려두었더니 너무 방임한다고 서러워했고, 다음 생에 이것저것 챙기고 돌봤더니 숨이 막힌다고 짜증 냈어. 효성에 매이지도 않고 할 말을 다 하니 주변인들은 그대를 아주 불효자라고 비난했더랬어. 그런데 우습게도, 내가 자식일 때 그대도 방임하더라. 나중에 내가 다 커서야, 어째야 하는지 모르겠고 내가 저절로 크는 것 같아서 그랬다며 혼자 사과하길래 속으로 웃었어. 내가 왜 웃는지 그대는 알지 못했겠지.

학당을 졸업하기까지 한결같이 다정하던 그 시절은 그이가 연모하는 아이가 갑작스레 왕이 되고 이웃 제국의 황녀를 왕후로 맞아들이며 산산이 깨어졌다.

차라리 잘되었다 싶었다. 그이가 사랑을 빼앗겨서 좋은 게 아니라, 이루어질 수 없어졌으므로 더욱 연정이 불탈 것이라 생각하여서 그랬다. 내가 평범한 부모나 가족이었다면 그이가 그대로 결핍 없이 사이좋게 지내다가 혼약으로 맺어지고 백년해로하는 것을 원하였겠으나, 거듭된 생을 돌이켜보면 그런 평탄한 인연이 끝까지 가는 법은 좀처럼 없었다. 평탄한 인연은 평탄하게 끊어졌고, 어렵사리 이어져야 그나마 질기게 달라붙고 지켜냈다. 본디 사랑에는 장애물이 꼭 필요하다는 것을 경험으로 알아버린바, 지금의 상황이 더 나았다.

그이는 처음에는 그저 왕의 곁에 설 수 있을 정도의 무장이 되는 것을 목표로 삼았다. 정말로 되고 싶은 것은 왕의 반려였으나, 그이에게는 신분과 배경은 있어도 공적이 없었다. 신분과 배경만으로도 궁에 드는 것이 어렵지는 않았으나, 반드시 뒷말이나 모함이 들이칠 것이므로, 공을 세우고 제 편을 만들어야 한다고 그이는 판단하였다. 나 또한 그 판단이 옳다고 생각하였으나, 기실 틀린 판단을 했더라도 상관없기는 하였다. 무엇을 택하든 나는 그이가 원하는 것을 이루기 위해 사는 자이니.

다른 장애물이 앞을 가로막았다. 왕과 이야기하고 돌아온 그이가 고민이 깊은 눈을 하기에 물었더니, 왕후를 맞이할 때 다른 이를 후궁으로 들이지 않기로 약조했다는 이야기를 들었다 하였다. 속국까지는 아니나, 작은 나라의 왕실에 제국이 영향력을 미치는 그나마 온건한 방식이었다. 누군가를 후궁으로 들인다 해도 왕은 절대로 눈길도 주어서는 안 되고 합방도 치를 수 없고, 그저 내명부에 들어가 왕후를 보필하고 복종하는 것만이 가능하다고. 그이가 말하기를, 그저 정치적인 것만은 아니라 그 황녀가 왕을 마음에 품어 그리 완고하게 금하는 것 같다 하였다. 기운 없이 떨군 고개를 당장에라도 받쳐 들고 싶었으나, 참았다.

그이가 내게 물었다. 이 상황을 어찌 바꿀 수 있을까.

나는 두 나라 사이의 역학 관계를 근본적으로 바꾸어야 한다고 답하였다. 제국이 절대적인 우위에 서지 못하면 제국을 등에 업은 왕후의 조건도 누그러질 것이라고 하니, 그이가 한숨을 쉬었다. 그 한숨의 깊이에 등이 저렸다. 저 한숨이 땅을 파고들고도 넘을 만치 깊은 것은 앞에 놓인 숙원이 너무 큰 탓이라. 원하는 것을 이루어드려야 하는데 바로 덜어줄 수가 없음에 고통스러웠다.

내가 아무리 하늘의 가호를 받아 본신의 힘을 어느 정도 사용할 수 있다고 해도, 한 나라를 상대할 만한 무력을 갖고 있지는 않았다. 고작해야 몸을 그림자에 숨길 수 있고, 보통의 인간보다 힘이 좀 세고, 몸에 난 상처가 빨리 낫고, 아주 좁은 지역에 바람을 불러올 수 있고…. 하지만 나는 본디 어떤 힘을 갖고 있었는지 기억도 나지 않을 정도로 많은 생을 살았고 너무 약해졌다. 무력이 아닌 다른 방도가 있느냐 하면, 나는 그이 외에 아무도 믿지 않았으므로 암투를 할 수도 없었다.

정치적인 싸움이라면 그이가 주도했던 적이 이전 생에 있었으나, 그때의 경험은 기이하고 불쾌했으며 내 성정에 맞지 않아 기억에도 그다지 남지 않았다. 무엇보다 나는 그때 그이의 충실한 꼭두각시이자, 단 하나 믿을 구석으로 사는 것만도 벅차고 버거웠다. 그이가 내게 원한 것은 함께 대국을 그리며 보아줄 동료가 아니라, 맡긴 바를 한 치도 틀림없이 그러나 아무 생각도 하지 않고 실현하는 대리인이었다.

변명이다. 그때 익혀두었어야 했다. 다시 같은 상황이 오지 말라는 보장도 없는데, 안이하게 흘려보낸 내 탓이었다.

내게 남은 길은 첩자뿐이었다. 그것도 장기간 잠복하여 사람에게서 정보를 얻는 유형이 아니라 문건이건 무엇이건 물리적인 실체를 훔쳐 오는 첩자. 다행히 정보를 수집하고 경비가 삼엄한 곳에 침입하는 것에는 경험이 있었다. 속세의 장치들로는 내 능력을 막을 수가 없으므로 그다지 어려운 일도 아니었다.

그이에게 한동안 시간을 달라 청하였을 때, 그 반응이 지나치게 격렬하여 다시금 놀랐다. 무슨 생각을 하는지 알겠는데 가지 말라고, 곁을 비우지 말라고 했다. 제 소원 때문에 그런 것이라면 그 소원을 단념하겠다고까지 하는 말에 너무 놀라 제발 그러지 마시라고 내 쪽에서 매달려야 했다. 연모하는 이는 따로 있으면서 어째서 그렇게까지 하는지는 물을 수 없었다. 돌아올 대답이 두려워서.

그래도 한 가지 희망이라면, 내 능력에 대해서 알고 있다면, 다시 말해서 정말로 예전 기억이 있다면 이렇게까지 걱정하지는 않을 거라는 부분이었다. 걱정하지 마시라, 꼭 돌아오겠다, 거듭 약조하는 내게 그이가 말하였다.

"우리에게는 남은 시간이 별로 없어."

다시금 의심이 고개를 들었고, 그렇다고 정말로 물을 수도 없어 침묵했다. 한참을 그렇게 침묵하니, 그이가 일어서서 뒤돌았다.

"안녕, 잘 있어."

이 생에서 처음 듣는 인사였다. 언제나 떠나거나 다녀오는 것은 내 몫이었기에 한 번도 들어본 적 없는 인사였다. 불안감에 사로잡혔으나 그이를 다시 잡지는 못하였던 것이 아마도 내 한계였으리라.

✳

우리는 전생에 원수였어. 그대가 한 짓은 아니지만 그대의 아버지가 내 집안을 몰살시켰어. 그래서 나는 복수하기 위해서 오랫동안 준비해서 그대의 집안을 쳤어. 그러기 위해 처음에 그대한테 접근했고, 그대는 내게 진심으로 응해주었지. 사실을 알고 나서 그대는 많이 울었어. 온전히 나를 미워할 수가 없다고, 기실 내게 일부러 손을 빌려준 것이라고, 그대도 죄인이라고. 내가 무어라고 답했는지가 기억이 나지 않아. 그 생의 끝이 어땠는지도.

잘못된 것 같다는 걸, 느낌이 아니라 몸으로 처음 알게 된 것은 그때였다. 그림자 속에 숨어드는 능력이 전혀 발휘되지 않았을 때. 하필 제국에서 정보를 얻기 위해 잠복하던 때였다. 하마터면 그때 바로 들켜서 아무것도 못 할 뻔했는데, 우연히 다른 소리가 간섭해서 들키지는 않았다. 나는 그 자리를 피한 후 혼자서 시험해보았다. 팔에 생채기를 냈는데, 바로 아물지 않았다. 피가 계속 흐르고 상처 부위가 따끔했다. 하늘에서 준 능력이, 적어도 육체적인 능력이 사라진 것을 짐작할 수 있었다.

그때 멈췄어야 했는데, 다시 한 번 시험해보기 위해서 며칠을 더 제국에서 머물렀다. 예전이라면 신경을 쓰지도 않았을 신경을 다 써 가며 꼬리를 밟히지 않고 정보를 모으려 해보았다. 그러나 알량한 기량에 금세 누군가의 손에 잡혀 눈이 가려진 채 끌려갔다.

날 잡아간 자는 그이의 이름으로 나를 불렀다.

"왕족의 일원이면서 어찌 이런 일을 하셨소?"

무언가 단단히 잘못되었다.

＊

　우리는 전생에 연인이었어. 부부는 아니었어. 신분도, 성별도, 나이도, 심지어 종족도 맞지 않았거든. 혼인은 사회제도잖아. 뭇사람들에게서 증표를 받아야 하지. 아무에게서도 인정을 받을 수 없으니, 증표를 받고 혼인할 수는 없었어. 하지만 아주 아주 사랑했어. 서로가 서로에게 첫 번째였고, 마지막이었어.

　무얼 해보려다 잡힌 것이지, 실제로 손에 쥔 건 없었기에 나는 아무 해도 입지 않고 그저 가벼운 경고만 받고 풀려났다. 나는 그 경고 때문이 아니라 내게 무슨 일이 일어났는지를 알기 위해 서둘러 귀국했다. 그리고 내게 그 무엇도 남지 않았다는 것을 부정할 수도 없게끔 모든 방면에서 확인받았다.

　그이를 기억하는 것은 나 혼자뿐이었다. 집은 나의 것이 되어 있었고, 장군이 되기 위하여 노력하던 방계 왕족의 이름을 가진 것도 나였다. 그이가 가진 모든 것이 내 것이라고 탈바꿈된 대신, 나의 존재는 사라졌다. 몸종이었던 그자는 명부에 적힌 이름도 없고 누군가의 기억에도 남지 않아 세상에 존재한 적도 없는 듯했다. 그런 식으로 내가 아닌 그이가 완전히 지워졌다.

　제국에 갔던 나의 행적 또한 그이의 것으로 바뀌어 있었기에, 왕에게서 걱정 어린 서신이 내려와 있었다. 그 일과 관련하여 긴히 할 말이 있으니 들라기에 입궁하여 알현하였다. 왕이 말했다. 비록 제국의 황녀로서 정략적으로 자신을 압박하기 위해 온 왕후이나 진심으로 아끼며 연모한다. 가망 없는 연심을 쟁취하고자 목숨을 던지지 말라. 그이의 목적이자 주군이자 은애하는 자가 그리 하명하였다. 이대로도 제국과 이 나라의 사이는 서서히 나아질 것이고, 앞으로 혹여 애정과 기대로 인한 환난이 닥쳐올지라도 거기에 대응하는 것은 왕의 몫이지 네 몫은 아니라고.

어명을 빙자한 축객령을 들은, 내가 정말로 그이였다면 실연을 겪는다 일러야 할 그 자리에서 나 또한 내 처지를 깨달았다. 이런 식으로 한 사람의 존재를 지우고 세상에서 없었던 듯 만들 수 있는 힘이 인간의 것일 리 없으므로, 지금 벌어지는 이 일은 모두 하늘의 짓이어야 마땅했다. 눈에서 비늘이 떨어졌다.

그이의 모든 관계와 모든 감정을 가진다니, 죄인에게 누가 그리 달콤한 벌을 내린다던가. 남들 눈에는 벌이고 내게만 상이겠는가, 하물며 하늘의 눈을 속일 수 있겠는가. 내가 해온 일은 업보에서 비롯한 것이긴 하되 죄업이 아니라 과업에서 비롯하였던 것이다. 천선의 혼백을 모으는 일. 죄인이어서였는지, 어떤 일에 희생당했는지 기억나지 않지만, 그이의 혼백이 갈가리 찢기고 떨어져 나가, 그것을 모으고 복원하기 위한 길에 내가 동행하게 된 것이리라. 내게 내린 벌이라는 것보다 이쪽이 더 이해가 가는 추측이었다. 어째서 벌이라고 생각했는지, 아니면 본디는 벌이었는데 내가 마음을 달리 품은 것이었는지 알 수 없었다.

그건 알지 못해도 괜찮았다. 어차피 어찌하라는지, 무엇을 하라는 것인지 하늘은 가르쳐주지 않았다. 지금 내가 겪는 변화와 마찬가지로 피할 수 없이 겪을 일이란 뜻이었다.

그이가 사라지고, 그이의 자리를 내가 맡고, 하늘의 능력을 잃어 인간이 된 몸으로 사는 일이 내게는 첫 생이나 다름없었다. 혹시나 인간의 삶을 산다는 것 자체가 과업인가도 생각해보았으나, 이미 그이가 자기 정체도 모르고 몇 번이고 평범한 인간으로 생을 살았는데 이제 와서 그럴 필요가 있는가 싶어 그 가정은 지웠다. 다시금 처음으로 돌아가, 알려주지 않은 것은 필연코 겪을 일이라 그럴 것이라고 자신을 다독였다.

다독여야 하였다. 그이가 없이, 다시 만날 날을 기약할 수도 없이, 그렇다고 당장 따라갈 수도 없이 이어가는 삶이란 외롭고 비루하기 짝이 없어 위로와 격려가 절실했다. 나는 그간 따뜻한 물에 머리까지 기분 좋게 잠겨 있었다는 사실을 물 밖으로 끌려 나와서야 안 어린아이처럼, 뭍으로 나왔다가 미처 제 처지를 깨닫기도 전에 다시 돌아가지 못하게 된 물고기처럼 살았다. 곧 죽는 게 더 나으리라 생각하면서도 과업이 무엇인지 알 수 없어 당장 죽을 수가 없었다. 혹여나 과업을 완수하지 못하고 포기하였다고 하늘의 진노를 사서 다시는 그이와 만날 수 없게 되면 어쩌나? 이전 생에서는 그이가 먼저 죽더라도 다음 생을 어디에서 시작했는지 알 수 있었기에 주저하지 않고 그 뒤를 따랐건만, 이제는 그런 걸 알 수도 없었다. 알 필요도 없기는 하였다. 천선이 갈 곳이란 하늘뿐일 테니.

부재를 곱씹으며, 미래도 알 수 없고 이루어야 할 과업도 알지 못한 채로 하루하루를 넘겼다. 이것이 인간의 삶인가? 이것이 필멸자의 한계인가? 이것이 내가 받은 과제인가?

그이는 어떻게 이런 삶을 거듭 견뎠을까. 알지 못하여서 가능했을까, 그이여서 가능했을까?

쓸데없어도 그이 생각을 하지 않으면 견딜 수 없었다.

＊

우리는 사제지간이었어. 당연히 내가 스승이었지. 그대는 말썽쟁이 막내 제자였고. 그런 주제에 가장 나랑 맞먹는 애였어. 모두가 그대를 아꼈어. 그리고 물론 내가 가장 아꼈지. 그대에게 내 자리를 물려주고, 그대의 앞길을 가로막는 방해물을 치워주려고 했어. 세상 모든 것에게서 그대를 지켜주려고 했어. 그런데 내가 먼저 떠날 수밖에 없었어. 날 던져 넣지 않으면 막을 수 없는 일이 일어나서. 후회했지만, 그대에게 더 빨리 더 많은 것을 주지 못한 데 대한 후회였어. 날 희생한다는 선택을 후회할 리 없지. 그때 그리하지 않았으면 그대가 죽었을 터이니 그것은 선택조차 아니었어. 필연이고 당위였지. 이런 식으로 먼저 떠나고

난 뒤에 그대가 살아내야 했던 시간이 궁금했었는데 볼 수도 물을 수도 없으니 그저 아쉬워할 수밖에.

인간으로 살아야 하기에 혼자 살 수 없었다. 그이가 있을 적에 이미 만들어진 인간관계와 사회생활을 단번에 끊어낼 수도 없었다. 일상적으로 처리해야 할 일들을 처리하느라 보내는 시간이 하루의 절반을 넘어가자, 위기감을 느꼈다. 그이를 생각하고 기억을 담아내는 것이 전부였던 머리에 지나치게 많은 것을 욱여넣느라 정말로 중요한 것이 사라질지 몰라 두려웠다.

이후로 나는 매일 그이하고 있었던 일을 적기 시작했다. 어린 시절의 그이에게 잠들기 전 이야기해주었던 것처럼. 아무리 바쁜 날이라도 적었다. 붓을 들고 졸다가 종이를 버리는 한이 있어도 시간을 쪼개어 써 내렸다. 그 기억들을 잊으면 정말로 그이가 사라질 것 같아서, 덩달아 나 자신도 사라질 것 같아서 견딜 수가 없었다.

다시는 볼 수 없다는 사실을 아는 이에 대한 마음을 간직하는 것, 잊지 않으려 애쓰는 것, 다시 만나고 싶은 마음에 마음이 저미는 듯 아프다가 언 듯 시리다가 데인 듯 쓰라린 것 모두 처음 겪는 일이라 생소했다. 이것을 무어라 부르는지 알지 못했다. 다만 그 감정을 자각한 날, 손에 붓을 쥔 채로 또 하염없이 앉아만 있었다. 흘러넘치는 감회를 어쩌지 못해, 처음으로 붓을 놓고 넋을 놓았을 때, 붓이 홀로 일어나

종이 위로 움직였다.

'한 걸음 남았다.'

그것에 놀라움을 느끼기도 전에 질문부터 튀어나왔다.

"하늘이시여. 오셨다면 자비를 베풀어 이것의 이름을 알려주소서. 이것이 무엇이기에 제 과업이었나이까?"

'그것은 그리움이다.'

알고 나니 기가 막혔다. 그 많은 생 동안 그리움을 배우지 못했다니. 그이를 향하여 끊임없이 온몸과 마음을 곤두세우는 것은 그리움이 아니었던가 보다. 그리움이란 게 얼마나 무서운 것인지, 고통스러운 것인지도 모르고서 주제넘게 모든 관계와 모든 감정을 가지겠다고 호언장담했구나. 그이를 아끼므로 그이와 함께하는 나날의 꽃만이 아니라 가지도 뿌리도 줄기도, 모든 것을 통틀어 가지겠다고 했던 다짐이 무색하게도 기다림과 그리움에 얼마나 나 자신이 시들었는지를 느꼈다.

붓이 내 앞에서 다시 움직여 무심하게 전했다.

'마지막 과업을 내리겠다.'

이번에는 자비롭게도 알려주시는구나, 했던 감상에 입꼬리가 조금 올라갔다가 순식간에 내려갔다.

'망각하라.'

우리는 예인과 후원자였어. 내가 예인이고 그대가 후원자. 그대는 정말 아무것도 쥐고 태어난 게 없으면서 날 처음 본 날 이후로 이를 악물고 돈을 벌고 지위를 높여서 날 보러 왔어. 그리고 날 사려고 했는데 내가 친구가 되자고 했어. 그 생에 내가 왜 그런 선택을 했는지는 나도 아직도 몰라. 아마도 다른 생에서 그런 식으로 그대의 것이 된 적이 있어서가 아니었을까. 천한 취급 받는 예인이 건방지게도 친구를 하자고 해도 그대는 기꺼이 받아들였어. 결국 그대의 집에 머물게 되었지만, 끝까지 내가 정해둔 선을 넘지 않아서 결국 내가….

이 과업 또한 내가 애써서 이루어야 하는 것이 아니었다. 필연코 다가오는 것이었다. 어느 날, 전생의 기억을 쓰다가 아무리 해도 기억이 나지 않았다. 더 이상 무너질 세상 같은 건 없는 줄 알았는데, 아직도 있었다.

이렇게 조각난 기억은 망각했다는 걸 알아챌 수라도 있으나, 아예 사라진 기억은 잊었다는 것도 모른 채 그저 잃었을 것이다. 그리 생각하니 잠시도 가만히 있을 수 없을 만큼 불안해, 모든 자리를 작파하고 집에 틀어박혔다.

※

　우리는 주인과 노예였어. 그때는 내가 주인이고 그대가 노예였지. 내가 그대를 손에 넣기 전까지 다른 주인이 있어서 그대가 고생을 많이 했어. 다행히 죽기 전에 구했지만, 이미 그대는 많이 상처받고 자포자기한 상태였어. 잘해줘도 경계를 늦추지 않았지만, 남들에게보다는 내게 더 빨리 마음을 열었지. 그 마음이 내 생각보다도 더 많이 열렸던 것을, 그대가 감히 아무도 짐작하지 못할 만큼 나를 소중히 여겼던 것을 뒤늦게 알았어. 그대의 죽음으로. 내게 오는 화살을 홀로 다 맞고도 바로 숨을 거두지 못하며 나를 보던 그 눈길로.

　쓰고 또 쓰다가 팔에 힘이 들어가지 않아, 인간은 먹지 않고 움직이지 않으면 굳는다는 것을 굳이 체감해야 했다. 뼈아픈 실수로 며칠을 날리고 나서야 최소한 먹고 마시고 팔다리를 움직이게 되었다.

　가끔씩 붓이 혼자 움직이면, 다시금 하늘의 말이 들릴 것을 알아 물었다.

　"천선께서는 잘 계십니까?"

　이런 건 답을 해주지 않았다. 가만 보면 하늘은 참으로 치사하다.

　"제가 망각하지 못하면 무슨 일이 일어납니까?"

　'천선도 망각을 배우지 못하리라.'

이러한 것에는 재깍 답을 내려서 날 절망케 했다.

나는 잊고 싶지 않았다. 이 기억들이 내게 남은 그이의 전부였다. 과업을 마치고 하늘로 돌아간다고 해도, 내가 잊었고 그이가 잊었는데 둘 사이에 무엇이 남겠는가? 그리움은 고통스러웠고, 그리움에 끝을 내는 것은 망각일 것이나, 잊느니 고통스럽고 싶었다.

그러나 망각을 배우지 못한 천선은 완전하지 않다. 그이를 위한다면 서슴없이 모든 걸 지워냈어야 옳다. 그럼에도 잊지 못하겠다 하는 것은 내 욕심이고, 내가 그이에게 품은 감정의 본질이 욕심이었음을 드러내는 증거일 것이다. 나는 어떤 방식으로든 그이를 가지고 싶었다. 지금 가질 수 있는 것이 기억뿐이라면, 하나도 놓을 수 없었다. 이렇듯 전생을 써 내리는 것도 오직 그 하나만을 바라서였는데, 하늘은 그마저도 내게서 뺏어 가려고 한다.

나를 둘로 나누어 한쪽의 나로 잊어 과업을 이루고 또 한쪽의 나로 잊지 않아 그이를 품고 싶다.

✳

우리는 사냥꾼과 사냥감이었어. 사실 엄밀히 말하자면 그대가 하찮은 사냥꾼이고 내가 위대한 신수였으니 그렇게만 말하긴 어려운 관계였지만 말이야. 겁도 없이 날뛰는 그대가 꽤나 흥미로워서 잠시 어울려주려고 했는데, 어느샌가 그대의 손아귀에 잡혀 있더군. 홀로 살아가야 하는 신수가 그대의 존재를 기억하고 가까이 여기고 감정을 가지게 되었으니 그 처지를 달리 어떻게 이르겠나. 그대는 향기롭고 눈부시고 잔혹했어. 신수를 잡아놓았으면 응당 책임을 져야 할 것을, 어느 세상인가를 구하겠다고 제 혼백을 갈가리 찢기며 나를 떠나니, 내가 달리 어찌해야 하겠나. 뒤늦게나마 할 수 있는 것을 그러모을 수밖에.

계속 써 내리던 붓은 마지막, 최초의 기억에 닿았다. 다행히도 다 쓸 때까지 기억 속에 남아 있었다. 이 기억을 꺼내지 않았다면, 나는 그대로 종이뭉치를 쥔 채로 과업이고 하늘이고 불응하였을 테다. 처음을 떠올리니, 내 욕심이 오랜 세월과 약간의 망각과 그리움에 변색되었음을 알았다.

내 진짜 소망은 그이가 다시 온전히 사는 것이다.

그다음이 있다면, 이 과업을 완수하는 동안 그랬듯이 곁에서 그이를 지키는 것이다. 그러나 다음이란 언제나 지금이 있어야 가능한 법이다.

아마도 모든 걸 망각하고 과업을 완수하면, 최악의 경우 그이와 만나지 못하고 그대로 연이 갈라질 것이고, 최선의 경우 다시 만나 내 바람을 이룰 수 있을 것이다.

나의 최악이 적어도 그이의 완성을 이룰 수 있다니, 축복받은 삶이구나. 자비로운 처사로구나.

다 쓴 종이뭉치를 그러모아 들고 강가로 나갔다. 탁 트인 하늘이 마지막 순간을 위해 나를 기다리는 듯했다. 나는 종이뭉치들, 내 기억들을 하늘로 흩뿌렸다.

　그대여, 잊음이 그대를 지키는 길이었음을 알아주오.

　다시 만날 날을 고대하나, 그조차 잊었을 나를 잊지 말아주오.

　모든 것이 사라지고 나서라도 다시 만난다면, 이제야말로 그대를.

　그대를.

최지혜

《반지의 제왕》과 《어스시의 마법사》, 〈라비린스〉의 축복을 받아 장르문학의 저주를 얻었다. 거울에서 편집과 재무와 기록 담당을 맡아왔다. 《한국환상문학단편선》과 《월면도시: 달의 뒷면》, 《거울아니었던들》 총서, 《십이야》에 단편을 수록했고, 못다 핀 장편소설을 끝낼 날을 호시탐탐 노리고 있다.

홍연(紅縺)

구한나리

이상도 하지, 이상도 하지.
어째 이 계절에 이렇게 눈이 끝도 없이 내릴까.

하영은 방 안에서 문을 빼꼼 열고 세상을 다 덮어버릴 듯이 내리는 눈을 보고 있었다. 이리 눈이 와서야, 이리 눈이 와서야, 오라비가 오는 길을 막는 게 아닐까. 눈이 내려 강물도 얼었는데 그 너른 폭 강을 걸어서 건널 만큼 얼음이 단단하지 않다면, 배가 뜨지 못하는 너른 강 저편에서 오라비는 소식도 전할 수 없는 집 쪽을 바라보면서 한숨만 쉬고 있는 게 아닐까.

＊

오라비가 도읍으로 간 것도 벌써 세 해 전의 일이었다. 수 상한 소문이 떠돌던 해였다. 나라님이 사시는 곳에 벽을 쌓고 집을 지으러 간다고 떠난 사람들이 실은 집을 지으러 간 것이 아니라 사납기로 유명한 북쪽 오랑캐와 전쟁하러 간 거라든 가, 그 집을 지으려는 터에 살던 지룡이 노해 집 짓는 일꾼들 에게 불을 쏘아 대서 남아나는 일꾼이 없다든가 하는.

오라비는 담을 쌓는 사람이 아니라 집 짓는 재주와 담을 쌓은 사람이었다. 오라비가 잘하는 거라고는 현이 있는 악기 를 켜는 일뿐이었다. 거문고며 가야금이며 해금까지, 현이 있는 거라면 오라비는 꼭 제 손발처럼 금세 익혀선, 예전에 켰던 사람들도 그 악기가 맞냐고 할 만큼 모두를 놀라게 만들 곤 했다. 그 재주를 살릴 수 있는 집에서 태어났으면 좋았을 것을, 어미는 그리 한숨을 쉬었고 아비는 사내자식 하나 있 는 것이 몸 쓰는 걸 할 줄 몰라서 장가라도 가겠냐며 투덜거 렸다. 그 아비는 비가 많이 오던 날에 둑을 고치러 나갔다가 다시는 돌아오지 않았다. 몸 쓰는 일이라면 뭐든 가리질 않는 사람이었다. 하나뿐인 아들은 집안 먹여 살릴 길이 없어 보였 고 하영이도 제 몸 하나 간수하기가 고작인 몸이니 박복하기 가 이를 데 없노라, 어미를 보고 사람들은 그리 말했다.

어미는 박복하다는 말을 들을 때마다 웃었다. 어쩌겄소, 박복한 겐지 다복한 겐지 살다 보면 답이 나것지. 사람 평생

짧다면 짧고 길다면 길 터인데, 아직 한 사람 몫 할 나이도 못 된 것들이 어떤 사람이 될지 어찌 알것소. 그저 저희들 서로 다정하고 살가우니 그거면 된 게지. 어미는 바지런하단 말보다는 억척스럽다는 말이 어울리는 사람이었다. 저 어미 저 아비 밑에 어째 자식이 저리 났을꼬. 아비가 딴 데서 낳아온 자식이래도 믿겠소. 사람들의 말이 때로 울타리를 넘어 쑥 들어오면 어미는 손사래를 치며 눈살을 찌푸렸다. 세상에, 그 사람이 그런 짓 했으믄 내가 세끼 밥 차려 먹였겠소? 당장 궁둥짝을 차서 내쫓았지. 이미 없는 아비의 말을 어미는 바로 옆에 있는 사람인 듯 했고 어미가 아쉬웠던 마을 사람들은 입험한 말 한 이를 꾸짖곤 했다.

✳

"하영아, 촌장 집에 웬 종이짝이 붙어 있던데, 좀 읽어주련?"
어미의 말에 하영이 길을 나섰다. 언덕에 있는 하영의 집 근처는 나무도 비만 많이 오면 뿌리를 내고 쓰러지는 곳이라 어미가 일하는 밭도 과수원도 멀리 있었고 볕 잘 드는 곳에 자리 잡은 촌장의 집도 가깝지는 않았다. 하영은 어미의 손을 잡고 촌장 집까지 걸었다. 벽에는 다른 곳에서 온 소식이나 나라님이나 벼슬아치들이 아래로 내린 말들이 붙어 있곤 했는데, 오늘 붙은 종이는 평소보다 퍽 길었다.
"집 짓는 일꾼이 더 필요하대요. 터를 닦는 건 이제 끝났으니까 새로 오는 사람들은 흙을 잘 다루는 사람이 좋겠다고요."

"저번에 간 사람들이 언제 온다는 말은 없고?"

"그런 말은 없네요. 이전 사람들과 같이 일하게 될 거라고 되어 있긴 해요."

어미가 한숨을 내쉬었다. 괜찮은 듯 말해도 삼 년이었다. 오라비가 잘 있는지 언제쯤 돌아오는지 궁금한 게 하나둘이 아니지만 마을을 떠난 사람들에겐 아무 소식도 없고 사람이 더 필요하다는 말만 있을 뿐이었다.

"이번에 모으는 건 마흔 살 아래래요. 전에는 스물다섯 살 아래였는데."

"스물다섯 살 아래믄 그해에 다 갔지."

하영은 어미를 보았다. 하영의 표정을 본 어미는 조금 웃더니 하영의 볼을 어루만졌다.

"눈이 내려서 근가, 얼굴이 더 꺼칠하네. 하영아, 옥수수라도 구울까?"

"제가 구울게요."

어미가 손사래 쳤다.

"아서, 불똥 튈라."

어미는 앞서 집으로 향했고 하영은 그 뒤를 졸졸 따랐다. 눈 때문인지 오가는 사람들이 없는 길에는 해가 떠 있어도 해가 떠 있는 것 같지 않았다. 수확이 끝난 논밭에는 새들만이 떠돌아다녔다. 아이들이 뛰어다니는 모습도 보이지 않았다. 늦가을은 사철 중 가장 풍요로울 때라서 여기저기 집 굴뚝에

276

는 연기가 올라오고 사람들은 문을 열고 음식 냄새를 밖으로
풍기며 이웃 누구든 환하게 반기곤 했었다. 적어도 하영이 기
억하는 이곳은 그랬다.

✳

"걱정허지 말고 엄니 모시고 기다려. 엄니, 하영이랑 몸
건강하게. 예?"

"네 몸이나 잘 챙겨라. 옷 단디 잘 여며 입고, 덥다고 훌렁
훌렁 벗어젖히다 고뿔 걸리거나 하지 말고."

"예에, 알죠. 알죠."

아비도 없는 집, 구구절절 글을 올리면 부역에서 빠질 방
법이 있을지도 모른다고 하영이 말했지만, 촌장은 그럴 수
있는 일이었으면 처음부터 빼라고 말이 있었을 것이라 했다.
사람을 모으는 일에는 늘 곤란한 이가 없도록 살피는 것이 나
라님 넓은 뜻이라며. 오래 걸리지 않을 것이니 안심하고 다녀
오란 말도 했다. 촌장의 두 아들 중 작은아들이 부역에 나갔
다. 큰아들은 그해 막 스물여섯이 되었다. 마을에 스물여섯
된 청년이 그렇게나 많은지 하영은 처음 알았다. 씩씩하게 웃
으며 오라비와 마을의 청년 여덟이 함께 떠났다. 하영은 사람
들의 뒷모습이 완전히 사라지기 전에 몸을 틀어 밭으로 향하
는 어미를 따라 함께 밭으로 갔다. 오라비는 돌아보지 않는
사람이었고, 어미가 해가 더 들기 전에 밭으로 향할 것도 아

는 사람이었다.

삼 년이나 데리고 있을 거면, 편지라도 쓰게 해줄 것이지.

어미는 그날 오라비의 뒷모습을 더 보고 있을 걸 그랬다고 말하지는 않았지만 해가 지나도 아무 기별이 없다는 말은 몇 번이나 했다. 하영은 오라비가 현을 켤 때의 공기의 떨림을, 사람들의 다채롭던 표정을, 종종 떠올렸다. 현으로 굳은살이 잡혔던 오라비의 손에는 다른 굳은살이 자리 잡았을 것이다. 먼 길을 가기에 가늘어만 보였던 다리는 좀 더 여물었을까. 마을에서 가장 좁던 어깨는 여느 청년처럼 곧게 뻗었을까. 삼 년은 사람들이 변하기 충분한 시간이었고 상상 속의 오라비는 매번 낯선 사람이 되어 하영의 꿈에 나타나곤 했다. 처음 떠날 때와는 너무 다른데도 하영은 꿈에서 한 번도 망설임 없이 오라비의 손을 잡았다. 오라비는 달라진 얼굴로 똑같이 웃었다. 나 왔어. 오라비의 입술이 움직이고, 웃음을 짓고, 오라비의 눈이 부드럽게 곡선을 그리는 것을 하영은 꿈에서만 보았다.

＊

촌장의 큰아들이 막 걸음마를 뗀 아들을 두고 두 번째 부역길에 오르게 되었다. 스물아홉이 된 가장들도 백 일이면 끝난다는 부역길이라 빠질 도리도 없이 짐을 꾸렸다. 농사일 적은 겨울이니 백 일이면 모를 심기 전에 돌아올 수 있을 거라며 아낙들을 달랬다. 하지만 하영의 오라비가 떠날 때 누구도 삼 년이 걸릴 거라 하지 않았다. 한 사람도 예외 없이 부르는 부역이고 일러둔 기간이 없으니 오래 걸릴 리 없다고 했다. 그 길이 삼 년이 되었다. 간 이 아홉 중에 누구도 돌아오지 않았는데 다시 열둘이 가게 됐다. 나라님 계신 도읍에 뭔가 큰일이 터진 거라고, 흉한 소식을 전하면 누구도 오지 않으려 할 테니, 성을 쌓는다는 말로 물정 모를 사람들을 모으는 거라고, 마을에는 사람들의 불안한 말이 모여 글이 되어 떠돌았다. 누가 쓴 것인지 알 수 없는 글이 마을 한가운데 붙었다. 도읍 근처 사람들로 다 못 지을 정도로 큰 성을 왜 쌓는가. 성을 쌓는 것이 맞는가. 부역 간 사람을 돌려보내지도 않고 더 사람을 보내라는 것이 여태 있던 일인가. 모두 다 부역을 보내면 이른 봄 농사는 누가 짓고 지붕은 누가 올리며 아궁이는 누가 고치나. 노인들과 아낙들과 아이들만 남으면 내년 농사는 어쩌라고 이리 눈 내리는 길에 마을 장년들을 모두 데리고 가나.

"저도 갈게요, 어머니."

하영은 부역길의 출발 전날 밤 어미에게 말했다. 어미는 하영을 물끄러미 쳐다보았다. 안쓰러운 표정이 얼굴을 덮었다.

"네가 가서 뭐하려고. 성 쌓을 남자들 모은다는데, 네가 왜."

"오라버니를 만나고 올게요. 사람들을 따라가면 오라버니가 있는 곳으로 갈 테니까요. 가서 오라버니 잘 있는지 보고 올게요."

"갈 때는 마을 사람들과 같이 간다 쳐도, 올 때는 어찌 오려고. 도읍 가는 길이 얼만 줄 알고. 신령님이 도우셔서 갈 때는 간다 쳐도, 너 혼자 그 먼 길을 어찌 돌아오려고."

"공사 맡으신 분께 사정해볼게요. 어머니와 저 단둘이 사는 집이라서 오라버니가 있어야 한다고. 나라님이 이러신 적이 없다고 하셨잖아요. 사람 하나 쓸 때도 사람 빈자리 생각하고 거두신다고. 그러니 들어주실 거예요."

하영이 어미 말을 듣지 않는 것은 이번이 처음이었다. 하영은 아비가 눈살을 찌푸리는 것을 지겹게 보며 살았으므로, 그간 제 뜻은 없는 사람처럼 지냈다. 어미가 두둔하면 더 죄송하다 고개를 숙였고 마을 사람들이 얼굴을 찌푸리면 아무것도 보지 못한 듯 자리를 피했다. 나라님이 어떤 마음일지 어미는 몰랐지만 그래도 먼 길을 오라비를 보겠다고 올라온 하영을 보면 혼자 돌려보내지는 않을 것이라고, 그것이 사람의 마음이라고 믿고 싶어졌다.

"내가 자식 복이 없다고들 했다, 사람들이."

어미가 말했다.

"남편 복도 없고, 자식 복도 없다고. 그럼 내가 그랬다. 자식 복이 없는지 어떻게 아냐고. 내 자식이 어떤 사람이 될지 당신들이 뭘 아냐고. 그러니까 하영아, 내가 박복한 사람이 되게 하지 마라."

"네, 어머니."

어미는 하영과 함께 짐을 꾸렸다. 추운 바람이 몸에 스밀까 솜을 두둑하게 넣은 겉옷을 챙겼다. 집 밖을 나가는 일이 별로 없어서 여문 옷 여문 신발이 하나 없다고 한숨을 쉬며 밤새워 발목 싸개를 기웠다. 눈길에 미끄러질까 봐 설피도 넉넉히 만들었다. 사람 살피는 게 몸에 밴 아이라 옆 사람들에게 죄다 줘버리지 않을까 하다가도, 그러면 받은 이가 그냥 있지는 않을 테니 가는 길에 조금이라도 눈길을 더 주겠지 싶었다. 마른 나뭇가지를 짚으로 꽁꽁 엮어서 설피를 엮었다. 낭군이라는 인간이 살아 있을 때 숱하게 만들던 설피였다. 손이 매운 사람이라 설피 하나는 참 잘 만들었지. 자식이 제 좋은 건 하나도 안 닮았노라 투덜대던 이였어도 제 자식이 현을 켜면 말을 멈추고 귀를 기울일 줄 알았다. 그 재주가 돈이 되고 쌀이 되기만 했어도 더 예뻐했겠지만. 그래도 제 식구에게 손찌검하는 버릇도 없고, 바깥 여자들에게 눈 돌리는 버릇도 없었다. 말이 앞서서 늘 험한 말만 쏟아냈어도, 집사람 하는 말에 혀는 찼어도, 아예 안 된다는 어깃장은 놓지 않았다. 그 정도면 된 거라고, 괜찮은 이였지, 생각하다 피식 웃던 어미를 보고 하영은 눈을 동그랗게 떴다.

"무슨 생각 하셨어요?"

"으응, 아무것도 아니야. 네가 설피 신고 걸어본 적이 많이 없어서 어쩌나 했다."

"단단히 잘 신고 걸을게요. 염려 마셔요."

"암만."

어미는 하영이 잠들고도 한참 더 짐에 넣을 것을 꾸리고는

거의 밤을 새워 아침을 맞았다. 하영이 무리 끝에 서고 어미
는 무리의 선두에 가서 촌장의 아들에게 몇 번이고 다짐을 넣
었다. 어미가 하영을 얼마나 아끼는지 마을에서 모르는 이는
없었다. 무사히 부역장까지 데리고 가겠노라고, 제 피붙이처
럼 챙기겠노라고, 어미가 쥐여주는 주먹밥이며 삶은 먹거리
들을 받으며 촌장의 아들은 고개를 주억거렸다.

✳

눈이 조금 잦아드나 싶더니 산길로 접어들자 바람이 더해
져 칼바람이 옷 속으로 스몄다. 눈이 날리니 적어도 눈먼 불
은 일지 않겠구나 하영은 생각했다. 날 선 바람이 나무를 다
그치면 마른 기운에 불꽃이 일다가 큰불로 일어나는 일도 있
었다. 기름을 먹인 쓰개 옷이 눈을 막아 옷은 젖지 않았지만
바람에 스미는 한기는 예사 기운이 아니었다. 농사철에는 하
던 공사도 멈추는 법이니 겨울이 성을 쌓기에 좋을 수도 있
겠지. 한창 바쁜 봄여름에 장정들을 불러 모을 수는 없을 테
니, 백일 겨울 동안 빠르게 성을 지어 올릴 수 있으면, 북쪽
의 오랑캐를 막을 단단한 성벽을 올릴 수 있으면, 나라님의
근심도 덜하고 농사일도 안심할 수 있겠지. 그래, 그러면 될
터지.

하지만 오라비가 간 것도 벌써 삼 년 전의 일. 오라비 없이
어미는 남의 밭을 매었고 남의 모를 내었고 남의 이삭을 거뒀

다. 하영은 주인 없는 방에 군불을 때고, 주인 없는 방 모퉁이에 앉아서 오지 않는 오라비를 기다렸다. 오라비의 방에 훈기가 돌아도 오라비가 켜는 현의 떨림은 돌아오지 않았다. 무슨 땅을 그리 다져야 했기에. 무슨 성을 쌓기에. 마을 하나의 젊은이가 모두 떠난 걸 보면 그런 곳이 한두 곳도 아닐 터인데, 그 긴 세월 동안에 얼마나 큰 성을 쌓기에. 마음에 피어나는 불안을 누르며 하영은 설피를 신은 발에 힘을 주었다. 누구에게도 짐이 되지 않아야 했다. 삼 년을 참고 기다린 것은 제가 떠나겠다 하면 어미가 그 얼굴 가득 근심을 담을 것이어서. 오라비 없는 빈방에 귀한 장작을 때는 하영을 나무라지도 않은 어미가, 말하지 못하는 모든 근심을 얼굴에 담을 터여서. 그러니 이 길은 누구에게도 짐이 되지 않아야 하는 길. 오라비를 만나서 이 불안을 모두 거두고, 환하게 웃는 그 모습을 보러 가는 길.

밤이면 사람들은 돌아가며 보초를 섰다. 하영은 혼자 보초는 서지 않았지만 늘 편히 잠들어 있지는 않았다. 사람들이 떠난 자리를 정리하고 가장 끝에 서서 무리의 앞과 거리가 너무 떨어지지 않도록 부지런히 걷고 걸었다. 어미가 마을에서 궂은일을 앞서서 하는 이였던 까닭에, 오라비의 현에 마음을 쉬지 않은 이가 없던 까닭에, 하영이 손보지 않은 마을의 옷이 없던 까닭에, 사람들은 하영을 제 깜냥만큼 챙겼다. 밥때가 되면 밥을 나눴고, 설피 끈이 느슨해지면 단단히 매어주었다. 하영은 늘 그래 왔듯이 무리 안에서 제 할 일을 먼저 찾아서 해냈고, 사람들의 걸음이 변하면 제일 먼저 눈치채고 다른 이들에게 알렸다. 스물아홉 먹은 사내 한 명이 사흘째 되던 날에 발 감각이 없어졌을 때, 하영의 발목 싸개는 사내의 발싸개가 되었다. 여분으로 갖고 온 설피는 닷새째 낙엽에 미끄러지다 설피를 망가뜨린 이에게 갔다. 그렇게 하영의 것이 모두의 것이 되었으므로 하영을 짐이라 여기는 이는 없었다.

열흘 정도 걷고 산 몇 개를 넘어, 눈발이 더는 날리지 않는 날에 모두 도읍에 닿았다. 도성 문지기에게 부역 통지를 건네자 문지기가 모두의 인원을 세고, 하영을 보았다.

"이 아이는 먼저 부역으로 온 이를 만나러 왔습니다. 여기 이름자가 있습니다."

촌장의 큰아들이 하영을 가리키며 말했다. 문지기는 오라비의 이름자를 보더니, 고개를 기울였다. 하영은 문지기의 얼굴을 뚫어져라 쳐다보았다. 문지기의 표정이 무슨 뜻인지, 오라비에 대해 뭔가 말을 할지 한순간도 놓치지 않으려 보자, 문지기의 얼굴에 알 수 없는 웃음이 떠올랐다.

"미르의 사람인데 어찌 만나려고?"

"그게 무슨 말씀이십니까?"

하영이 말했다. 문지기가 놀라 촌장의 큰아들을 보았다.

"미르의 사람이라니 무슨 말씀입니까? 이 아이가, 제 가족을 못 본다는 말씀입니까?"

"…현을 켜는 사람이지, 그렇지 않소? 이 길을 따라 옆길

284

로 들지 말고 그대로 곧장 가시오. 도성의 가장 북쪽에 문이 있소. 미르의 사람을 보러 왔다 하면 문을 열어줄 거요. 문을 나가면 큰 강, 아니 호수가 있을게요."

"도읍 북쪽에 호수가 있다는 말은 처음 들었습니다."

"이제 호수가 있소. 나는 더 말해줄 수 있는 게 없소. 아이 혼자 보내기 그러면 누가 같이 함께 가든가."

"저 혼자 갈 수 있어요."

하영이 말했다. 하영은 설피를 벗어 메고 온 짐에 묶고 짐을 등에 바투 메고는 문지기를 지나 앞서 걸었다. '현을 켜는 사람'이라 했으니 오라비가 맞았다. '미르의 사람'이라는 말은 무엇인지 알 수 없으나, 그것이 오라비라면 하영은 가야 했다. 도읍의 공기는 마을의 공기와 달라서, 눈이 내리는 마을보다도 습기를 머금어 마치 이파리에 물기가 돌기 시작하는 봄날 같았다. 걸음이 점점 빨라지면서 볼끼의 온기가 거북해졌기에 하영은 볼끼를 풀어 팔에 감고 계속 걸었다. 사람들이 힐끔힐끔 하영을 쳐다보았고 하영의 뒤로 촌장의 맏아들과 하영 때문에 동상을 면한 스물아홉 먹은 장정과 또 하영 때문에 눈길을 계속 걸을 수 있었던 장정이 따라 쫓아왔지만, 하영은 돌아보지 않았다.

촌장의 맏아들이 하영을 막아섰다.

"…가지 말아라, 하영아."

"오라비를 만나러 왔어요. 저 혼자 갈 수 있어요."

"하영아, '미르의 사람'이라는 건…."

하영이 눈을 감고 고개를 저었다.

"호수에 갈 거예요. 거기 오라비가 있대요."

하영이 눈을 뜨자, 촌장의 맏아들이 길을 피해주었다. 사람들이 모여 있었다. 하영을, 마을에서 온 사람들을, 구경거리가 생긴 듯 둘러서서 보고 있었다.

도읍은 신기하기도 하지. 아무리 동쪽이래도, 아무리 마을보다 남쪽이래도, 바로 지척에는 눈이 끝없이 오는데 여기는 이리 따뜻할까. 볼끼며 발목 싸개며 단단히 여미고 와도 그리 추웠는데, 밤이면 서로서로 바짝 붙어 앉아서 막 시작된 겨울이 왜 이리도 매섭냐고 그랬는데. 이 날씨면 꽃이 피어도 이상하지 않겠네. 어미 좋아하시는 살구꽃이 피어 있어도 그러려니 하겠네. 이런 날에는 동백이 아니라 벚꽃이 피어도 이상치 않겠네.

한참을 허위허위 걸어 북쪽 문에 닿았다. 눈을 피하려 입은 덧옷이 언제 벗겨졌는지 알 수 없었다. 팔목에 감은 볼끼도 이미 없었다. 어쩔까. 어미가 귀한 솜을 꼼꼼히 여미며 만들어준 귀한 것인데, 오라비를 만나고 오라고 밤새워 흐린 눈으로 기운 것인데. 허나 오라비를 만나러 가는 길이 더 급하지. 오라비가 이 문 너머에 있다는데.

"무슨 일이오? 이 문은 귀문이라, 항시 열 수 없는 문임을 모르오?"

북쪽의 문지기가 말했다.

"'미르의 사람'을 만나러 왔습니다."

하영이 말했다. 문지기가 놀라 하영을 보았다.

"이 아이는 그 사람의 가족입니다."

촌장의 맏아들이 말했다. 문지기는 하영을 한 번 보고는 아무 말 없이 문을 열어주었다. 문이 열리자 두툼한 장갑을 낀 손에 가장 먼저 포근한 습기가 번졌다. 온기가 없다는 점만 빼면 마치 밖에서 실내로 들어서는 문을 연 것 같은 감각이었다. 가마솥 가득 물을 끓이는 부엌문을 연 것 같은. 그러나 그곳은 넓게 펼쳐진 먼 숲 아래에, 그 숲과는 전혀 같이 있어서는 안 될 것 같은 호수가, 흰 안개가 자욱하게 퍼져가며 자리하고 있었다.

이 어디에 오라비가 있을까. 하영은 호수 앞에 섰다. 안개가 부드럽게 퍼지며 하영의 주변을 감쌌다. 따스하다. 오라비가 하영을 토닥일 때, 오라비가 하영의 두 손을 꼬옥 붙들 때, 이렇게 따뜻한 온기가 있었더랬다. 그런데 오라비는 어디에 있을까. 이 문을 열면 오라비가 있을 터인데, 오라비가 있다고 해서 이 문을 열었는데.

"오라비, 오라비!"

하영이 오라비를 불렀다. 어딘가에서 공기가 떨려왔다. 하영이 기억하는 떨림이었다. 오라비가 현을 켜면 이렇게 공기가 떨렸다. 따사롭게 기분 좋게 간질거리는 느낌. 마음 언저리를 어루만지는 떨림. 하영은 고개를 돌리며 오라비를, 오라비가 현을 켜고 있는 곳을 찾았다. 그러나 어디에도 오라비는 보이지 않았다. 짙은 안개가 호수 한가운데에 모이고 있었다. 떨림이 그곳에서 시작되는 것 같았다.

하영은 치마를 걷어 올리고 호수 안으로 발을 내디뎠다. 호수 물은 전혀 차갑지 않았다. 걷어 올린 치마단 끝이 물에 젖을 정도로 걸어 들어갔지만 살갗에 닿는 느낌은 기분 좋게 서늘할 뿐, 초겨울 물이라고는 생각할 수 없었다. 공기의 떨림은 여전히 호수 한가운데에서 오고 있었고, 물속에서도 그 흔들림은 생생하게 느낄 수 있었다. 한참을 걸어 들어갔을 때, 호수 한가운데 안개가 걷혔다. 공기의 떨림이 멈췄다. 호수 한가운데, 떨림이 시작된 곳에, 오라비가 있었다. 처음 보는 감빛 두루마기에 소년처럼 감색 복건을 쓰고, 오라비가 하영을 보았다.

"하영아."

오라비가 '말했다'. 아니, 오라비의 모습을 한 것이 '말했다'.

"나는 가지 않을 것이다. 너는 혼자 돌아가렴. 나는 여기에 살 것이야."

그것이 '말했다'. 하영은 뒷걸음질해 호수에서 나왔다. 감빛 두루마기에 감색 복건의 그것이 하영에게 다가와, 오라비의 얼굴을 하고 하영에게 부드럽게 웃었다. 오라비의 웃음이었다. 오라비가 하듯이 부드럽고 따뜻한 웃음으로 하영을 보았다. 하지만 오라비는 그렇게 하영을 부르지 않았다, 오라비는.

"오라비는 어디에 있어요?"

하영이 말했다. 그것이 놀라 하영을 보았다.

"……어째서 너는 그렇게 말하지?"

"오라비는 내게 그렇게 말하지 않아. 너는 오라비가 아니야. 오라비는 어디에 있어?"

하영이 말했다. 그것이 웃었다. 오라비의 웃음이 아닌 웃음을, 오라비의 얼굴로 웃었다.

하영이 털썩, 주저앉았다. 옷에 스민 강물이 돌연 차가워졌다. 이 계절의 온도로 차갑게 하영의 살갗을 때렸다. 안개가 다시 퍼지기 시작했다. 더는 따뜻하지도 부드럽지도 않은 싸늘한 안개가 하영을 밀어냈다. 하영은 비틀거리며 일어났다. 오라비의 얼굴이 저기 있는데 오라비가 저기 있지 않으면 어디서 오라비를 찾아야 하나. 한 번도 틀린 적 없었다. 오라비의 현이 만드는 울림을 하영은 언제나 구별할 줄 알았다. 오라비가 아니면 만들 수 없는 것이라고, 하나도 어렵지 않다고 그렇게 말해왔다. 어디에 있든 자신은 오라비를 찾을 수 있노라고. 그러나 이제는 알 수 없었다.

"이 세상의 것이 아닌 소리를 냈지. 그 아이는."

그것이 말했다. 하영은 그것을 노려보며 안개에 맞섰다. 이것은 오라비의 손길이 아니니까, 이길 수 있다. 오라비를, 하영에게 글 읽는 것을 가르쳐주고 사람들과 함께 사는 법을 가르쳐준 오라비를 찾기 위해서라면, 오라비의 얼굴을 한 저것에 질 수는 없었다.

"그래서 내게 달라고 했다. 그 재주를 주면, 세상 누구도 두렵지 않을 부를 주겠다 했지. 그런데 줄 수 없다고 했다.

나를 위한 성을 쌓고 있는 것이. 나를 섬기는 왕을 섬기는 미물이. 그럼 왕이 되려 하느냐 했다. 그도 싫다 했다. 한낱 미물이, 제가 섬기는 왕조차도 내게는 하찮은데. 감히, 그 소리가 무엇이기에."

하영의 등 뒤에 문이 닿았다. 북쪽의 문. 귀문이라 함부로 열 수 없다는 문이 얼음장처럼 차갑게 하영의 등에 닿았다. 이것은 겨울. 성 안으로 들어가지 않은 겨울의 냉기가 문으로 모여 있었다. 그래서 문지기는 두꺼운 장갑을 껴야 했던 거였다. 겨울에서 벗어난 성 안에서 성 밖의 겨울을 만나기 위해서.

— 오라비, 오라비는 어떻게 그런 바람을 만들어요?

— 바람?

— 오라비가 현을 켜면 바람이 바뀌어요. 공기가 바뀌어요.
    따뜻하게 여기를, 여기를 간질여요.

오라비는 그런 하영에게 웃었다. 그렇구나. 그럼 하영아, 내가 집을 떠났다 돌아올 때면 현을 켤게. 네게 바람이 먼저 닿도록. 오라비가 부드럽게 말했다. 오라비와 어미만이 하영에게 그렇게 말했다. 네가 느낄 수 있는 게 바람이라면 우리가 그 바람을 만들게. 네가 느낄 수 있는 게 온기라면 우리가 그 따뜻함을 만들지. 하영아. 너에게 우리의 말을 보여줄게. 우리의 마음을 보여줄게. 너의 말이 우리에게 닿도록, 너의 말이 우리의 말이 되도록.

그래서 오라비는 줄 수 없었던 것일까. 내게 약속한 것 때

문에. 집으로 돌아올 때 하영이 알 수 있는 바람을 먼저 보내
야 해서. 그래서 나라님보다도 한참이 높은 이가 현의 소리를
내놓으라 했을 때 그럴 수 없다고 했던 것일까.

"오라비, 보고 있어요?"

하영이 말했다. 그것이 피식 웃었다.

"어리석구나, 아이야. 나는 '미르', 물의 용. 세상 모든 물
을 다스리는 자다. 나를 거스르다 내게 속한 것이 된 네 오라
비는 이미 이 세상에 없다."

"오라비가 만드는 바람이 좋았어요. 하지만 오라비가 만드
는 거라 좋았던 거예요. 오라비가 웃는 걸 닮아서. 오라비가
날 보는 표정을 닮아서. 그게 어떤 건지 오라비는 모르겠지
만, 오라비, 나는, 오라비가 있어서, 어미가 있어서, 그래서
좋았어요. 내가 온 게 오라비의 집이라서, 어미의 집이라서
좋았어."

아랑곳하지 않고 하영이 말했다. 추위가 파고들었다. 오라
비의 얼굴이 차갑게 하영을 보고 있었다. 이 겨울을 만드는
것이 저것이라서, 도읍 안으로 들어가지 못한 겨울이 점점
퍼져 마을까지 닿아서 그렇게 눈이 계속해서 내렸겠지. 찢어
지게 어려운 살림이라 외아들 배필로 고작 병약한 고아밖에
데려올 수 없어서 아비는 계속 투덜거렸지만, 그래도 괜찮았
다. 어머니 아버지를 잃고 제 말을 이해하는 사람은 아무도
없었는데 어미와 오라비와 아비는 제 말을 익혀주었다. 몇
번이고 다시 물어주었다. 그래서 마을에 온 뒤로 하영은 조

금 더 튼튼해졌고, 더 많이 웃을 수 있었다. 하영의 말을 익힌 오라비는 하영에게 글을 가르쳐주었고, 어미는 하영과 함께 마을 곳곳을 다녔다. 그래서 하영은 마을에서 살 수 있었다. 사람들이 만드는 서로 다른 떨림을 구별할 수 있게 되었고, 사람들의 말을 읽을 수 있게 되었다. 오라비가 그리 만들어주었다. 어미가 그리 만들어주었다. 그러니, 각시로 왔지만 너는 내 딸이라고 말했던 어미가 그리 기다리는 오라비를, 데리고 갈 것이다.

"오라비, 오라비, 같이 돌아가요. 현은 평생 켜지 않아도 괜찮으니까. 오라비만 있으면 나는 다 괜찮으니까, 오라비, 오라비."

하영이 말했다. '그것'이 하영을 보았다. 왜 삼 년이 된 지금에야 그리 눈이 내렸을까. 오라비가 길을 떠난 것이 삼 년 전인데, 물을 부린다는 이것은 왜 삼 년이 되어서야 온 세상에 겨울을, 눈을 뿌렸을까. 도읍 안은 왜 여전히 따스할까.

순간, 공기가 크게 울렸다. 하영이 움찔, 문에 몸을 기댄 순간 성문이 안쪽으로 열리며 하영이 성문 안쪽으로 쓰러졌다.

공기가, 한 번도 느껴보지 못한 거대한 떨림으로 울었다. 그리고 성벽 위로 거대한 바위가, 흙무더기가 날았다. 하영은 뒤를 돌아 바위가 날아가기 시작한 곳을 보았다. 많은 사람이 거대한 투석기 근처에 모여 있었다. 촌장의 큰아들이, 마을의 장정들이, 그리고 얼굴을 모르는 이들이 거기에 있었다. 한 사람이 하영에게 달려와 하영을 잡아끌었다. 닫힌 눈

너머에서 땅이 울었다. 물이 일렁였다. 하영은 주저앉은 채로 계속해서 날아가는 돌무더기와 흙을 보았다.

"오라비, 오라비!"

하영이 일어나 문에 매달렸다. 냉기가, 얼음 같은 한기가 문에서 스몄다. 문지기가 하영을 뿌리치고 문을 지탱했다. 문이 흔들렸다. 문 너머에서 문을 두드리는 진동이 공기를 울렸다.

✳

해가 저물 무렵에야 흙비가 멎었다. 문이 더는 차갑지 않게 되었을 때, 문지기가 문을 열었다. 하영은 제일 먼저 문 안으로 들어섰다. 호수가 있던 자리는 흔적도 없고 거기에는 거대한 흙과 바위가 작은 산을 이루고 있었다. 안개도, 습기도 없이 먼 산 아래에 전쟁터처럼 흙무덤이 두엇 쌓여 있을 뿐이었다. 하영에게 사람들은 두 번째 부역을 모은 이가 나라님이 아니라는 말을, 삼 년을 무엇에 홀린 것 같던 나라님이 호수에 관한 일만 깡그리 잊어버렸다는 말을 전해주었다. 갑자기 귀문 너머에 성을 쌓아야 하니 도읍 가까운 고장의 장정들을 모으라는 명을 내린 일도, 부역 온 이들 중에 유독 하영의 마을 이들만 돌려보내지 않았던 일도, 갑자기 호수가 생겨났으니 조사를 해야 한다는 관리들의 청도, 마을에서 온 이는 아홉인데 한 사람이 보이지 않는다는 보고도 다 물리고 다 하늘의 뜻이니 그대로 두라 했던 것까지도 기억하지 못한다 했다. 기약 없는 공사에 지친 이들을 위해서 해금을 켰던 소년이 돌연 사라졌던 일은 그래서 사람들 사이에서 숨겨 말해야 하는 일이 되었다. 물을 부리는 이라면 흙으로 다스릴 수밖에 없다고 한 이는 떠도는 여행자였다고 하는데, 그 여행자가 어디서 왔고 어디로 갔는지도 아는 이가 없었다.

그러나 하영에게는 그 무엇이든 아무 의미도 없는 일이 되었다. 호수는 사라지고 도읍 안에는 반갑게도 계절다운 바람이 불기 시작하고 마을에서 온 이들이 며칠을 호수 자리에 쌓인 흙과 돌을 다져 땅을 다듬는 동안에 하영은 공사 터의 일손을 도우며 머물렀다. 사흘 후에 북문 근처 우물에서 한 사람이 물통에 실려 올라왔다며 현을 들고 왔다. 오라비의 해금이었다. 하영은 아무 말 없이 물에 잠겨 다시는 소리를 못 낼 것 같은 현을 꼭 품어 안고, 이제 눈이 내리지 않는 산길을 걸어 마을 사람들과 함께 돌아왔다.

어미는 오라비의 현과 하영을 보고 그저 하영을 끌어안았다. 하영은 소리를 잃은 현을 계속 오라비의 방에 두었다. 날이 차가워지면 군불을 때고 날이 더워지면 문을 활짝 열어 바람길을 냈다. 하영은 늘 그랬듯이 온 마을의 삯바느질을 하고 어미에게 글을 읽어주며 그리 살았다. 물에 젖은 현은 다시는 울지 못했지만 현의 울림통도 줄 하나도 상하는 법 없이 물에서 빠지기 전과 똑같은 상태로 늘 그 방에 있었다.

어미가 나이 들어 세상을 떠나고 장례를 치른 다음 날, 하영은 현을 꼭 품에 안은 채로 잠든 듯이 깨어나지 않았다. 사람이 없는 집은 어느 큰물 내린 날에 무너져 내려 흔적도 남지 않게 되었는데 초겨울 이따금 바람 많은 날이면 집이 있던 곳에서 현의 소리를 듣는 이들이 있었다. 한 번도 원래 소리를 들은 적 없는 이조차 발을 멈추고 귀를 기울이게 하는 소리였다.

구한나리

2009년 일본 문부과학성 연수생 시절 〈神社の夜〉(신사의 밤)으로 유학생문학상에 입선했고, 2012년 장편 《아홉 개의 붓》으로 조선일보 판타지 문학상을 수상했다. 토피아 단편선1(유토피아 편) 《전쟁은 끝났어요》에 〈무한의 시작〉을, 《교실 맨 앞줄》에 〈100명의 공범과 함께〉를, 거울 2020 대표중단편선2 《누나 노릇》에 〈늦봄 어느 날〉을 수록하였고 텀블벅 출판 《괴이한 거울-황혼편》에 〈아버지와 아빠와 오빠와 나〉로 참여하였으며 문구단편집 《올리브색이 없으면 민트색도 괜찮아》을 출간했다. SF어워드 2020 중·단편소설 부문 심사위원, 2021 중·단편소설 부문 심사위원장을 맡았으며 웹진 거울 73호(2009년)부터 3년간, 2018년부터 2022년 현재까지 독자우수단편 심사단을 맡으며 소설 필진으로 단편을 게재하고 있다.

통곡왕(痛哭王)

곽재식

향부(鄉夫)는 고조선 말 한산(漢山) 사람이다. 한산 북쪽에 그가 심고 가꾼 배나무가 많았는데 그 나무에서 배를 따면 알이 굵고 맛이 단 것이 많아 사람들이 좋은 물건으로 칭송하였다. 그 때문에 향부는 배를 팔아 재물을 모았고 재물을 모으면 다시 땅을 사고 나무를 심어 더 많은 배를 거두었다. 그렇게 이십 년을 지내니, 향부는 부유하게 살 수 있게 되었다.

그러던 어느 날 밤, 향부는 검은 호랑이가 나타나 자신을 머리부터 집어삼키는 꿈을 꾸었다. 호랑이가 머리통을 깨물기 전에 겁이 나서 잠에서 깨기는 했으나 깬 후에도 호랑이의 입김과 이빨의 감촉이 이마에 생생하게 남아 있는 것 같았다. 그런데 그날 아침부터 머리가 아파 오더니, 이내 온몸이 덜덜 떨리고, 이마와 어깨에서 심한 열이 나며, 목이 부어 말을 하기 어렵게 되었다. 이윽고, 머리가 아픈 것이 극심해지니 향부는 도무지 견디지 못해 밤낮을 이어 이마를 부여잡고 "아파서 견딜 수 없다"라고 소리를 지르며 데굴데굴 구르기에 이르렀다.

향부의 부인은 그것을 가엽게 여겨 주위에서 말하는, 머리가 아픈 병에 좋다고 하는 약들을 사 와서 향부에게 정성스레 먹였다. 그러나 아픈 것은 도무지 낫지를 않았다.

산삼이나 희귀한 버섯은 물론이요, 온갖 약초와 몸에 좋다는 갖가지 짐승의 뿔, 간, 쓸개, 심장까지 먹어보았으나, 전혀 달라지지 않았다. 다만 그 귀한 약재들을 구하려다가 향부의 재산이 절반으로 줄었을 뿐이었다.

"이토록 아파서 숨을 한 번 내쉴 때마다 괴로움을 견딜 수 없을 지경인데, 도대체 재물이 많다고 한들 무슨 소용이란 말인가?"

향부는 재물이 없어진 것을 아까워하지 않고 오직 병이 낫지 못한 것을 한스러워할 뿐이었다.

그때 향부가 사는 마을에 옷 차림새나 말하는 모양이 기이한 사람이 하나 나타났다. 그는 마을에서 부유한 집이라고들 하는 향부의 집에 찾아가서 걷느라 아픈 다리를 쉴 수 있기를 부탁하였다.

"혹시 이 집이 인심이 좋은 집이라면, 목마른 나그네의 목을 축일 술 한 잔과 술 묻은 입술을 닦을 고기 한 점을 안주로 주실 수 있다면 더욱 좋지 않겠습니까?"

그가 그렇게 묻자, 그 집에서 일하는 하인이 대답했다.

"이 집 주인의 인심이 박하지는 않으나 지금은 편찮아 드러누우신 지가 보름이 되어 가니, 인정상 술을 얻어 마시기란 힘들 줄로 압니다."

그 말을 듣고 그 기이한 사람은 주인을 보겠다고 청했다. 그리고 아파서 소리를 지르고 있는 향부를 보더니, 대뜸 이렇게 물었다.

"머리가 아픈 것이 아닙니까?"

"그렇소. 어찌 알았소?"

"혹시 온몸이 한겨울을 만난 것처럼 춥고 떨리지 않으십니까?"

"그렇소. 그것은 어찌 알았소?"

"혹시 이상한 꿈을 꾸거나 기이한 짐승을 보지는 않았습니까?"

"그렇소. 그것은 또 어떻게 알았단 말이오?"

"이는 하늘의 이치와 땅의 기운이 제대로 뒤엉킨 틈에 세상의 더럽고 악한 티끌이 끼어서 위로는 열을 뿜고 아래로는 얼음을 내리기 때문입니다. 그 이치를 안다면 풀이하는 것은 어렵지 않습니다. 저는 삼성(三聖)을 떠받들어 섬기고 있어서 삼성의 도리를 조금 알고 있으니, 제가 한번 풀게 해주십시오."

곧이어 그는 무엇이라 말하면서 향부의 머리를 손가락으로 강하게 짚고, 목과 어깨를 손으로 쓰다듬었다. 한참 그렇게 한 뒤에 그가 말했다.

"이제 제가 할 도리는 다했으니 기다려보십시오."

그러고 나서 하루가 지나자 향부는 서서히 몸이 아프지 않게 되는 것을 느낄 수 있었고, 이틀이 지나자 열이 없어지고 몸이 가뿐해졌다. 사흘째가 되니 다시 예전과 다름없이 걸어다니고 일할 수 있게 되었다. 향부는 너무나 기뻐서 그 기이한 사람을 찾아가 고개를 숙이고 몸을 바짝 바닥에 엎드리며 빌듯이 말했다.

"부모의 은혜가 깊다고는 하나, 공께서 나에게 베푸신 은혜가 어찌 그에 모자람이 있겠습니까? 머리가 아파 견딜 수 없을 때는 세상 모든 것이 다 아깝지도 않고 부럽지도 않고 오직 더 아프지만 않았으면 좋겠다는 마음뿐이었습니다. 그런데 공께서 저를 구해주었으니, 저에게는 공께서 온 세상을 구해준 것이나 다름없습니다. 부디 저도 공께서 닦으시는 도를 같이 닦게 해주십시오."

그러나 그 기이한 사람은 거절하면서 말했다.

"저는 대단한 사람이 아니며 그저 삼성을 섬기는 사람일 뿐입니다. 그러나 보통 사람으로서 삼성의 도를 닦는 것이 쉽지는 않습니다. 이제 저는 떠나야 할 날이 되었으니, 인사를 올리고 그저 떠나고자 합니다. 다만, 저를 무어라고 부르는지 궁금하거든 궁홀거사(宮忽居士)라는 말만 기억하고 계십시오."

그리고 곧 궁홀거사가 향부의 집을 떠나려 하니, 향부는 너무나 아쉬워서 고맙다는 뜻으로 귀하게 보관해둔 새파란 옥구슬을 있는 대로 집어서 궁홀거사에게 건넸다.

궁홀거사가 집을 떠난 뒤에, 향부는 다시 배나무 기르는 일을 하려 했다. 그러나 아무래도 마음이 헛헛하여 견딜 수가 없었다.

"갑자기 찾아온 병을 견딜 수 없어 그토록 괴로워했는데, 또 갑자기 병을 고친 까닭도 잘 알 수 없으니, 이렇게 답답할 수가 있는가?"

향부는 멍하니 하루하루를 버티며 한 달 즈음을 보내다가, 마침내 다시 궁홀거사를 찾아서 자신도 도를 닦는 것에 대해서 익혀야겠다고 마음을 먹게 되었다.

짐을 꾸리고 길을 나서 보니 방방곡곡마다 과연 삼성을 떠받든다 하는 사람들이 꽤 많았다.

어떤 마을에서는 훌륭한 집을 짓고, 그 집 안에 나무로 만든 이상한 사람 형상 셋을 세워놓고는 그 집을 삼성당(三聖堂)이라고 불렀다. 향부가 그 앞에서 가만히 지켜보고 있으니, 어떤 사람 한 명이 그곳에 와서 온갖 과일을 차려 제물을 늘어놓고, 양손을 쉴새 없이 비비며 무어라고 중얼거리고 있었다.

"여기서 무엇을 하는 것입니까?"

"이 세 신령은 하늘과 땅의 이치를 꿰뚫고 그 바깥과 안을 자유롭게 드나드는 무리라고 합니다. 이 셋을 사람들이 삼성이라고 부르니, 우리는 삼성을 떠받들어 제물을 바치면서 나와 우리 식구에게 복이 내리기를 비는 것입니다."

향부가 그 사람에게 따져 물었다.

"어떻게 하늘과 땅의 이치를 꿰뚫고 있는 신령이 있을 수 있으며, 왜 그 신령이 그대의 집안에 복을 내려준다는 말입니까?"

"자세한 것은 이 근처에서 삼성을 섬기는 도리에 대해서 가장 잘 알고 있다고 하는 지정거사(地精居士)라는 사람을 찾아가 물어보십시오."

그 말을 듣고 향부는 지정거사라는 사람을 찾아갔다.

지정거사는 어느 골짜기 앞에 아주 크게 지어놓은 좋은 집에서 살고 있었는데, 그 집 안에도 세 개의 나무로 만든 조각상이 있었다. 지정거사는 그 앞에 정갈한 옷차림으로 앉아 이해하기 어려운 시나 글귀를 조용히 읊고 있었다.

향부가 지정거사 앞에 가려고 했더니, 그 제자라는 사람 셋이 그를 막아섰다.

"지금 지정거사께서는 금년 농사가 잘되게 해달라고 삼성께 부탁하여 땅에 빌고 있습니다. 이것을 방해하면 되겠습니까?"

"그러면, 언제 지정거사를 만나서 제가 여쭙고 싶은 것을 여쭐 수 있습니까?"

"지정거사께서는 항상 땅에 비는 일에 바쁘십니다. 이는 온 세상 방방곡곡의 농사를 위한 일이니, 세상 모든 사람을 위하는 것입니다. 어찌 그대 홀로 만나 뵙고 싶다고 하여 함부로 만나 뵐 수 있겠습니까?"

그 말을 듣고 향부가 다시 제자들에게 물었다.

"저는 제 모든 재산과 목숨보다 중요한 일이 지정거사를 만나 뵙고 여쭙는 일입니다. 지정거사와 제자들께서도 먹고 사는 일에는 시간을 쏟으셔야 하지 않겠습니까? 그러니 제가 옥구슬을 드리면 그 옥구슬을 팔아 쌀과 땔감을 마련하십시오. 그러면 그로 인해 쓰지 않는 시간의 십 분의 일, 백 분의 일 만큼만 저에게 내어주시어 지정거사를 뵙게 해주시면 되지 않겠습니까?"

그렇게 말하면서 향부가 옷소매에서 옥구슬 꾸러미를 꺼내 보였다. 그러자, 제자들은 이렇게 말했다.

"어서 거사를 찾아가 만나십시오. 훌륭한 제자여!"

그리고는 재빠르게 옥구슬 꾸러미를 셋으로 나눠 가진 뒤, 삼성당 깊숙한 곳으로 사라졌다. 어찌나 옥구슬 꾸러미를 나누는 셈과 손짓이 빠른지, 구슬을 헤아리는 눈동자가 움직이는 것이 천 길 낭떠러지에서 떨어지는 폭포의 물방울 같았으며, 구슬을 쥐는 여섯 개의 손이 움직이는 것은 폭풍우가 휘몰아칠 때 돌개바람이 불어와 거목을 쓰러뜨리는 것과 같았다.

향부는 지정거사에게 물었다.

"지정거사께 여쭙습니다. 어찌하여 삼성께 빌면 복을 받을 수 있는 것입니까?"

지정거사가 대답했다.

"무릇 사람과 짐승은 태어나면 죽기 마련이고, 살면서는 죽는 것을 두려워하기 마련이니라. 그리하여 죽음을 두려워 하면서 생각해보면, 도대체 이 넓은 세상의 한 귀퉁이에 내가 왜 태어나서 무엇 때문에 이렇게 살고 있는지 알 수 없기 때문에 답답한 마음이 생길 수밖에 없느니라. 그러니 삶을 살면서 마음이 아프고 앞날이 답답하고 무섭고 부끄러운 일에 어지러워하는 것은 결국은 하나하나 살펴보면 무엇 때문에 세상이 있는지를 모르고 왜 내가 있게 되었는지를 모르기 때문이니라."

향부가 대답했다.

"과연 그러합니다."

지정거사가 다시 말했다.

"태어나고 죽는 까닭은 무엇인가? 왜 사람은 애를 태우고 걱정을 하며 한세상을 보내지만 그 시절은 그렇게 짧기만 한 것인가? 물이 높은 곳에서 낮은 곳으로 흐르는 것과 뜨거운 물은 끓으며 차가운 물은 얼어붙는 것은 너무나 당연한 이치인데 도대체 그런 이치는 누가 왜 만들어놓은 것인가? 삼성께서는 바로 그러한 물음에 대해 답을 알고 계시니, 삼성을 섬기는 도를 닦으면 그대 또한 그 답을 알게 될 것이니라."

지정거사의 말을 듣고 향부는 기뻐하며 그를 매일 같이 찾아가 도를 닦는 것을 배우기를 청하였다. 그렇게 열흘을 보냈을 때, 지정거사가 이렇게 말했다.

"오늘은 네가 가져오는 구슬이 한 알밖에 되지 않는구나? 어찌 이러한 정성으로 도를 닦겠다고 하는가?"

그 말을 듣고 향부가 가만히 살펴보니, 지정거사의 말투와 사람을 바라보는 눈빛이 좋은 배를 싼값으로 사 가기 위해 맛이 좋은 배를 두고도 달지 않다고 투정하는 거짓말쟁이와 다를 바가 없어 보였다. 그리하여 돌아보자, 지정거사는 도를 닦는다는 말만 그럴듯하게 할 뿐 사실은 그 말을 믿고 모여든 사람들로부터 재물을 얻을 궁리만 하는 사람인 것 같았다.

향부는 낙심하여 지정거사를 떠났다. 그리고 다시 삼성의 도를 닦는 길을 가르쳐줄 다른 사람을 찾아다녔다.

그런데 "지정거사는 재물만 탐한다"라는 말을 향부가 하고 다니니, 지정거사의 제자들이 칼잡이들을 보내 향부를 해치려고 하였다. 때문에 향부는 목숨을 잃을 뻔하였으나, 본시 지정거사와 그 제자들을 무척 싫어하던 무리가 있어서 칼잡이들을 물리치고 향부의 목숨을 구해주었다.

향부는 그들에게 감사하는 인사를 했다.

"이렇게 목숨을 구해주시니, 은혜를 어떻게 갚아야 할지 모르겠습니다."

"따로 은혜를 갚을 것은 없습니다. 지정거사의 무리와 그 제자들은 삼성의 도를 더럽히는 우리의 적이니, 그들을 물리치는 것이 곧 우리의 일입니다."

그 말을 듣고 향부는 의아하여 물었다.

"공들께서는 어찌하여 지정거사가 삼성의 도를 더럽힌다고 말씀하십니까?"

그러자 대답하는 말이 다음과 같았다.

"지정거사는 겉으로는 삼성의 도를 닦는다고 하면서 속으로는 재물만 탐하는 자일 뿐입니다. 진정으로 삼성의 도를 닦는 저희 스승, 사자거사(使者居士)의 적이라고 할 수밖에 없지 않겠습니까?"

그 말을 듣고 향부는 기뻐서, "그러면 사자거사라는 분께서는 진정으로 삼성의 도를 닦는 길을 알려주실 수 있습니까?"라고 물으니, 그 무리는 모두 그렇다고 하면서 사자거사를 칭송하는 노래를 부르며 춤을 추었다. 그 노래가 신나고 춤이 흥겨워 향부는 자기도 모르게 그것을 따라 하게 되었다.

향부는 사자거사의 무리를 따라 어느 바닷가의 절벽 앞으로 갔다. 그 절벽에는 역시 큰 삼성당 집이 있었고, 그 안에는 신령의 모양을 새긴 나무 인형 셋이 있었다. 다만, 그 건물의 모습은 질박하고 단순하였으며 건물을 오가는 사자거사의 제자들도 모두 옷차림이 간단하고 정갈하였다.

그 모습을 보고 향부는 감탄하였다.

"모습이 이와 같은 것을 보니, 재물만 탐내면서 거짓으로 도를 닦는다고 하는 자는 아니겠구나!"

그런데 향부가 사자거사가 있는 곳으로 가려고 하니, 제자 셋이 그 앞을 막아섰다.

"사자거사께서는 지금 이 마을 장자(長者)가 죽자 그를 그리워 보고 싶어 하는 부인을 위해 가르침을 베풀고 계십니다. 사람이 한 번 세상을 떠나면 다시 볼 수 없는 법이니, 떠난 사람을 그리워하는 사람에게 가르침을 베푸는 일을 어찌 갑자기 막을 수 있겠습니까?"

그 말을 듣고 향부가 다시 제자들에게 물었다.

"제 고향은 한산이라는 곳인데, 지금 한산을 다스리는 대부(大夫)께서 그 처를 잃어 아픈 마음이 크다고 합니다. 그 대부께서는 항시 거느리고 계시는 말 탄 병사가 5백 명이요, 갑옷을 입은 병사가 5백 명이요, 창을 든 병사가 5백 명이요, 칼을 든 병사가 5백 명이니, 마병(馬兵), 갑병(甲兵), 창병(創兵), 검병(劍兵)의 숫자가 그렇게 많다고 해도 그중에 대부께서 처를 잃은 마음을 달래줄 사람은 없다고 합니다. 그러니 제가 사자거사께서 대부를 만나 뵐 수 있도록 이야기를 전해 드리면 어떻겠습니까?"

그렇게 말하면서 향부는 대부를 나타내는 사슴 모양의 무늬를 새긴 동판을 보였다. 그러자, 제자들은 이렇게 말했다.

"어서 거사를 찾아가 만나십시오. 훌륭한 제자여!"

그러고는 동판 앞에서 고개를 굽실거리는데, 그 굽실거리는 기세가 어찌나 격렬한지 마치 봉래산 1만2천 봉우리가 한꺼번에 무너져 내려 그대로 천하의 드넓은 벌판으로 굽어지다가 마침내 천 리 들판이 그대로 꺼져 깊은 바다로 가라앉는 것 같았다.

향부는 사자거사에게 물었다.

"사자거사께 여쭙습니다. 어찌하여 삼성께 빌면 삶과 죽음에 얽매이지 않을 수 있습니까?"

그러자 사자거사는 이렇게 대답했다.

"왜 살고 왜 죽는 것이며, 사는 것은 무엇이고 세상은 무엇 때문에 생겨났는지를 모르는 것이 사람이 가진 모든 괴로움의 바탕이니, 삼성께서는 바로 그 알 수 없는 데 답을 해주는 분이니라. 삼성께서는 예로부터 깊은 깨달음으로 모르는 것 없이 세상의 이치를 다 알고 계시니, 할 줄 모르는 것이 없느니라. 그러니 곧 못 이루는 일도 없는 것이니라."

향부가 대답했다.

"과연 그러합니다."

사자거사가 다시 말했다.

"무릇 세상이 왜 생겼으며 삶을 왜 사는가 하는 것은 사람이라면 누구나 품는 궁금함이니라. 아주 먼 옛날, 사람이 처음 세상에 생겨났을 때부터 이러한 궁금함을 품어 답을 얻으려는 사람은 많고도 많았느니라. 그러니 그 많은 사람 중에 각별히 현명한 사람이 있어서 그 답을 얻은 사람도 또한 있지 않았겠는가? 그것이 바로 삼성이니, 삼성의 첫째는 처음부터 하늘 바깥과 땅 바깥을 드나드는 분이셔서 사는 것이 무엇인지 그 답을 알던 분이며, 삼성의 둘째는 그것을 배워 이 세상 사람들에게 전해주려고 하신 분이며, 삼성의 셋째는 그 전해준 것을 배워서 모든 사람이 쉽게 알 수 있도록 가르쳐주려고 하신 분이니라. 그러니 바로 삼성의 뜻을 따라 도를 닦는다면, 어찌 모든 이치를 알 수 있지 않겠느냐?"

사자거사의 말을 듣고 향부는 기뻐하며 그를 매일 같이 찾아가 도를 닦는 것을 배우기를 청하였다.

그렇게 스무날을 보냈을 때, 사자거사가 향부에게 이렇게 말했다.

"너는 나에게 한산의 대부를 만날 수 있게 해준다고 하지 않았느냐? 네가 대부에게 사람을 보낸 지도 벌써 스무날이나 지났는데 왜 아직도 답이 없느냐?"

그 말을 듣고 향부가 가만히 살펴보니, 사자거사의 말투와 사람을 바라보는 눈빛이 시장에 형편없는 배를 들고 나왔으면서도 어느 고장에서 이름난 어느 산에서 나는 배라고 하면서 떠벌리고 다니는 거짓말쟁이와 다를 바가 없었다. 그리하여 돌아보자, 사자거사는 도를 닦는다는 말만 그럴듯하게 할 뿐 사실은 그 말을 믿고 자기 이름을 떨칠 궁리만 하는 사람인 것 같았다.

향부는 낙심하여 사자거사를 떠났다. 그리고 길거리에 앉아 하늘을 보며 한탄하였다.

"삼성의 도를 닦는다는 무리 중에 서로 싸우고 있는 두 패거리 모두가 믿을 만한 무리가 아니니, 이제 나는 어디에서 스승을 찾을 수 있다는 말인가?"

그렇게 기운이 빠져, 며칠을 길거리를 헤매고 다니다 향부는 곧 병을 얻어 사흘을 드러눕고 말았다.

이번 병은 곧 낫게 되었다. 그런데 병을 앓는 중에 향부는 처음 자신이 머리가 아플 때 찾아 왔던 궁홀거사를 생각하게 되었다. 그리고 향부는 병에서 낫자, 주위에 이렇게 말했다.

"역시 궁홀거사와 같은 분이 없다. 다른 스승을 찾을 것이 아니라 궁홀거사를 다시 만나야겠다."

그리하여 향부는 궁홀거사를 다시 찾기 위해 세상 곳곳을 떠돌아다녔다. 궁홀거사의 이름을 들어본 자가 있거나, 궁홀거사와 비슷한 행색을 한 사람을 본 소식이 있는 곳이면 어디든 찾아다녔는데, 그래도 그를 다시 만나기는 쉽지 않았다.

그러는 사이에 사 년 두 달하고도 엿새가 지났다.

마침내 향부는 궁홀거사를 어느 큰 마을의 시장통 구석에서 다시 만나게 되었다. 그런데 궁홀거사는 몰골이 초췌하고 옷차림이 궁상맞아 그 행색이 형편없었다. 온몸이 허약하고 병들었으며 그 빛은 더러웠고 옷은 모두 낡아 해어져 있었다. 향부가 가만 보니 궁홀거사는 구걸하여 밥을 얻어먹으며 겨우 살아가는 처지였다.

궁홀거사는 향부를 알아보지도 못하고 그저 겁이 나 스멀스멀 피하려고만 하였다. 향부는 놀라며 궁홀거사의 손을 붙잡았다.

"궁홀거사께서는 제가 만나 뵈어 온 분 중에 가장 삼성의 도를 깊이 깨우치신 분이라 들었습니다. 그런데 어찌 몇 년 사이에 이런 모습이 되셨습니까?"

향부가 말을 하는데도 궁홀거사는 손을 뿌리치고 도망가려 했다. 그러면서 이렇게 말했다.

"공께서 누구이신지는 모르겠으나, 저를 가엽게 여기신다면 다만 밥을 빌어먹을 수 있도록 해주십시오."

향부가 다시 물었다.

"몇 년 전에 제가 머리가 아파 견딜 수가 없고 온갖 약으로도 고칠 수 없었던 적이 있었습니다. 그때 궁홀거사께서 오셔서 저를 보시며 짧게 삼성의 도에 대해 말씀해주시고 나니 아픈 것이 나았습니다. 이야말로, 세상의 이치를 깨우친 진실한 삼성의 도가 아니겠습니까?"

그러자 궁홀거사는 이렇게 대답했다.

"아, 저에게 원한을 품고 갚으러 오셨다면 부디 제 망한 신세를 보고 가엽게 여겨 용서해주십시오. 저는 병든 사람을 고칠 줄을 몰랐지만, 적당히 병을 앓은 사람 앞에서 몇 마디 그럴듯한 말을 주절거리기만 했습니다. 원래 병든 사람은 이상한 꿈을 자주 꾸기 마련이고 기억에 남는 꿈일수록 무서운 것이 나오기 마련입니다. 또한 본시 병이란 운이 좋으면 저절로 낫는 것 아니겠습니까? 그러므로 만일 며칠이 지나 저절로 병이 낫게 되면, 저 덕분에 병이 나은 것이라고 하면서 제 이름을 궁홀거사라고 퍼뜨리도록 한 것입니다. 만약 병이 낫지 않으면 제 이름을 밝히지 않고 그저 떠났으니, 궁홀거사의 이름은 병이 나았을 때만 퍼졌던 것입니다. 그렇게 해서 세 명, 네 명의 병을 궁홀거사가 고쳤다는 소문이 퍼지도록 하여 저를 떠받드는 제자들을 모아 편히 살아보려고 했을 뿐입니다."

그 말을 듣고 향부는 놀랐다.

"그렇다면 궁홀거사께서는 삼성의 도를 깊이 깨달은 분이 아니시란 말씀입니까?"

"삼성당 몇 곳을 떠돌아다니며, 이 사람 저 사람 스승이라하는 자들의 말을 주워듣기는 하였으나, 무슨 깊은 도를 닦았겠습니까?"

향부는 깊이 탄식하여 한숨을 쉬며 한참 하늘을 올려다볼 뿐 말이 없었다. 향부가 다시 물었다.

"그런데 궁홀거사께서는 그런 술수가 있었으면서 어찌하여 이런 신세가 되었습니까?"

"지금 세상에 삼성당을 짓고 삼성의 도를 닦는다는 작자들이 한두 사람이 아니니, 제가 꾸민 것과 같은 속임수를 알고 부리는 자와 모르고 부리는 자들이 모두 마을마다 득실거립니다. 몇 달, 몇 년이 지나는 사이에 저는 무슨 무슨 거사라고 하는 자들 수십 명과, 무슨 스승이라고 하는 자들 수십 명 사이의 다툼에 휘말려 이런저런 싸움질 하는 곳에 떠밀려 다니다 보니 어느새 재물은 잃고 몸은 상하여 이렇게 망하게 되었습니다."

향부는 속이 답답하여 가슴을 치고 또한 울기도 하였다. 그러나 병든 궁홀거사의 모습을 보니 가여운 마음은 남아 있는지라, 결국 궁홀거사에게 새 옷을 주고 밥을 사준 뒤에 깨끗이 씻게 해주었다. 그리고 병든 것이 어느 정도 나을 때까지만 자신의 거처에서 머물다 가게 해주었다.

이에 궁홀거사는 몇 차례나 엎드려 절을 하면서 울며 말했다.

"내가 만난 높은 거사와 스승들 중에 그대와 같이 깊은 은

덕을 베풀어주신 분이 없었습니다."

향부는 궁홀거사와 함께 이런저런 이야기를 하다가 자신이 삼성의 도를 깨우친 사람들을 찾기 위해 얼마나 많은 곳을 돌아다녔는지에 대해 말했다. 그런데 그런 말을 나누다 궁홀거사는 문득 생각나는 것이 있는지 이런 이야기를 꺼냈다.

"저는 삼성당에서 삼성을 들먹이며 속임수를 쓰는 온갖 무리를 다 만나보았습니다. 그런데 그중에 기이하게도 정말로 무엇인가를 알고 있는 듯한 사람에 대해 들은 적이 딱 한 번 있었습니다."

그 말을 듣자 향부는 막혀 있던 귀가 갑자기 뜨이는 것 같은 기분이 들었다.

"그게 누구요?"

"산속에 작은 삼성당을 짓고 스스로 도를 닦으며, 오직 그를 찾아오는 한두 사람의 제자에게만 가르침을 베푼다는 사람이 있습니다. 산에서 내려올 줄을 모르므로 그 사람을 높여서 모두 산대왕(山大王)이라고 부릅니다. 이제 어차피 모든 뜻을 거두고 고향으로 다시 돌아가는 길인데, 마지막으로 산대왕을 한번 찾아가 과연 삼성의 도를 닦는 것이 무엇인지 알아보는 것이 어떻겠습니까?"

그 말을 듣고 향부는 다시 길을 되돌릴까 어째야 하나 망설였다. 그때 궁홀거사가 이렇게 말했다.

"사람이 태어나 일을 하여 먹고 살며 또한 자라면 집안을 이루고 자손을 키우며 사는 것이 보통의 사는 재미라고 하겠습니다. 그런데 그와 같은 재미를 갖고 삶을 산다고 한들, 죽는 것은 두려우며, 삶이 끝나는 것은 허망합니다. 어찌 이것을 무서워하지 않겠습니까? 하물며, 저는 평생을 삼성이니, 도를 닦니, 하는 소리만 주절거리며 살면서 아무 보람 있는 일을 하지 못했고 지금 이렇게 빌어먹는 처지가 되어 몸마저 쇠약해졌습니다. 마지막으로 가르침을 얻어볼 기회가 있다면, 찾아가보고 싶습니다."

그 이야기를 듣고 결국 향부는 산대왕이라는 자가 있다는 곳에 궁홀거사와 함께 가보기로 했다.

그런데 산대왕이 있다는 산에는 길목마다 병졸들이 있어 사람들이 지나가지 못하도록 지키고 있었다.

"산대왕을 만나러 가려면 이 길을 따라 산에 올라가야 하는데, 왜 길을 지나지 못하도록 막고 있습니까?"

그러나 병졸들은 답을 하려 들지 않았다.

"나라의 일로 길을 막고 있는 것인데, 어찌 너희 따위에게 내가 답을 해주어야 하느냐?"

몇 차례 향부와 궁홀거사가 고쳐 물었더니, 병졸은 이렇게 대답했다.

"먼 옛날부터 나라에서 내린 명으로 산으로 오르는 길을 막고 있을 뿐이다."

향부와 궁홀거사는 의아하게 여기면서도 한편으로는 답답하게 생각했다. 마침내 궁홀거사가 꾀를 내었다.

"밤이 깊었을 때를 틈타서, 바위 절벽 길로 기어 올라간다면 병졸들을 피해 산 위로 오를 수 있을 것입니다. 비록 험하기는 하나 여기까지 와서 삼성의 도를 닦는 일을 깨우칠 수 있다는데, 마지막으로 한번 몸을 던져야 하지 않겠습니까?"

향부는 그 말에 따르기로 하고, 밤이 깊기를 기다렸다.

그런데 그날 저녁에 향부의 처가 향부가 머무는 곳으로 찾아 왔다. 처가 향부에게 말했다.

"자네가 집안을 비우고 세상을 떠돈 것이 벌써 몇 년 째인데, 이제는 도저히 기다릴 수가 없어서 내가 찾아 왔네. 자네가 일을 하지 않고 헛소리를 들으러 다니는 사이에 이미 배나무가 반의 반으로 줄었으니, 이제 나와 자식은 무엇을 먹고 사는가? 이런 허황된 일은 이제 그만두고 냉큼 다시 집으로 들어와 일이나 하게."

"오늘 산대왕을 찾아가 삼성의 도를 닦는 것을 배울 참인데, 하루만 더 기다려주면 안 되겠는가?"

"가산을 없애버리고, 빌어먹는 사람까지 하나 거느리고 돌아오는 것이 자네의 꼴인데, 이제 자네는 나라에서 가지 말라고 막고 있는 길을 지나 깊은 밤에 산중으로 들어간다는 소리까지 하고 있네. 이런 짓을 말리지 말라는 말인가?"

결국 향부는 산으로 올라가지 못했다. 대신 궁홀거사가 홀로 산에 올라가서 산대왕을 만나보고 오기로 했다.

밤이 되자, 향부는 깊은 짐승의 목구멍 같은 시커먼 어두운 바위틈으로 궁홀거사가 사라지는 것을 보았다. 그리고 밤새 그가 돌아오기를 기다렸다. 기다리고 있으니, 어디에선가 부엉이가 우는 것인지, 귀신이 우는 것인지 알 수 없는 소리가 들리는 듯 마는 듯, 끊어지는 듯 이어지는 듯, 이상한 기척이 들었다. 그러다 밤이 깊을수록 점점 졸음이 밀려오니, 처를 껴안고 누워 잠시 잠이 들었다.

그러다 새벽이 되어 향부는 다시 깨어났다. 깨어나보니 먼 데서부터 사람이 엉엉 우는 소리가 들려 왔다. 그 우는 소리가 섬뜩하여 향부는 처와 함께 부둥켜안고 부들부들 떨었다. 그런데 울음소리가 그치지 않아 가만히 들어보니, 그 우는 소리가 슬퍼서 우는 것도 아니고 아파서 우는 것도 아니라, 다만 무서워서 우는 소리인 것만 같았다.

한참 그 우는 소리가 이어지더니, 다시 어둠 사이로 작은 사람 같은 형체가 보이고 그 형체가 점점 커지더니 이윽고 그 모습이 달빛에 드러났다. 다름 아닌 궁홀거사였는데, 계속 눈물을 흘리고 있었으며 저절로 터져 나오는 울음을 견디지 못하여 얼굴이 그대로 뭉개져 흘러내리는 모양으로 보일 정도였다.

향부가 물었다.

"궁홀거사께서는 이 깊은 산을 밤에 오르고도 산대왕을 만나지 못해 안타까워서 우는 것이요?"

궁홀거사가 대답했다.

"그런 것이 아닙니다."

향부는 다시 물었다.

"그러면, 궁홀거사께서는 마지막으로 산대왕을 만나 그의 말을 들었는데, 그조차도 허황된 말에 지나지 않아 답답해서 우는 것이요?"

궁홀거사가 다시 대답했다.

"그런 것이 아닙니다."

그리고 궁홀거사의 우는 소리가 더욱 높아졌으니, 향부는 온몸에 소름이 돋았으며 그대로 견디지 못해 소리를 지르고 도망치고 싶었다. 그러자 향부의 옆에 있던 그 처가 대신 물었다.

"그러면 도대체 왜 울고 있는 거요?"

이에 궁홀거사가 답하는 이야기가 다음과 같았다.

"참으로 산대왕은 삼성의 도를 닦아 깨우침을 얻은 사람이었으니, 인웅군(因雄君)의 이치를 모두 깨우친 분이셨습니다. 그러므로 그 깨우친 것을 저에게 전해주시는 데에도 모자람이 없었습니다."

"그런데 도대체 왜 울고 있단 말이오?"

"저는 세상의 사람과 뭇 짐승들이 살아가면서 괴로워하는 까닭을 알고, 또한 온 세상이 왜 지금과 같이 생겨나 세월이 흐르고 있는지 깨달음을 얻게 되면, 그 깨달음 덕분에 모든 슬픈 것과 답답한 것이 없어질 줄로만 알았습니다. 저는 세상의 도를 알게 되어 깨달음을 얻으면 저절로 마음이 끝없이 편안해지고 아무것도 안타까울 것도 없이 그저 느긋하고 기쁠 줄로만 알았습니다."

이때 궁홀거사가 울며 통곡하는 것이 더욱 거세졌다. 그가 계속 말했다.

"그런데 그럴 것이라고 누가 약속했단 말입니까? 도를 닦는 것을 알려준다고 거들먹거리는 자들이 자신을 따라 익히면 편안한 기쁨을 얻게 된다고 그럴듯하게 느긋한 웃음을 짓는 것만 보고, 저는 깨달음을 얻으면 깨달음 덕분에 편안해질 것이라고 막연히 착각한 것뿐이었습니다. 그러나 도대체 깨달음을 얻으면 편안해질 까닭이 무엇이 있단 말입니까? 저는 이제 정말로 세상의 이치가 왜 처음 생겨났는지도 알게 되었고, 무엇 때문에 사람이 삶을 지내다 죽는지에 대해서도 밤하늘을 가늘게 찌르는 별빛처럼 똑똑히 깨우치게 되었습니다. 그런데 그 깨우침을 얻고 보니, 그 깨달음을 알지 못했을 때는 꿈도 꾸어보지 못하도록 깊고 깊은 절망을 느끼게 되었습니다. 그러니 그때부터 끝없이 터져 나오는 울음을 멈출 수가 없어서 이렇게 계속 무너지는 마음에 괴로워하면서 영영 울기만 하게 되었습니다."

그리고 궁홀거사는 온몸이 무너지도록 울면서 다시 산속 깊은 곳으로 되돌아갔다.

＊

몇 천 년이 지나, 신라 말엽이 되어 세상이 혼란스러울 때 태백산 아래에서 산대왕의 가르침을 다시 배웠다는 무리가 생겨난 일이 있었다. 그 무리는 매번 모이면 구슬프게 통곡을 한다고 하여 세간에 소문이 퍼졌다. 또한 그 무리가 구월산에 있는 삼성사(三聖祀)를 드나들며 같이 모였다 흩어졌다는 이야기도 있었다. 그러다 궁예가 태백산 지역을 차지했을 때, "진정한 깨달음을 얻은 것은 미륵뿐이다"라고 하여 그 무리의 스승 몇을 잡아 가두어 벌하고 그 무리를 모두 흩어버린 뒤에는 끊어져 잊히게 되었다고 한다.

— 2020년, 정릉에서

곽재식

2006년 단편 〈토끼의 아리아〉가 MBC TV에서 영상화된 이후 소설가로도 꾸준히 활동을 이어 오고 있다. 쓴 책으로는 소설 《고래 233마리》, 《지상최대의 내기》, 《빵 좋아하는 악당들의 행성》과 글 쓰는 이들을 위한 책 《항상 앞부분만 쓰다가 그만두는 당신을 위한 어떻게든 글쓰기》, 한국 전통 괴물을 소개하는 《한국 괴물 백과》, 과학 논픽션 《지구는 괜찮아, 우리가 문제지》, 《곽재식의 세균 박람회》 등이 있다. MBC 〈심야괴담회〉, SBS 〈당신이 혹하는 사이〉 등 대중매체에서도 활약 중이다. 공학박사로, 현직 숭실사이버대 환경안전공학과 교수로 학생들을 가르치고 있다.

그리고 문어가 나타났다

초판 1쇄 발행 2022년 8월 1일

지은이 정보라, 고타래, 곽재식, 구한나리, 남세오, 엄길윤,
         엄정진, 전혜진, 지현상, 최지혜, 클레이븐
펴낸이 박은주
기획   환상문학웹진 거울
편집   설재인
디자인 김선예, 서예린, 오유진
마케팅 박동준

발행처 (주)아작
등록   2015년 9월 9일(제2021-000132호)
주소   04050 서울특별시 마포구 양화로 156
         LG팰리스빌딩 1428호
전화   02.324.3945-6 **팩스** 02.324.3947
이메일 decomma@gmail.com
홈페이지 www.arzak.co.kr

ISBN 979-11-6668-686-3 03810